Suhrkamp BasisBibliothek 25

Diese Ausgabe der »Suhrkamp BasisBibliothek – Arbeitstexte für Schule und Studium« bietet neben dem Text des Parabelstücks im Anhang zwei Vorstufen dazu und zwei Texte zum Stück, jeweils mit Kurzerläuterungen in der Marginalie, sowie eine Zeittafel zur Entstehungs- und frühen Aufführungsgeschichte. Im Anschluss werden die Besonderheiten des Stücks (Struktur, Fabel, offener Schluss, Rollenspiel usw.) beschrieben und die zeitgenössische Wirkung der Aufführungen 1943 in Zürich, 1952 in Frankfurt/M. und 1956 in Rostock anhand ausgewählter Kritiken dokumentiert. Es folgen Literaturhinweise und ausführliche Wort- und Sacherläuterungen.

Wolfgang Jeske, geboren 1951, arbeitet als Lektor mit dem Schwerpunkt Brecht im Suhrkamp Verlag. Er hat über 15 Jahre die »Große kommentierte Berliner und Frankfurter Ausgabe« der *Werke* betreut und ist Herausgeber mehrerer Brecht-Editionen, u.a. *Brechts Romane* (1984), *Tagebuch No. 10. 1913* (1989), *Die unwürdige Greisin und andere Geschichten* (1990), *Reisen im Exil* (1996), *Mutter Courage und ihre Kinder* (SBB 11, 1999), *Die Hochzeit und andere Einakter* (2002).

Bertolt Brecht
Der gute Mensch von Sezuan

Mit einem Kommentar
von Wolfgang Jeske

Suhrkamp

Der vorliegende Text folgt der Ausgabe: Bertolt Brecht, *Werke. Große kommentierte Berliner und Frankfurter Ausgabe*, hg. v. Werner Hecht, Jan Knopf, Werner Mittenzwei und Klaus-Detlef Müller.
Band 6, *Stücke 6*, bearb. v. Klaus-Detlef Müller. Frankfurt am Main: Suhrkamp Verlag 1989, S. 175–279, 280 f.
Band 24, *Schriften 4. Texte zu Stücken*, bearb. v. Peter Kraft. Frankfurt am Main: Suhrkamp Verlag 1991, S. 283–292.

Originalausgabe
Suhrkamp BasisBibliothek 25
Erste Auflage 2003

Satz: pagina GmbH, Tübingen
Druck: CPI – Ebner & Spiegel, Ulm
Umschlagabbildung: Konrad Reßler / Münchner Stadtmuseum
Umschlaggestaltung: Hermann Michels
Printed in Germany

ISBN 978-3-518-18825-5

8 9 10 11 12 – 15 14 13 12 11

Inhalt

Der gute Mensch von Sezuan

Mitarbeiter: ⌐Ruth Berlau⌐ und ⌐Margarete Steffin⌐

»Der gute Mensch von Sezuan«, ein ⌐Parabelstück⌐, ⌐1938
in Dänemark begonnen, 1940 in Schweden fertiggestellt⌐,
ist der ⌐27. Versuch⌐. – Die Provinz Sezuan der Parabel, die
für alle Orte stand, an denen Menschen von Menschen   5
ausgebeutet werden, gehört heute nicht mehr zu diesen
Orten. – Das Stück wurde bisher in ⌐Zürich⌐ und ⌐Frank-
furt a. M.⌐ aufgeführt. Die Bühnenbilder für die Aufführung in Frankfurt entwarf ⌐Teo Otto⌐. ⌐Paul Dessau⌐ hat
eine Musik dazu geschrieben.   10

Personen

Die drei Götter · Shen Te · Shui Ta · Yang Sun, ein stellungs-
loser Flieger · Frau Yang, seine Mutter · Wang, ein Was-
serverkäufer · Der Barbier Shu Fu · Die Hausbesitzerin Mi
Tzü · Die Witwe Shin · Die achtköpfige Familie · Der   15
Schreiner Lin To · Der Teppichhändler und seine Frau · Der
Polizist · Der Bonze · Der Arbeitslose · Der Kellner · Die
Passanten des Vorspiels

Schauplatz: Die ⌐Hauptstadt von Sezuan⌐, welche halb eu-
ropäisiert ist   20

Vorspiel
Eine Straße in der Hauptstadt von Sezuan

Es ist Abend. Wang, der Wasserverkäufer*, stellt sich dem Publikum vor.

Im alten China ein Beruf

5 WANG Ich bin Wasserverkäufer hier in der Hauptstadt von Sezuan. Mein Geschäft ist mühselig. Wenn es wenig Wasser gibt, muß ich weit danach laufen. Und gibt es viel, bin ich ohne Verdienst. Aber in unserer Provinz herrscht überhaupt große Armut. Es heißt allgemein,
10 daß uns nur noch die Götter helfen können. Zu meiner unaussprechlichen Freude erfahre ich von einem Vieheinkäufer, der viel herumkommt, daß einige der höchsten Götter schon unterwegs sind und auch hier in Sezuan erwartet werden dürfen. Der Himmel soll sehr be-
15 unruhigt sein ⌐wegen der vielen Klagen⌐, die zu ihm aufsteigen. Seit drei Tagen warte ich hier am Eingang der Stadt, besonders gegen Abend, damit ich sie als erster begrüßen kann. Später hätte ich ja dazu wohl kaum mehr Gelegenheit, sie werden von Hochgestellten um-
20 geben sein und überhaupt stark überlaufen werden. Wenn ich sie nur erkenne! Sie müssen ja nicht zusammen kommen. Vielleicht kommen sie einzeln, damit sie nicht so auffallen. Die dort können es nicht sein, die kommen von der Arbeit. *Er betrachtet vorübergehende Arbeiter.*
25 Ihre Schultern sind ganz eingedrückt vom Lastentragen. Der dort ist auch ganz unmöglich ein Gott, er hat Tinte an den Fingern. Das ist höchstens ein Büroangestellter in einer Zementfabrik. Nicht einmal diese Herren dort *zwei Herren gehen vorüber* kommen mir wie Götter
30 vor, sie haben einen brutalen Ausdruck wie Leute, die viel prügeln, und das haben die Götter nicht nötig. Aber

dort, ⌈diese drei⌉! Mit denen sieht es schon ganz anders aus. Sie sind wohlgenährt, weisen kein Zeichen irgendeiner Beschäftigung auf und haben Staub auf den Schuhen, kommen also von weit her. Das sind sie! Verfügt über mich, Erleuchtete! *Er wirft sich zu Boden.* 5

Vgl. auch 92,21
DER ERSTE GOTT *erfreut:* Werden wir hier erwartet?*

WANG *gibt ihnen zu trinken:* Seit langem. Aber nur ich wußte, daß ihr kommt.

DER ERSTE GOTT Da benötigen wir also für heute Nacht ein Quartier. Weißt du eines? 10

WANG Eines? Unzählige! Die Stadt steht zu euren Diensten, o Erleuchtete! Wo wünscht ihr zu wohnen?
Die Götter sehen einander vielsagend an.

DER ERSTE GOTT Nimm das nächste Haus, mein Sohn! Versuch es zunächst mit dem allernächsten! 15

WANG Ich habe nur etwas Sorge, daß ich mir die Feindschaft der Mächtigen zuziehe, wenn ich einen von ihnen besonders bevorzuge.

DER ERSTE GOTT Da befehlen wir dir eben: nimm den nächsten! 20

WANG Das ist der Herr Fo dort drüben! Geduldet euch einen Augenblick! *Er läuft zu einem Haus und schlägt an die Tür. Sie wird geöffnet, aber man sieht, er wird abgewiesen. Er kommt zögernd zurück.*

WANG Das ist dumm. Der Herr Fo ist gerade nicht zu Hause und seine Dienerschaft wagt nichts ohne seinen Befehl zu tun, da er sehr streng ist. Er wird nicht wenig toben, wenn er erfährt, wen man ihm da abgewiesen hat, wie? 25

DIE GÖTTER *lächelnd:* Sicher.

WANG Also noch einen Augenblick! Das Haus nebenan gehört der Witwe Su. Sie wird außer sich sein vor Freude. *Er läuft hin, wird aber anscheinend auch dort abgewiesen.* 30

WANG Ich muß dort drüben nachfragen. Sie sagt, sie hat nur ein kleines Zimmerchen, das nicht instand gesetzt ist. Ich wende mich sofort an Herrn Tscheng. 35

DER ZWEITE GOTT Aber ein kleines Zimmer genügt uns. Sag, wir kommen.

WANG Auch wenn es nicht aufgeräumt ist? Vielleicht wimmelt es von Spinnen.

DER ZWEITE GOTT Das macht nichts. Wo Spinnen sind, gibt's wenig Fliegen.

DER DRITTE GOTT *freundlich zu Wang:* Geh zu Herrn Tscheng oder sonstwohin, mein Sohn, ich ekle mich vor Spinnen doch ein wenig.

Wang klopft wieder wo an und wird eingelassen.

STIMME AUS DEM HAUSE Verschone uns mit deinen Göttern! Wir haben andere Sorgen!

WANG *zurück zu den Göttern:* Herr Tscheng ist außer sich, er hat das ganze Haus voll Verwandtschaft und wagt nicht, euch unter die Augen zu treten, Erleuchtete. Unter uns, ich glaube, es sind böse Menschen darunter, die er euch nicht zeigen will. Er hat zu große Furcht vor eurem Urteil. Das ist es.

DER DRITTE GOTT Sind wir denn so fürchterlich?

WANG Nur gegen die bösen Menschen, nicht wahr? Man weiß doch, daß die Provinz Kwan seit Jahrzehnten von ⌐Überschwemmungen⌐ heimgesucht wird.

DER ZWEITE GOTT So? Und warum das?

WANG Nun, weil dort keine Gottesfurcht herrscht.

DER ZWEITE GOTT Unsinn! Weil sie den Staudamm verfallen ließen.

DER ERSTE GOTT Ssst! *Zu Wang:* Hoffst du noch, mein Sohn?

WANG Wie kannst du so etwas fragen? Ich brauche nur ein Haus weiter zu gehen und kann mir ein Quartier für euch aussuchen. Alle Finger leckt man sich danach, euch zu bewirten. Unglückliche Zufälle, ihr versteht. Ich laufe! *Er geht zögernd weg und bleibt unschlüssig in der Straße stehen.*

DER ZWEITE GOTT Was habe ich gesagt?

DER DRITTE GOTT Es können immer noch Zufälle sein.

DER ZWEITE GOTT Zufälle in Schun, Zufälle in Kwan und Zufälle in Sezuan! Es gibt keinen Gottesfürchtigen mehr, das ist die nackte Wahrheit, der ihr nicht ins Gesicht schauen wollt. Unsere Mission ist gescheitert, gebt es euch zu!

DER ERSTE GOTT Wir können immer noch gute Menschen finden, jeden Augenblick. Wir dürfen es uns nicht zu leicht machen.

DER DRITTE GOTT In dem Beschluß hieß es: die Welt kann bleiben, wie sie ist, wenn genügend gute Menschen gefunden werden, die ein menschenwürdiges Dasein leben können. Der Wasserverkäufer selber ist ein solcher Mensch, wenn mich nicht alles täuscht. *Er tritt zu Wang, der immer noch unschlüssig dasteht.*

DER ZWEITE GOTT Es täuscht ihn alles. Als der Wassermensch uns aus seinem Maßbecher zu trinken gab, sah ich was. Dies ist der Becher. *Er zeigt ihn dem ersten Gott.*

DER ERSTE GOTT Er hat zwei Böden.

DER ZWEITE GOTT Ein Betrüger!

DER ERSTE GOTT Schön, er fällt weg. Aber was ist das schon, wenn e i n e r angefault ist! Wir werden schon genug finden, die den Bedingungen genügen. Wir müssen einen finden! ⌜Seit zweitausend Jahren⌝ geht dieses Geschrei, es gehe nicht weiter mit der Welt, so wie sie ist. Niemand auf ihr könne gut bleiben. Wir müssen jetzt endlich Leute namhaft machen, die in der Lage sind, unsere Gebote zu halten.

DER DRITTE GOTT *zu Wang:* Vielleicht ist es zu schwierig, Obdach zu finden?

WANG Nicht für euch! Wo denkt ihr hin? Die Schuld, daß nicht gleich eines da ist, liegt an mir, der schlecht sucht.

DER DRITTE GOTT Das bestimmt nicht. *Er geht zurück.*

WANG Sie merken es schon. *Er spricht einen Herrn an.*

Werter Herr, entschuldigen Sie, daß ich Sie anspreche, aber drei der höchsten Götter, von deren bevorstehender Ankunft ganz Sezuan schon seit Jahren spricht, sind nun wirklich eingetroffen und benötigen ein Quartier.
5 Gehen Sie nicht weiter! Überzeugen Sie sich selber! Ein Blick genügt! Greifen Sie um Gottes willen zu! ⌐Es ist eine einmalige Gelegenheit!⌐ Bitten Sie die Götter zuerst unter Ihr Dach, bevor sie Ihnen jemand wegschnappt, sie werden zusagen.

10 *Der Herr ist weitergegangen.*

WANG *wendet sich an einen anderen:* Lieber Herr, Sie haben gehört, was los ist. Haben Sie vielleicht ein Quartier? Es müssen keine Palastzimmer sein. ⌐Die Gesinnung ist wichtiger.⌐

15 DER HERR Wie soll ich wissen, was deine Götter für Götter sind? Wer weiß, wen man da unter sein Dach bekommt. *Er geht in einen Tabakladen. Wang läuft zurück zu den dreien.*

WANG Ich habe schon einen Herren, der bestimmt zusagt.
20 *Er sieht seinen Becher auf dem Boden stehen, sieht verwirrt nach den Göttern, nimmt ihn an sich und läuft wieder zurück.*

DER ERSTE GOTT Das klingt nicht ermutigend.

WANG *als der Mann wieder aus dem Laden herauskommt:*
25 Wie ist es also mit der Unterkunft?

DER MANN Woher weißt du, daß ich nicht selber im Gasthof wohne?

DER ERSTE GOTT Er findet nichts. Dieses Sezuan können wir auch streichen.

30 WANG Es sind drei der Hauptgötter! Wirklich! Ihre Standbilder in den Tempeln sind sehr gut getroffen. Wenn Sie schnell hingehen und sie einladen, werden sie vielleicht zusagen.

DER MANN *lacht:* Das müssen schöne Gauner sein, die du
35 da wo unterbringen willst. *Ab.*

WANG *schimpft ihm nach:* Du schieläugiger Schieber! Hast
du keine Gottesfurcht? Ihr werdet in siedendem Pech
braten für eure Gleichgültigkeit! Die Götter scheißen
auf euch! Aber ihr werdet es noch bereuen! ⌈Bis ins vierte
Glied⌉ werdet ihr daran abzuzahlen haben! Ihr habt   5
ganz Sezuan mit Schmach bedeckt! *Pause.* Jetzt bleibt
nur noch ⌈die Prostituierte Shen Te⌉, die kann nicht nein
sagen.
*Er ruft »Shen Te«. Oben im Fenster schaut Shen Te her-
aus.*   10
WANG Sie sind da, ich kann kein Obdach für sie finden.
Kannst du sie nicht aufnehmen für eine Nacht?
SHEN TE Ich glaube nicht, Wang. Ich erwarte einen Freier.
Aber wie kann denn das sein, daß du für sie kein Obdach
findest?!   15
WANG Das kann ich jetzt nicht sagen. Ganz Sezuan ist ein
einziger Dreckhaufen.
SHEN TE Ich müßte, wenn er kommt, mich versteckt hal-
ten. Dann ginge er vielleicht wieder weg. Er will mich
noch ausführen.   20
WANG Können wir nicht inzwischen schon hinauf?
SHEN TE Aber ihr dürft nicht laut reden. Kann man mit
ihnen offen sprechen?
WANG Nein! Sie dürfen von deinem Gewerbe nichts erfahren! Wir warten lieber unten. Aber du gehst nicht weg   25
mit ihm?
SHEN TE Es geht mir nicht gut, und wenn ich bis morgen
früh meine Miete nicht zusammen habe, werde ich hin-
ausgeworfen.
WANG In solch einem Augenblick darf man nicht rechnen. 30
SHEN TE Ich weiß nicht, der Magen knurrt leider auch,
wenn der Kaiser Geburtstag hat. Aber gut, ich will sie
aufnehmen. *Man sieht sie das Licht löschen.*
DER ERSTE GOTT Ich glaube, es ist aussichtslos.
Sie treten zu Wang.   35

WANG *erschrickt, als er sie hinter sich stehen sieht:* Das
Quartier ist beschafft. *Er trocknet sich den Schweiß ab.*
DIE GÖTTER Ja? Dann wollen wir hingehen.
WANG Es hat nicht solche Eile. Laßt euch ruhig Zeit. Das
5   Zimmer wird noch in Ordnung gebracht.
DER DRITTE GOTT So wollen wir uns hierhersetzen und
warten.
WANG Aber es ist viel zuviel Verkehr hier, fürchte ich. Viel-
leicht gehen wir dort hinüber.
10 DER ZWEITE GOTT Wir sehen uns gern Menschen an. Ge-
rade dazu sind wir hier.
WANG Nur: es zieht.
DER DRITTE GOTT Ist es dir hier angenehm?
Sie setzen sich auf eine Haustreppe. Wang setzt sich et-
15 *was abseits auf den Boden.*
WANG *mit einem Anlauf:* Ihr wohnt bei einem alleinste-
henden Mädchen. Sie ist der beste Mensch von Sezuan.
DER DRITTE GOTT Das ist schön.
WANG *zum Publikum:* Als ich vorhin den Becher aufhob,
20 sahen sie mich so eigentümlich an. Sollten sie etwas ge-
merkt haben? Ich wage ihnen nicht mehr in die Augen zu
blicken.
DER DRITTE GOTT Du bist sehr erschöpft.
WANG Ein wenig. Vom Laufen.
25 DER ERSTE GOTT Haben es die Leute hier sehr schwer?
WANG Die guten schon.
DER ERSTE GOTT *ernst:* Du auch?
WANG Ich weiß, was ihr meint. Ich bin nicht gut. Aber ich
habe es auch nicht leicht.
30 *Inzwischen ist ein Herr vor dem Haus Shen Tes erschie-*
nen und hat mehrmals gepfiffen. Wang ist jedesmal zu-
sammengezuckt.
DER DRITTE GOTT *leise zu Wang:* Ich glaube, jetzt ist er
weggegangen.
35 WANG *verwirrt:* Jawohl.

Er steht auf und läuft auf den Platz, sein Traggerät zu-
rücklassend. Aber es hat sich bereits folgendes ereignet:
Der wartende Mann ist weggegangen und Shen Te, aus
der Tür tretend und leise »Wang« rufend, ist, Wang su-
chend, die Straße hinuntergegangen. Als nun Wang leise 5
»Shen Te« ruft, bekommt er keine Antwort.

WANG Sie hat mich im Stich gelassen. Sie ist weggegangen,
um ihre Miete zusammenzubekommen, und ich habe
kein Quartier für die Erleuchteten. Sie sind müde und
warten. Ich kann ihnen nicht noch einmal kommen mit: 10
Es ist nichts! Mein eigener Unterschlupf, ein Kanalrohr,
kommt nicht in Frage. Auch würden die Götter bestimmt nicht bei einem Menschen wohnen wollen, dessen betrügerische Geschäfte sie durchschaut haben. Ich
gehe nicht zurück, um nichts in der Welt. Aber mein 15
Traggerät liegt dort. Was machen? Ich wage nicht, es zu
holen. Ich will weggehen von der Hauptstadt und mich
irgendwo verbergen vor ihren Augen, da es mir nicht
gelungen ist, für sie etwas zu tun, die ich verehre.
Er stürzt fort. 20
Kaum ist er fort, kommt Shen Te zurück, sucht auf der
anderen Seite und sieht die Götter.

SHEN TE Seid ihr die Erleuchteten? Mein Name ist Shen Te.
Ich würde mich freuen, wenn ihr mit meiner Kammer
vorliebnehmen wolltet. 25

DER DRITTE GOTT Aber wo ist denn der Wasserverkäufer
hin?

SHEN TE Ich muß ihn verfehlt haben.

DER ERSTE GOTT Er muß gemeint haben, du kämst nicht,
und da hat er sich nicht mehr zu uns getraut. 30

DER DRITTE GOTT *nimmt das Traggerät auf:* Wir wollen es
bei dir einstellen. Er braucht es.
Sie gehen, von Shen Te geführt, ins Haus.
Es wird dunkel und wieder hell. In der Morgendäm-
merung treten die Götter wieder aus der Tür, geführt 35

von Shen Te, die ihnen mit einer Lampe leuchtet. Sie
verabschieden sich.

DER ERSTE GOTT Liebe Shen Te, wir danken dir für deine
Gastlichkeit. Wir werden nicht vergessen, daß du es
warst, die uns aufgenommen hat. Und gib dem Wasserverkäufer sein Gerät zurück und sage ihm, daß wir auch
ihm danken, weil er uns einen guten Menschen gezeigt
hat.

SHEN TE Ich bin nicht gut. Ich muß euch ein Geständnis
machen: Als Wang mich für euch um Obdach anging,
schwankte ich.

DER ERSTE GOTT Schwanken macht nichts, wenn man nur
siegt. Wisse, daß du uns mehr gabst als ein Nachtquartier. Vielen, darunter sogar einigen von uns Göttern,
sind Zweifel aufgestiegen, ob es überhaupt noch gute
Menschen gibt. Hauptsächlich um dies festzustellen, haben wir unsere Reise angetreten. Freudig setzen wir sie
jetzt fort, da wir einen schon gefunden haben. Auf Wiedersehen!

SHEN TE Halt, Erleuchtete, ich bin gar nicht sicher, daß ich
gut bin. Ich möchte es wohl sein, nur, wie soll ich meine
Miete bezahlen? So will ich es euch denn gestehen: ich
verkaufe mich, um leben zu können, aber selbst damit
kann ich mich nicht durchbringen, da es so viele gibt, die
dies tun müssen. Ich bin zu allem bereit, aber wer ist das
nicht? Freilich würde ich glücklich sein, ⌐die Gebote halten zu können der Kindesliebe und der Wahrhaftigkeit.
Nicht begehren meines Nächsten Haus, wäre mir eine
Freude, und einem Mann anhängen in Treue, wäre mir
angenehm. Auch ich möchte aus keinem meinen Nutzen
ziehen und den Hilflosen nicht berauben.⌐ Aber wie soll
ich dies alles? Selbst wenn ich einige Gebote nicht halte,
kann ich kaum durchkommen.

DER ERSTE GOTT Dies alles, Shen Te, sind nichts als die
Zweifel eines guten Menschen.

DER DRITTE GOTT Leb wohl, Shen Te! Grüße mir auch den Wasserträger recht herzlich. Er war uns ein guter Freund.

DER ZWEITE GOTT Ich fürchte, es ist ihm schlecht bekommen.

DER DRITTE GOTT Laß es dir gut gehn!

DER ERSTE GOTT Vor allem sei gut, Shen Te! Leb wohl!
Sie wenden sich zum Gehen. Sie winken schon.

SHEN TE *angstvoll:* Aber ich bin meiner nicht sicher, Erleuchtete. Wie soll ich gut sein, wo alles so teuer ist?

DER ZWEITE GOTT Da können wir leider nichts tun. In das Wirtschaftliche können wir uns nicht mischen.

DER DRITTE GOTT Halt! Wartet einen Augenblick! Wenn sie etwas mehr hätte, könnte sie es vielleicht eher schaffen.

DER ZWEITE GOTT Wir können ihr nichts geben. Das könnten wir oben nicht verantworten.

DER ERSTE GOTT Warum nicht?
Sie stecken die Köpfe zusammen und diskutieren aufgeregt.

DER ERSTE GOTT *zu Shen Te, verlegen:* Wir hören, du hast deine Miete nicht zusammen. Wir sind keine armen Leute und bezahlen natürlich unser Nachtlager! Hier! *Er gibt ihr Geld.* Sprich aber zu niemand darüber, daß wir bezahlten. Es könnte mißdeutet werden.

DER ZWEITE GOTT Sehr.

DER DRITTE GOTT Nein, das ist erlaubt. Wir können ihr ruhig unser Nachtlager bezahlen. In dem Beschluß stand kein Wort dagegen. Also auf Wiedersehen!
Die Götter schnell ab.

I

Ein kleiner Tabakladen

*Der Laden ist noch nicht ganz eingerichtet und noch nicht
eröffnet.*

5 ⌜SHEN TE *zum Publikum*⌝: Drei Tage ist es her, seit die Götter weggezogen sind. Sie sagten, sie wollten mir ihr
Nachtlager bezahlen. Und als ich sah, was sie mir gegeben hatten, sah ich, daß es über tausend Silberdollar*
waren. – Ich habe mir mit dem Geld einen Tabakladen
10 gekauft. Gestern bin ich hier eingezogen, und ich hoffe,
jetzt viel Gutes tun zu können. Da ist zum Beispiel die
Frau Shin, die frühere Besitzerin des Ladens. Schon gestern kam sie und bat mich um Reis für ihre Kinder.
Auch heute sehe ich sie wieder über den Platz kommen
15 mit ihrem Topf.
*Herein die Shin. Die Frauen verbeugen sich voreinan-
der.*

SHEN TE Guten Tag, Frau Shin.

DIE SHIN Guten Tag, Fräulein Shen Te. Wie gefällt es Ihnen
20 in Ihrem neuen Heim?

SHEN TE Gut. Wie haben Ihre Kinder die Nacht zuge-
bracht?

DIE SHIN Ach, in einem fremden Haus, wenn man diese
Baracke ein Haus nennen darf. Das Kleinste hustet
25 schon.

SHEN TE Das ist schlimm.

DIE SHIN Sie wissen ja gar nicht, was schlimm ist, Ihnen
geht es gut. Aber Sie werden noch allerhand Erfahrun-
gen machen hier in dieser Bude. Dies ist ein Elendsvier-
30 tel.

SHEN TE Mittags kommen doch, wie Sie mir sagten, die
Arbeiter aus der Zementfabrik?

Chin.
Währungsein-
heit (bis in die
1930er-Jahre)

DIE SHIN Aber sonst kauft kein Mensch, nicht einmal die Nachbarschaft.

SHEN TE Davon sagten Sie mir nichts, als Sie mir den Laden verkauften.

DIE SHIN Machen Sie mir nur nicht jetzt auch noch Vorwürfe! Zuerst rauben Sie mir und meinen Kindern das Heim und dann heißt es eine Bude und Elendsviertel. Das ist der Gipfel. *Sie weint.*

SHEN TE *schnell:* Ich hole Ihnen gleich den Reis.

DIE SHIN Ich wollte Sie auch bitten, mir etwas Geld zu leihen.

SHEN TE *während sie ihr den Reis in den Topf schüttet:* Das kann ich nicht. Ich habe doch noch nichts verkauft.

DIE SHIN Ich brauche es aber. Von was soll ich leben? Sie haben mir alles weggenommen. Jetzt drehen Sie mir die Gurgel zu. Ich werde Ihnen meine Kinder vor die Schwelle setzen, Sie Halsabschneiderin! *Sie reißt ihr den Topf aus den Händen.*

SHEN TE Seien Sie nicht so zornig! Sie schütten noch den Reis aus!
Herein ein ältliches Paar und ein schäbig gekleideter Mensch.

DIE FRAU Ach, meine liebe Shen Te, wir haben gehört, daß es dir jetzt so gut geht. Du bist ja eine Geschäftsfrau geworden! Denk dir, wir sind eben ohne Bleibe! Unser Tabakladen ist eingegangen. Wir haben uns gefragt, ob wir nicht bei dir für eine Nacht unterkommen können. Du kennst meinen Neffen? Er ist mitgekommen, er trennt sich nie von uns.

DER NEFFE *sich umschauend:* Hübscher Laden!

DIE SHIN Was sind denn das für welche?

SHEN TE Als ich vom Land in die Stadt kam, waren sie meine ersten Wirtsleute. *Zum Publikum:* Als mein bißchen Geld ausging, hatten sie mich auf die Straße gesetzt. Sie fürchten vielleicht, daß ich jetzt nein sage. Sie

sind arm.
Sie sind ohne Obdach.
Sie sind ohne Freunde.
Sie brauchen jemand. Wie könnte man da nein sagen?
5 *Freundlich zu den Ankömmlingen:* Seid willkommen!
Ich will euch gern Obdach geben. Allerdings habe ich
nur ein kleines Kämmerchen hinter dem Laden.

DER MANN Das genügt uns. Mach dir keine Sorge. *Während Shen Te Tee bringt.* Wir lassen uns am besten hier
10 hinten nieder, damit wir dir nicht im Weg sind. Du hast
wohl einen Tabakladen in Erinnerung an dein erstes
Heim gewählt? Wir werden dir einige Winke* geben kön-   Ratschläge
nen. Das ist auch der Grund, warum wir zu dir kommen.

DIE SHIN *höhnisch:* Hoffentlich kommen auch Kunden?
15 DIE FRAU Das geht wohl auf uns?

DER MANN Psst! Da ist schon ein Kunde!

Ein abgerissener Mann tritt ein.

DER ABGERISSENE MANN Entschuldigen Sie. Ich bin arbeitslos.
20 *Die Shin lacht.*

SHEN TE Womit kann ich Ihnen dienen?

DER ARBEITSLOSE Ich höre, Sie eröffnen morgen. Da dachte ich, beim Auspacken wird manchmal etwas beschädigt. Haben Sie eine Zigarette übrig?
25 DIE FRAU Das ist stark, Tabak zu betteln! Wenn es noch
Brot wäre!

DER ARBEITSLOSE Brot ist teuer. Ein paar Züge aus einer
Zigarette, und ich bin ⌐ein neuer Mensch⌐. Ich bin so
kaputt.
30 SHEN TE *gibt ihm Zigaretten:* Das ist wichtig, ein neuer
Mensch zu sein. Ich will meinen Laden mit Ihnen eröffnen, Sie werden mir Glück bringen.
*Der Arbeitslose zündet sich schnell eine Zigarette an,
inhaliert und geht hustend ab.*
35 DIE FRAU War das richtig, liebe Shen Te?

DIE SHIN Wenn Sie den Laden so eröffnen, werden Sie ihn keine drei Tage haben.

DER MANN Ich wette, er hatte noch Geld in der Tasche.

SHEN TE Er sagte doch, daß er nichts hat.

DER NEFFE Woher wissen Sie, daß er Sie nicht angelogen hat?

SHEN TE *aufgebracht:* Woher weiß ich, daß er mich angelogen hat!

DIE FRAU *kopfschüttelnd:* Sie kann nicht nein sagen! Du bist zu gut, Shen Te! Wenn du deinen Laden behalten willst, mußt du die eine oder andere Bitte abschlagen können.

DER MANN Sag doch, er gehört dir nicht. Sag, er gehört einem Verwandten, der von dir genaue Abrechnung verlangt. Kannst du das nicht?

DIE SHIN Das könnte man, wenn man sich nicht immer als Wohltäterin aufspielen müßte.

SHEN TE *lacht:* Schimpft nur! Ich werde euch gleich das Quartier aufsagen, und den Reis werde ich zurückschütten!

DIE FRAU *entsetzt:* Ist der Reis auch von dir?

SHEN TE *zum Publikum:*

Sie sind schlecht.

Sie sind niemandes Freund.

Sie gönnen keinem einen Topf Reis.

Sie brauchen alles selber.

Wer könnte sie schelten?

Herein ein kleiner Mann.

DIE SHIN *sieht ihn und bricht hastig auf:* Ich sehe morgen wieder her. *Ab.*

DER KLEINE MANN *ruft ihr nach:* Halt, Frau Shin! Sie brauche ich gerade!

DIE FRAU Kommt die regelmäßig? Hat sie denn einen Anspruch an dich?

SHEN TE Sie hat keinen Anspruch, aber sie hat Hunger: das ist mehr.

DER KLEINE MANN Die weiß, warum sie rennt. Sind Sie die neue Ladeninhaberin? Ach, Sie packen schon die Stellagen voll. Aber die gehören Ihnen nicht, Sie! Außer Sie bezahlen sie! Das Lumpenpack, das hier gesessen ist, hat sie nicht bezahlt. *Zu den andern:* Ich bin nämlich der Schreiner.

SHEN TE Aber ich dachte, das gehört zur Einrichtung, die ich bezahlt habe?

DER SCHREINER Betrug! Alles Betrug! Sie stecken natürlich mit dieser Shin unter einer Decke! Ich verlange meine 100 Silberdollar, so wahr ich Lin To heiße.

SHEN TE Wie soll ich das bezahlen, ich habe kein Geld mehr!

DER SCHREINER Dann lasse ich Sie einsteigern! Sofort! Sie bezahlen sofort, oder ich lasse Sie 'einsteigern'!

DER MANN *souffliert Shen Te:* Vetter!

SHEN TE Kann es nicht im nächsten Monat sein?

DER SCHREINER *schreiend:* Nein!

SHEN TE Seien Sie nicht hart, Herr Lin To. Ich kann nicht allen Forderungen sofort nachkommen. *Zum Publikum:*

Ein wenig Nachsicht und die Kräfte verdoppeln sich.
Sieh, der Karrengaul hält vor einem Grasbüschel:
Ein Durch-die-Finger-Sehen und der Gaul zieht besser.
Noch im Juni ein wenig Geduld und der Baum
Beugt sich im August unter den Pfirsichen. Wie
Sollen wir zusammenleben ohne Geduld?
Mit einem kleinen Aufschub
Werden die weitesten Ziele erreicht.

Zum Schreiner: Nur ein Weilchen gedulden Sie sich, Herr Lin To!

DER SCHREINER Und wer geduldet sich mit mir und mit meiner Familie? *Er rückt eine Stellage* von der Wand, als wolle er sie mitnehmen.* Sie bezahlen oder ich nehme die Stellagen mit!

Gestell

DIE FRAU Meine liebe Shen Te, warum übergibst du nicht deinem Vetter die Angelegenheit? *Zum Schreiner:* Schreiben Sie Ihre Forderung auf und Fräulein Shen Tes Vetter wird bezahlen.

DER SCHREINER Solche Vettern kennt man! 5

DER NEFFE Lach nicht so dumm! Ich kenne ihn persönlich.

DER MANN ⌈Ein Mann wie ein Messer⌉.

DER SCHREINER Schön, er soll meine Rechnung haben. *Er kippt die Stellage um, setzt sich darauf und schreibt seine Rechnung.* 10

DIE FRAU Er wird dir das Hemd vom Leibe reißen für seine paar Bretter, wenn ihm nicht Halt geboten wird. Erkenne nie eine Forderung an, berechtigt oder nicht, denn sofort wirst du überrannt mit Forderungen, berechtigt oder nicht. Wirf ein Stück Fleisch in eine Kehrichttonne, 15 und alle Schlachterhunde des Viertels beißen sich in deinem Hof. Wozu gibt's die Gerichte?

SHEN TE Er hat gearbeitet und will nicht leer ausgehen. Und er hat seine Familie. Es ist schlimm, daß ich ihn nicht bezahlen kann! Was werden die Götter sagen? 20

DER MANN Du hast dein Teil getan, als du uns aufnahmst, das ist übergenug.

Herein ein hinkender Mann und eine schwangere Frau.

DER HINKENDE *zum Paar:* Ach, hier seid ihr! Ihr seid ja saubere Verwandte! Uns einfach an der Straßenecke ste- 25 hen zu lassen!

DIE FRAU *verlegen zu Shen Te:* Das ist mein Bruder Wung und die Schwägerin. *Zu den beiden:* Schimpft nicht und setzt euch ruhig in die Ecke, damit ihr Fräulein Shen Te, unsere alte Freundin, nicht stört. *Zu Shen Te:* Ich glaube, 30 wir müssen die beiden aufnehmen, da die Schwägerin im fünften Monat ist. Oder bist du nicht der Ansicht?

SHEN TE Seid willkommen!

DIE FRAU Bedankt euch. Schalen stehen dort hinten. *Zu Shen Te:* Die hätten überhaupt nicht gewußt, wohin. 35 Gut, daß du den Laden hast!

SHEN TE *lachend zum Publikum, Tee bringend:* Ja, gut,
daß ich ihn habe!
*Herein die Hausbesitzerin Frau Mi Tzü, ein Formular in
der Hand.*

5 DIE HAUSBESITZERIN Fräulein Shen Te, ich bin die Hausbesitzerin, Frau Mi Tzü. Ich hoffe, wir werden gut miteinander auskommen. Das ist ein Mietskontrakt*. *Wäh-*   Mietvertrag
rend Shen Te den Kontrakt durchliest. Ein schöner Augenblick, die Eröffnung eines kleinen Geschäfts, nicht
10 wahr, meine Herrschaften? *Sie schaut sich um.* Ein paar
Lücken sind ja noch auf den Stellagen, aber es wird
schon gehen. Einige Referenzen* werden Sie mir wohl   Zeugnisse,
beibringen können?   Empfeh-
   lungen
SHEN TE Ist das nötig?

15 DIE HAUSBESITZERIN Aber ich weiß doch gar nicht, wer
Sie sind.
DER MANN Vielleicht könnten wir für Fräulein Shen Te
bürgen? Wir kennen sie, seit sie in die Stadt gekommen
ist, und legen jederzeit die Hand für sie ins Feuer.
20 DIE HAUSBESITZERIN Und wer sind Sie?
DER MANN Ich bin der Tabakhändler Ma Fu.
DIE HAUSBESITZERIN Wo ist Ihr Laden?
DER MANN Im Augenblick habe ich keinen Laden. Sehen
Sie, ich habe ihn eben verkauft.
25 DIE HAUSBESITZERIN So. *Zu Shen Te:* Und sonst haben Sie
niemand, bei dem ich über Sie Auskünfte einholen
kann?
DIE FRAU *souffliert:* Vetter! Vetter!
DIE HAUSBESITZERIN Sie müssen doch jemand haben, der
30 mir dafür Gewähr bietet, was ich ins Haus bekomme.
Das ist ein respektables Haus, meine Liebe. Ohne das
kann ich mit Ihnen überhaupt keinen Kontrakt ab-
schließen.
SHEN TE *langsam, mit niedergeschlagenen Augen:* Ich
35 habe einen Vetter.

DIE HAUSBESITZERIN Ach, Sie haben einen Vetter. Am Platz? Da können wir doch gleich hingehen. Was ist er?

SHEN TE Er wohnt nicht hier, sondern in einer anderen Stadt.

DIE FRAU Sagtest du nicht in Schung? 5

SHEN TE Herr Shui Ta. In Schung!

DER MANN Aber den kenne ich ja überhaupt! Ein Großer, Dürrer.

DER NEFFE *zum Schreiner:* Sie haben doch auch mit Fräulein Shen Tes Vetter verhandelt! Über die Stellagen! 10

DER SCHREINER *mürrisch:* Ich schreibe für ihn gerade die Rechnung aus. Da ist sie! *Er übergibt sie.* Morgen früh komme ich wieder! *Ab.*

DER NEFFE *ruft ihm nach, auf die Hausbesitzerin schielend:* Seien Sie ganz ruhig, der Herr Vetter bezahlt es! 15

DIE HAUSBESITZERIN *Shen Te scharf musternd:* Nun, es wird mich auch freuen, ihn kennenzulernen. Guten Abend, Fräulein. *Ab.*

DIE FRAU *nach einer Pause:* Jetzt kommt alles auf! Du kannst sicher sein, morgen früh weiß die Bescheid über 20 dich.

DIE SCHWÄGERIN *leise zum Neffen:* Das wird hier nicht lange dauern!
Herein ein Greis, geführt von einem Jungen.

DER JUNGE *nach hinten:* Da sind sie. 25

DIE FRAU Guten Tag, Großvater. *Zu Shen Te:* Der gute Alte! Er hat sich wohl um uns gesorgt. Und der Junge, ist er nicht groß geworden? Er frißt wie ein Scheunendrescher. Wen habt ihr denn noch alles mit?

DER MANN *hinausschauend:* Nur noch die Nichte. 30

DIE FRAU *zu Shen Te:* Eine junge Verwandte vom Land. Hoffentlich sind wir dir nicht zu viele. So viele waren wir noch nicht, als du bei uns wohntest, wie? Ja, wir sind immer mehr geworden. Je schlechter es ging, desto mehr wurden wir. Und je mehr wir wurden, desto schlechter 35

ging es. Aber jetzt riegeln wir hier ab, sonst gibt es keine
Ruhe.

Sie sperrt die Türe zu, und alle setzen sich.

DIE FRAU Die Hauptsache ist, daß wir dich nicht im Geschäft stören. Denn wovon soll sonst der Schornstein
rauchen? Wir haben uns das so gedacht: Am Tag gehen
die Jüngeren weg, und nur der Großvater, die Schwägerin und vielleicht ich bleiben. Die anderen sehen
höchstens einmal oder zweimal herein untertags, nicht?
Zündet die Lampe dort an und macht es euch gemütlich.

DER NEFFE *humoristisch:* Wenn nur nicht der Vetter heut
nacht hereinplatzt, der gestrenge Herr Shui Ta!

Die Schwägerin lacht.

DER BRUDER *langt nach einer Zigarette:* Auf eine wird es
wohl nicht ankommen!

DER MANN Sicher nicht.

*Alle nehmen sich zu rauchen. Der Bruder reicht den
Weinkrug herum.*

DER NEFFE Der Vetter bezahlt es!

DER GROSSVATER *ernst zu Shen Te:* Guten Tag!

*Shen Te, verwirrt durch die späte Begrüßung, verbeugt
sich. Sie hat in der einen Hand die Rechnung des Schreiners, in der andern den Mietskontrakt.*

DIE FRAU Könnt Ihr nicht etwas singen, damit die Gastgeberin etwas Unterhaltung hat?

DER NEFFE Der Großvater fängt an!

Sie singen

⌜DAS LIED VOM RAUCH⌝

DER GROSSVATER

Einstmals, vor das Alter meine Haare bleichte
Hofft mit Klugheit ich mich durchzuschlagen.
Heute weiß ich, keine Klugheit reichte
Je, zu füllen eines armen Mannes Magen.

Darum sagt ich: laß es!
Sieh den grauen Rauch
Der in immer kältre Kälten geht: so
Gehst du auch.

DER MANN 5
Sah den Redlichen, den Fleißigen geschunden
So versucht ich's mit dem krummen Pfad
Doch auch der führt unsereinen nur nach unten

Veraltet für:
von jetzt an,
künftig
Und so weiß ich mir halt fürder* keinen Rat.
Und so sag ich: laß es! 10
Sieh den grauen Rauch
Der in immer kältre Kälten geht: so
Gehst du auch.

DIE NICHTE
Die da alt sind, hör ich, haben nichts zu hoffen 15
Denn nur Zeit schafft's und an Zeit gebricht's.
Doch uns Jungen, hör ich, steht das Tor weit offen
Freilich, hör ich, steht es offen nur ins Nichts.
Und auch ich sag: laß es!
Sieh den grauen Rauch 20
Der in immer kältre Kälten geht: so
Gehst du auch.

DER NEFFE Woher hast du den Wein?

DIE SCHWÄGERIN Er hat den Sack mit Tabak versetzt.

DER MANN Was? Dieser Tabak war das einzige, das uns 25
noch blieb! Nicht einmal für ein Nachtlager haben wir
ihn angegriffen! Du Schwein!

DER BRUDER Nennst du mich ein Schwein, weil es meine
Frau friert? Und hast selber getrunken. Gib sofort den
Krug her! 30
Sie raufen sich. Die Tabakstellagen stürzen um.

SHEN TE *beschwört sie:* Oh, schont den Laden, zerstört
nicht alles! Er ist ein Geschenk der Götter! Nehmt euch,
was da ist, aber zerstört es nicht!

DIE FRAU *skeptisch:* Der Laden ist kleiner, als ich dachte. 35

Wir hätten vielleicht doch nicht der Tante und den andern davon erzählen sollen. Wenn sie auch noch kommen, wird es eng hier.

DIE SCHWÄGERIN Die Gastgeberin ist auch schon ein wenig kühler geworden!

Von draußen kommen Stimmen, und es wird an die Tür geklopft.

RUFE Macht auf! Wir sind es!

DIE FRAU Bist du es, Tante? Was machen wir da?

SHEN TE Mein schöner Laden! O Hoffnung! Kaum eröffnet, ist er schon kein Laden mehr! *Zum Publikum:*
Der Rettung kleiner Nachen*   Boot
Wird sofort in die Tiefe gezogen:
Zu viele Versinkende
Greifen gierig nach ihm.

RUFE *von draußen:* Macht auf!

ZWISCHENSPIEL
UNTER EINER BRÜCKE

Am Fluß kauert der Wasserverkäufer.

WANG *sich umblickend:* Alles ruhig. Seit vier Tagen verberge ich mich jetzt schon. Sie können mich nicht finden, da ich die Augen offenhalte. Ich bin absichtlich entlang ihrer Wegrichtung geflohen. Am zweiten Tage haben sie die Brücke passiert, ich hörte ihre Schritte über mir. Jetzt müssen sie schon weit weg sein, ich bin vor ihnen sicher.
Er hat sich zurückgelegt und schläft ein. Musik. Die Böschung wird durchsichtig, und es erscheinen die Götter.

WANG *hebt den Arm vors Gesicht, als sollte er geschlagen werden:* Sagt nichts, ich weiß alles! Ich habe niemand gefunden, der euch aufnehmen will, in keinem Haus! Jetzt wißt ihr es! Jetzt geht weiter!

DER ERSTE GOTT Doch, du hast jemand gefunden. Als du weg warst, kam er. Er nahm uns auf für die Nacht, er behütete unseren Schlaf, und er leuchtete uns mit einer Lampe am Morgen, als wir ihn verließen. Du aber hast ihn uns genannt als einen guten Menschen, und er war gut. 5

WANG So war es Shen Te, die euch aufnahm?

DER DRITTE GOTT Natürlich.

WANG Und ich Kleingläubiger bin fortgelaufen! Nur weil ich dachte: sie kann nicht kommen. Da es ihr schlecht geht, kann sie nicht kommen. 10

DIE GÖTTER
⌐O du schwacher!
Gut gesinnter, aber schwacher Mensch!¬
Wo da Not ist, denkt er, gibt es keine Güte! 15
Wo Gefahr ist, denkt er, gibt es keine Tapferkeit!
O Schwäche, die an nichts ein gutes Haar läßt!
O schnelles Urteil! O leichtfertige Verzweiflung!

WANG Ich schäme mich sehr, Erleuchtete!

DER ERSTE GOTT Und jetzt, Wasserverkäufer, tu uns den 20 Gefallen und geh schnell zurück nach der Hauptstadt und sieh nach der guten Shen Te dort, damit du uns von ihr berichten kannst. Es geht ihr jetzt gut. Sie soll das Geld zu einem kleinen Laden bekommen haben, so daß sie dem Zug ihres milden Herzens ganz folgen kann. 25 Bezeig du Interesse an ihrer ⌐Güte, denn keiner kann lang gut sein, wenn nicht Güte verlangt wird¬. Wir aber wollen weiter wandern und suchen und noch andere Menschen finden, die unserm guten Menschen von Sezuan gleichen, damit das Gerede aufhört, daß es für die 30 Guten auf unserer Erde nicht mehr zu leben ist.
Sie verschwinden.

2
Der Tabakladen

*Überall schlafende Leute. Die Lampe brennt noch. Es
klopft.*

5 DIE FRAU *erhebt sich schlaftrunken:* Shen Te! Es klopft!
Wo ist sie denn?
DER NEFFE Sie holt wohl Frühstück. Der Herr Vetter* be-
zahlt es.
*Die Frau lacht und schlurft zur Tür. Herein ein junger
10 Herr, hinter ihm der Schreiner.*
DER JUNGE HERR Ich bin der Vetter.
DIE FRAU *aus den Wolken fallend:* Was sind Sie?
DER JUNGE HERR Mein Name ist Shui Ta.
DIE GÄSTE *sich gegenseitig aufrüttelnd:* Der Vetter! – Aber
15 das war doch ein Witz, sie hat ja gar keinen Vetter! –
Aber hier ist jemand, der sagt, er ist der Vetter! – Un-
glaublich, so früh am Tag!
DER NEFFE Wenn Sie der Vetter der Gastgeberin sind,
Herr, dann schaffen Sie uns schleunigst etwas zum Früh-
20 stück!
SHUI TA *die Lampe auslöschend:* Die ersten Kunden kom-
men bald, bitte, ziehen Sie sich schnell an, daß ich mei-
nen Laden aufmachen kann.
DER MANN Ihren Laden? Ich denke, das ist der Laden un-
25 serer Freundin Shen Te? *Shui Ta schüttelt den Kopf.*
Was, das ist gar nicht ihr Laden?
DIE SCHWÄGERIN Da hat sie uns also angeschmiert! Wo
steckt sie überhaupt?
SHUI TA Sie ist abgehalten. Sie läßt Ihnen sagen, daß sie
30 nunmehr, nachdem ich da bin, nichts mehr für Sie tun
kann.

Er tritt insge-
samt dreimal
auf; vgl. 63,22
und 97,30–31

DIE FRAU *erschüttert:* Und wir hielten sie für einen guten Menschen!

DER NEFFE Glaubt ihm nicht! Sucht sie!

DER MANN Ja, das wollen wir. *Er organisiert.* Du und du und du und du, ihr sucht sie überall. Wir und Großvater bleiben hier, die Festung zu halten. Der Junge kann inzwischen etwas zum Essen besorgen. *Zum Jungen:* Siehst du den Kuchenbäcker dort am Eck? Schleich dich hin und stopf dir die Bluse voll.

DIE SCHWÄGERIN Nimm auch ein paar von den kleinen hellen Kuchen!

DER MANN Aber gib acht, daß der Bäcker dich nicht erwischt. Und komm dem Polizisten nicht in die Quere!
Der Junge nickt und geht weg. Die übrigen ziehen sich vollends an.

SHUI TA Wird ein Kuchendiebstahl nicht diesen Laden, der Ihnen Zuflucht gewährt hat, in schlechten Ruf bringen?

DER NEFFE Kümmert euch nicht um ihn, wir werden sie schnell gefunden haben. Sie wird ihm schön heimleuchten.
Der Neffe, der Bruder, die Schwägerin und die Nichte ab.

DIE SCHWÄGERIN *im Abgehen:* Laßt uns etwas übrig vom Frühstück!

SHUI TA *ruhig:* Sie werden sie nicht finden. Meine Kusine bedauert natürlich, das Gebot der Gastfreundschaft nicht auf unbegrenzte Zeit befolgen zu können. Aber Sie sind leider zu viele! Dies hier ist ein Tabakladen, und Fräulein Shen Te lebt davon.

DER MANN Unsere Shen Te würde so etwas überhaupt nicht über die Lippen bringen.

SHUI TA Sie haben vielleicht recht. *Zum Schreiner:* Das Unglück besteht darin, daß die Not in dieser Stadt zu groß ist, als daß ein einzelner Mensch ihr steuern könnte. Darin hat sich betrüblicherweise nichts geändert in den elfhundert Jahren, seit jemand den Vierzeiler verfaßte:

⌐Der Gouverneur, befragt, was nötig wäre
Den Frierenden der Stadt zu helfen, antwortete:
Eine zehntausend Fuß lange Decke
Welche die ganzen Vorstädte einfach zudeckt.⌐

Er macht sich daran, den Laden aufzuräumen.

DER SCHREINER Ich sehe, daß Sie sich bemühen, die Angelegenheiten Ihrer Kusine zu ordnen. Da ist eine kleine Schuld für die Stellagen zu begleichen, anerkannt vor Zeugen. 100 Silberdollar.

SHUI TA *die Rechnung aus der Tasche ziehend, nicht unfreundlich:* Glauben Sie nicht, daß 100 Silberdollar etwas zuviel sind?

DER SCHREINER Nein. Ich kann auch nichts ablassen*. Ich habe Frau und Kinder zu ernähren.

SHUI TA *hart:* Wie viele Kinder?

DER SCHREINER Vier.

SHUI TA Dann biete ich Ihnen 20 Silberdollar.

Der Mann lacht.

DER SCHREINER Sind Sie verrückt? Diese Stellagen sind aus Nußbaum!

SHUI TA Dann nehmen Sie sie weg.

DER SCHREINER Was heißt das?

SHUI TA Sie sind zu teuer für mich. Ich ersuche Sie, die Nußbaumstellagen wegzunehmen.

DIE FRAU Das ist gut gegeben! *Sie lacht ebenfalls.*

DER SCHREINER *unsicher:* Ich verlange, daß Fräulein Shen Te geholt wird. Sie ist anscheinend ein besserer Mensch als Sie.

SHUI TA Gewiß. Sie ist ruiniert.

DER SCHREINER *nimmt resolut eine Stellage und trägt sie zur Tür:* Da können Sie Ihre Rauchwaren ja auf dem Boden aufstapeln! Mir kann es recht sein.

SHUI TA *zu dem Mann:* Helfen Sie ihm!

Im Sinne von: nachlassen, mit dem Preis heruntergehen

DER MANN *packt ebenfalls eine Stellage und trägt sie grin-send zur Tür:* Also hinaus mit den Stellagen!

DER SCHREINER Du Hund! Soll meine Familie verhungern?

SHUI TA Ich biete Ihnen noch einmal 20 Silberdollar, da ich meine Rauchwaren nicht auf dem Boden aufstapeln will.

DER SCHREINER 100!

Shui Ta schaut gleichmütig zum Fenster hinaus. Der Mann schickt sich an, die Stellage hinauszutragen.

DER SCHREINER Zerbrich sie wenigstens nicht am Türbalken, Idiot! *Verzweifelt.* Aber sie sind doch nach Maß gearbeitet! Sie passen in dieses Loch und sonst nirgends hin. Die Bretter sind verschnitten, Herr!

SHUI TA Eben. Darum biete ich Ihnen auch nur 20 Silberdollar. Weil die Bretter verschnitten sind.

Die Frau quietscht vor Vergnügen.

DER SCHREINER *plötzlich müde:* Da kann ich nicht mehr mit. Behalten Sie die Stellagen und bezahlen Sie, was Sie wollen.

SHUI TA 20 Silberdollar.

Er legt zwei große Münzen auf den Tisch. Der Schreiner nimmt sie.

DER MANN *die Stellagen zurücktragend:* Genug für einen Haufen verschnittener Bretter!

DER SCHREINER Ja, genug vielleicht, mich zu betrinken! *Ab.*

DER MANN Den haben wir draußen!

DIE FRAU *sich die Lachtränen trocknend:* »Sie sind aus Nußbaum!« – »Nehmen Sie sie weg!« – »100 Silberdollar! Ich habe vier Kinder!« – »Dann zahle ich 20!« – »Aber sie sind doch verschnitten!« – »Eben! 20 Silberdollar!« So muß man diese Typen behandeln!

SHUI TA Ja. *Ernst.* Geht schnell weg.

DER MANN Wir?

SHUI TA Ja, ihr. Ihr seid Diebe und Schmarotzer. Wenn ihr
schnell geht, ohne Zeit mit Widerrede zu vergeuden,
könnt ihr euch noch retten.

DER MANN Es ist am besten, ihm gar nicht zu antworten.
Nur nicht schreien mit nüchternem Magen. Ich möcht
wissen, wo bleibt der Junge?

SHUI TA Ja, wo bleibt der Junge? Ich sagte euch vorhin,
daß ich ihn nicht mit gestohlenem Kuchen in meinem
Laden haben will. *Plötzlich schreiend.* Noch einmal:
geht!

Sie bleiben sitzen.

SHUI TA *wieder ganz ruhig:* Wie ihr wollt.

*Er geht zur Tür und grüßt tief hinaus. In der Tür taucht
ein Polizist auf.*

SHUI TA Ich vermute, ich habe den Beamten vor mir, der
dieses Viertel betreut?

DER POLIZIST Jawohl, Herr . . .

SHUI TA Shui Ta. *Sie lächeln einander an.* Angenehmes
Wetter heute!

DER POLIZIST Nur ein wenig warm vielleicht.

SHUI TA Vielleicht ein wenig warm.

DER MANN *leise zu seiner Frau:* Wenn er quatscht, bis der
Junge zurückkommt, sind wir geschnappt. *Er versucht,
Shui Ta heimlich ein Zeichen zu geben.*

SHUI TA *ohne es zu beachten:* Es macht einen Unterschied,
ob man das Wetter in einem kühlen Lokal beurteilt oder
auf der staubigen Straße.

DER POLIZIST Einen großen Unterschied.

DIE FRAU *zum Mann:* Sei ganz ruhig! Der Junge kommt
nicht, wenn er den Polizisten in der Tür stehen sieht.

SHUI TA Treten Sie doch ein. Es ist wirklich kühler hier.
Meine Kusine und ich haben einen Laden eröffnet. Lassen Sie mich Ihnen sagen, daß wir den größten Wert
darauf legen, mit der Behörde auf gutem Fuß zu stehen.

DER POLIZIST *tritt ein:* Sie sind sehr gütig, Herr Shui Ta. Ja,
hier ist es wirklich kühl.

DER MANN *leise:* Er nimmt ihn extra herein, damit der Junge ihn nicht stehen sieht.

SHUI TA Gäste! Entfernte Bekannte meiner Kusine, wie ich höre. Sie sind auf einer Reise begriffen. *Man verbeugt sich.* Wir waren eben dabei, uns zu verabschieden. 5

DER MANN *heiser:* Ja, da gehen wir also.

SHUI TA Ich werde meiner Kusine bestellen, daß Sie ihr für das Nachtquartier danken, aber keine Zeit hatten, auf ihre Rückkehr zu warten.

Von der Straße Lärm und Rufe: »Haltet den Dieb!« 10

DER POLIZIST Was ist das?

In der Tür steht der Junge. Aus der Bluse fallen ihm Fladen und kleine Kuchen. Die Frau winkt ihm verzweifelt, er solle hinaus. Er wendet sich und will weg.

DER POLIZIST Halt du! *Er faßt ihn.* Woher hast du die Ku- 15
chen?

DER JUNGE Von da drüben.

DER POLIZIST Oh. Diebstahl, wie?

DIE FRAU Wir wußten nichts davon. Der Junge hat es auf eigene Faust gemacht. Du Nichtsnutz! 20

DER POLIZIST Herr Shui Ta, können Sie den Vorfall aufklären?

Shui Ta schweigt.

DER POLIZIST Aha. Ihr kommt alle mit auf die Wache.

SHUI TA Ich bin außer mir, daß in meinem Lokal so etwas 25
passieren konnte.

DIE FRAU Er hat zugesehen, als der Junge wegging!

SHUI TA Ich kann Ihnen versichern, Herr Polizist, daß ich Sie kaum hereingebeten hätte, wenn ich einen Diebstahl hätte decken wollen. 30

DER POLIZIST Das ist klar. Sie werden also auch verstehen, Herr Shui Ta, daß es meine Pflicht ist, diese Leute abzuführen. *Shui Ta verbeugt sich.* Vorwärts mit euch! *Er treibt sie hinaus.*

DER GROSSVATER *friedlich unter der Tür:* Guten Tag. 35

Alle außer Shui Ta ab. Shui Ta räumt weiter auf. Eintritt die Hausbesitzerin.

DIE HAUSBESITZERIN So, Sie sind dieser Herr Vetter! Was
bedeutet das, daß die Polizei aus diesem meinem Haus
5 Leute abführt? Wie kommt Ihre Kusine dazu, hier ein
Absteigequartier aufzumachen? Das hat man davon,
wenn man Leute ins Haus nimmt, die gestern noch in
⌐Fünfkäschkämmerchen⌐ gehaust und vom Bäcker an
der Ecke Hirsefladen erbettelt haben! Sie sehen, ich weiß
10 Bescheid.

SHUI TA Das sehe ich. Man hat Ihnen Übles von meiner
Kusine erzählt. Man hat sie beschuldigt, gehungert zu
haben! Es ist notorisch*, daß sie in Armut lebte. Ihr Leu-
mund* ist der allerschlechteste: es ging ihr elend!

15 DIE HAUSBESITZERIN Sie war eine ganz gewöhnliche ...

SHUI TA Unbemittelte, sprechen wir das harte Wort aus!

DIE HAUSBESITZERIN Ach, bitte, keine Gefühlsduseleien!
Ich spreche von ihrem Lebenswandel, nicht von ihren
Einkünften. Ich bezweifle nicht, daß es da gewisse Ein-
20 künfte gegeben hat, sonst gäbe es diesen Laden nicht.
Einige ältere Herren werden schon gesorgt haben. Woher bekommt man einen Laden? Herr, dies ist ein respektables Haus! Die Leute, die hier Miete zahlen, wünschen nicht, mit einer solchen Person unter einem Dach
25 zu wohnen, jawohl. *Pause.* Ich bin kein Unmensch, aber
ich muß Rücksichten nehmen.

SHUI TA *kalt:* Frau Mi Tzü, ich bin beschäftigt. Sagen Sie
mir einfach, was es uns kosten wird, in diesem respek-
tablen Haus zu wohnen.

30 DIE HAUSBESITZERIN Ich muß sagen, Sie sind jedenfalls
kaltblütig!

SHUI TA *zieht aus dem Ladentisch den Mietskontrakt:* Die
Miete ist sehr hoch. Ich entnehme diesem Kontrakt, daß
sie monatlich zu entrichten ist.

35 DIE HAUSBESITZERIN *schnell:* Aber nicht für Leute wie
Ihre Kusine!

offenkundig, allgemein bekannt, berüchtigt

Ruf, Ansehen

SHUI TA Was heißt das?

DIE HAUSBESITZERIN Es heißt, daß Leute wie Ihre Kusine die Halbjahresmiete von 200 Silberdollar im voraus zu bezahlen haben.

SHUI TA 200 Silberdollar! Das ist halsabschneiderisch! Wie soll ich das aufbringen? Ich kann hier nicht auf großen Umsatz rechnen. Ich setze meine einzige Hoffnung darauf, daß die Sacknäherinnen von der Zementfabrik viel rauchen, da die Arbeit, wie man mir gesagt hat, sie sehr erschöpft. Aber sie verdienen schlecht.

DIE HAUSBESITZERIN Das hätten Sie vorher bedenken müssen.

SHUI TA Frau Mi Tzü, haben Sie ein Herz! Es ist wahr, meine Kusine hat den unverzeihlichen Fehler begangen, Unglücklichen Obdach zu gewähren. Aber sie kann sich bessern, ich werde sorgen, daß sie sich bessert. Andrerseits, wie könnten Sie einen besseren Mieter finden als einen, der die Tiefe kennt, weil er aus ihr kommt? Er wird sich die Haut von den Fingern arbeiten, Ihnen die Miete pünktlichst zu bezahlen, er wird alles tun, alles opfern, alles verkaufen, vor nichts zurückschrecken und dabei wie ein Mäuschen sein, still wie eine Fliege, sich Ihnen in allem unterwerfen, ehe er zurückgeht dorthin. Solch ein Mieter ist nicht mit Gold aufzuwiegen.

DIE HAUSBESITZERIN 200 Silberdollar im voraus oder sie geht zurück auf die Straße, woher sie kommt.

Herein der Polizist.

DER POLIZIST Lassen Sie sich nicht stören, Herr Shui Ta!

DIE HAUSBESITZERIN Die Polizei zeigt wirklich ein ganz besonderes Interesse für diesen Laden.

DER POLIZIST Frau Mi Tzü, ich hoffe, Sie haben keinen falschen Eindruck bekommen. Herr Shui Ta hat uns einen Dienst erwiesen, und ich komme lediglich, ihm dafür im Namen der Polizei zu danken.

DIE HAUSBESITZERIN Nun, das geht mich nichts an. Ich

hoffe, Herr Shui Ta, mein Vorschlag sagt Ihrer Kusine zu. Ich liebe es, mit meinen Mietern in gutem Einvernehmen zu sein. Guten Tag, meine Herren. *Ab.*

SHUI TA Guten Tag, Frau Mi Tzü.

DER POLIZIST Haben Sie Schwierigkeiten mit Frau Mi Tzü?

SHUI TA Sie verlangt Vorausbezahlung der Miete, da meine Kusine ihr nicht respektabel erscheint.

DER POLIZIST Und Sie haben das Geld nicht? *Shui Ta schweigt.* Aber jemand wie Sie, Herr Shui Ta, muß doch Kredit finden?

SHUI TA Vielleicht. Aber wie sollte jemand wie Shen Te Kredit finden?

DER POLIZIST Bleiben Sie denn nicht?

SHUI TA Nein. Und ich kann auch nicht wiederkommen. Nur auf der Durchreise konnte ich ihr eine Hand reichen, nur das Schlimmste konnte ich abwehren. Bald wird sie wieder auf sich selber angewiesen sein. Ich frage mich besorgt, was dann werden soll.

DER POLIZIST Herr Shui Ta, es tut mir leid, daß Sie Schwierigkeiten mit der Miete haben. Ich muß zugeben, daß wir diesen Laden zuerst mit gemischten Gefühlen betrachteten, aber Ihr entschlossenes Auftreten vorhin hat uns gezeigt, wer Sie sind. Wir von der Behörde haben es schnell heraus, wen wir als Stütze der Ordnung ansehen können.

SHUI TA *bitter:* Herr, um diesen kleinen Laden zu retten, den meine Kusine als ein Geschenk der Götter betrachtet, bin ich bereit, bis an die äußerste Grenze des gesetzlich Erlaubten zu gehen. Aber Härte und Verschlagenheit helfen nur gegen die Unteren, denn die Grenzen sind klug gezogen. Mir geht es wie dem Mann, der mit den Ratten fertig geworden ist, aber dann kam der Fluß! *Nach einer kleinen Pause.* Rauchen Sie?

DER POLIZIST *zwei Zigarren einsteckend:* Wir von der Sta-

tion verlören Sie höchst ungern hier, Herr Shui Ta. Aber Sie müssen Frau Mi Tzü verstehen. Die Shen Te hat, da wollen wir uns nichts vormachen, davon gelebt, daß sie sich an Männer verkaufte. Sie können mir einwenden: was sollte sie machen? Wovon sollte sie zum Beispiel 5 ihre Miete zahlen? Aber der Tatbestand bleibt: es ist nicht respektabel. Warum? Erstens: Liebe verkauft man nicht, sonst ist es käufliche Liebe. Zweitens: respektabel ist, nicht mit dem, der einen bezahlt, sondern mit dem, den man liebt. Drittens: nicht für eine Handvoll Reis, 10 sondern aus Liebe. Schön, antworten Sie mir, was hilft alle Weisheit, wenn die Milch schon verschüttet ist? Was soll sie machen? Sie muß eine Halbjahresmiete auftreiben? Herr Shui Ta, ich muß Ihnen sagen, ich weiß es nicht. *Er denkt eifrig nach.* Herr Shui Ta, ich hab's! Su- 15 chen Sie doch einfach einen Mann für sie!
Herein eine kleine alte Frau.

DIE ALTE Eine gute billige Zigarre für meinen Mann. Wir sind nämlich morgen vierzig Jahre verheiratet und da machen wir eine kleine Feier. 20

SHUI TA *höflich:* Vierzig Jahre und noch immer eine Feier!

DIE ALTE Soweit unsere Mittel es gestatten! Wir haben den Teppichladen gegenüber. Ich hoffe, wir halten gute Nachbarschaft, das sollte man, die Zeiten sind schlecht.

SHUI TA *legt ihr verschiedene Kistchen vor:* Ein sehr alter 25 Satz, fürchte ich.

DER POLIZIST Herr Shui Ta, wir brauchen Kapital. Nun, ich schlage eine Heirat vor.

SHUI TA *entschuldigend zu der Alten:* Ich habe mich dazu verleiten lassen, den Herrn Polizisten mit meinen pri- 30 vaten Bekümmernissen zu behelligen.

DER POLIZIST Wir haben die Halbjahresmiete nicht. Schön, wir heiraten ein wenig Geld.

SHUI TA Das wird nicht so leicht sein.

DER POLIZIST Wieso? Sie ist eine Partie. Sie hat ein kleines, 35 aufstrebendes Geschäft. *Zu der Alten:* Was denken Sie darüber?

DIE ALTE *unschlüssig:* Ja ...

DER POLIZIST Eine Annonce in der Zeitung.

5 DIE ALTE *zurückhaltend:* Wenn das Fräulein einverstanden ist ...

DER POLIZIST Was soll sie dagegen haben? Ich setze Ihnen das auf. Ein Dienst ist des andern wert. Denken Sie nicht, daß die Behörde kein Herz für den hartkämpfen-
10 den kleinen Geschäftsmann hat. Sie gehen uns an die Hand, und wir setzen Ihnen dafür Ihre Heiratsannonce auf! Hahaha! *Er zieht eifrig sein Notizbuch hervor, befeuchtet den Bleistiftstummel und schreibt los.*

SHUI TA *langsam:* Das ist keine schlechte Idee.

15 DER POLIZIST »Welcher ... ordentliche ... Mann mit kleinem Kapital ... Witwer nicht ausgeschlossen ... wünscht Einheirat ... in aufblühendes Tabakgeschäft?« Und dann fügen wir noch hinzu: »Bin hübsche sympathische Erscheinung.« Wie?

20 SHUI TA Wenn Sie meinen, daß das keine Übertreibung wäre.

DIE ALTE *freundlich:* Durchaus nicht. Ich habe sie gesehen. *Der Polizist reißt aus seinem Buch das Blatt und überreicht es Shui Ta.*

25 SHUI TA Mit Entsetzen sehe ich, wieviel Glück nötig ist, damit man nicht unter die Räder kommt! Wie viele Einfälle! Wie viele Freunde! *Zum Polizisten:* Trotz aller Entschlossenheit war ich zum Beispiel am Ende meines Witzes*, was die Ladenmiete betraf. Und jetzt kamen Sie
30 und halfen mir mit einem guten Rat. Ich sehe tatsächlich einen Ausweg.

Hier: Weisheit, Einfallsreichtum

*Ein junger Mann in abgerissenen Kleidern verfolgt mit den
Augen ein Flugzeug, das anscheinend in einem hohen Bogen über den Park geht. Er zieht einen Strick aus der Ta-* 5
*sche und schaut sich suchend um. Als er auf eine große
Weide zugeht, kommen zwei Prostituierte des Weges. Die
eine ist schon alt, die andere ist die Nichte aus der achtköpfigen Familie.*

DIE JUNGE Guten Abend, junger Herr. Kommst du mit, 10
Süßer?

SUN Möglich, meine Damen, wenn ihr mir was zum Essen
kauft.

DIE ALTE Du bist wohl übergeschnappt? *Zur Jungen:* Gehen wir weiter. Wir verlieren nur unsere Zeit mit ihm. 15
Das ist ja der stellungslose Flieger.

DIE JUNGE Aber es wird niemand mehr im Park sein, es
regnet gleich.

DIE ALTE Vielleicht doch.

Sie gehen weiter. Sun zieht, sich umschauend, seinen 20
*Strick hervor und wirft ihn um einen Weidenast. Er wird
aber wieder gestört. Die beiden Prostituierten kommen
schnell zurück. Sie sehen ihn nicht.*

DIE JUNGE Es wird ein Platzregen.

Shen Te kommt des Weges spaziert. 25

DIE ALTE Schau, da kommt das Untier! Dich und die Deinen hat sie ins Unglück gebracht!

DIE JUNGE Nicht sie. Ihr Vetter war es. Sie hatte uns ja
aufgenommen, und später hat sie uns angeboten, die
Kuchen zu zahlen. Gegen sie habe ich nichts. 30

DIE ALTE Aber ich! *Laut.* Ach, da ist ja unsere feine Schwe-

ster mit dem Goldhafen! Sie hat einen Laden, aber sie
will uns immer noch Freier wegfischen.

SHEN TE Friß mich doch nicht gleich auf! Ich gehe ins Teehaus am Teich.

5 DIE JUNGE Ist es wahr, daß du einen Witwer mit drei Kindern heiraten wirst?

SHEN TE Ja, ich treffe ihn dort.

SUN *ungeduldig:* Schert euch endlich weiter, ihr Schnep-
fen! Kann man nicht einmal hier seine Ruhe haben?

10 DIE ALTE Halt das Maul!

Die beiden Prostituierten ab.

SUN *ruft ihnen nach:* Aasgeier! *Zum Publikum:* Selbst an
diesem abgelegenen Platz fischen sie unermüdlich nach
Opfern, selbst im Gebüsch, selbst bei Regen suchen sie

15 verzweifelt nach Käufern.

SHEN TE *zornig:* Warum beschimpfen Sie sie? *Sie erblickt
den Strick.* Oh.

SUN Was glotzt du?

SHEN TE Wozu ist der Strick?

20 SUN Geh weiter, Schwester, geh weiter! Ich habe kein
Geld, nichts, nicht eine Kupfermünze. Und wenn ich
eine hätte, würde ich nicht dich, sondern einen Becher
Wasser kaufen vorher.

Es fängt an zu regnen.

25 SHEN TE Wozu ist der Strick? Das dürfen Sie nicht!

SUN Was geht dich das an? Scher dich weg!

SHEN TE Es regnet.

SUN Versuch nicht, dich unter diesen Baum zu stellen.

SHEN TE *bleibt unbeweglich im Regen stehen:* Nein.

30 SUN Schwester, laß ab, es hilft dir nichts. Mit mir ist kein
Geschäft zu machen. Du bist mir auch zu häßlich.
Krumme Beine.

SHEN TE Das ist nicht wahr.

SUN Zeig sie nicht! Komm schon, zum Teufel, unter den
35 Baum, wenn es regnet!

Sie geht langsam hin und setzt sich unter den Baum.

SHEN TE Warum wollen Sie das tun?

SUN Willst du es wissen? Dann werde ich es dir sagen, damit ich dich loswerde. *Pause.* Weißt du, was ein Flieger ist? 5

SHEN TE Ja, in einem Teehaus habe ich Flieger gesehen.

SUN Nein, du hast keine gesehen. Vielleicht ein paar windige Dummköpfe mit Lederhelmen, Burschen ohne Gehör für Motore und ohne Gefühl für eine Maschine. Das kommt nur in eine Kiste, weil es den Hangarverwalter* 10 schmieren kann. Sag so einem: Laß deine Kiste aus 2000 Fuß* Höhe durch die Wolken hinunter abfallen und dann fang sie auf, mit einem Hebeldruck, dann sagt er: Das steht nicht im Kontrakt. Wer nicht fliegt, daß er seine Kiste auf den Boden aufsetzt, als wäre es sein Hin- 15 tern, der ist kein Flieger, sondern ein Dummkopf. Ich aber bin ein Flieger. Und doch bin ich der größte Dummkopf, denn ich habe alle Bücher über die Fliegerei gelesen auf der Schule in Peking. Aber eine Seite eines Buchs habe ich nicht gelesen und auf dieser Seite stand, daß 20 keine Flieger mehr gebraucht werden. Und so bin ich ein Flieger ohne Flugzeug geworden, ein Postflieger ohne Post. Aber was das bedeutet, das kannst du nicht verstehen.

SHEN TE Ich glaube, ich verstehe es doch. 25

SUN Nein, ich sage dir ja, du kannst es nicht verstehen, also kannst du es nicht verstehen.

SHEN TE *halb lachend, halb weinend:* Als Kinder hatten wir einen Kranich mit einem lahmen Flügel. Er war freundlich zu uns und trug uns keinen Spaß nach und 30 stolzierte hinter uns drein, schreiend, daß wir nicht zu schnell für ihn liefen. Aber im Herbst und im Frühjahr, wenn die großen Schwärme über das Dorf zogen, wurde er sehr unruhig, und ich verstand ihn gut.

SUN Heul nicht. 35

3 Abend im Stadtpark

SHEN TE Nein.

SUN Es schadet dem Teint.

SHEN TE Ich höre schon auf.

Sie trocknet sich mit dem Ärmel die Tränen ab. An den Baum gelehnt, langt er, ohne sich ihr zuzuwenden, nach ihrem Gesicht.

SUN Du kannst dir nicht einmal richtig das Gesicht abwischen. *Er wischt es ihr mit einem Sacktuch* ab. Pause.*   Taschentuch

SUN Wenn du schon sitzen bleiben mußtest, damit ich mich nicht aufhänge, dann mach wenigstens den Mund auf.

SHEN TE Ich weiß nichts.

SUN Warum willst du mich eigentlich vom Ast schneiden, Schwester?

SHEN TE Ich bin erschrocken. Sicher wollten Sie es nur tun, weil der Abend so trüb ist. *Zum Publikum:*
In unsrem Lande
Dürfte es trübe Abende nicht geben
Auch hohe Brücken über die Flüsse
Selbst die Stunde zwischen Nacht und Morgen
Und die ganze Winterzeit dazu, das ist gefährlich.
Denn angesichts des Elends
Genügt ein Weniges
Und die Menschen werfen
Das unerträgliche Leben fort.

SUN Sprich von dir.

SHEN TE Wovon? Ich habe einen kleinen Laden.

SUN *spöttisch:* Ach, du gehst nicht auf den Strich, du hast einen Laden!

SHEN TE *fest:* Ich habe einen Laden, aber zuvor bin ich auf die Straße gegangen.

SUN Und den Laden, den haben dir wohl die Götter geschenkt?

SHEN TE Ja.

SUN Eines schönes Abends standen sie da und sagten: Hier hast du Geld.

SHEN TE *leise lachend:* Eines Morgens.

SUN Unterhaltsam bist du nicht gerade.

SHEN TE *nach einer Pause:* Ich kann Zither spielen, ein wenig, und Leute nachmachen. *Sie macht mit tiefer Stimme einen würdigen Mann nach.* »Nein, so etwas, ich muß meinen Geldbeutel vergessen haben!« Aber dann kriegte ich den Laden. Da habe ich als erstes die Zither weggeschenkt. Jetzt, sagte ich mir, kann ich ein Stockfisch sein, und es macht nichts.

Ich bin eine Reiche, sagte ich.

Ich gehe allein. Ich schlafe allein.

Ein ganzes Jahr, sagte ich

Mache ich nichts mehr mit einem Mann.

SUN Aber jetzt heiratest du einen? Den im Teehaus am Teich.

Shen Te schweigt.

SUN Was weißt du eigentlich von Liebe?

SHEN TE Alles.

SUN Nichts, Schwester. Oder war es etwa angenehm?

SHEN TE Nein.

SUN *streicht ihr mit der Hand über das Gesicht, ohne sich ihr zuzuwenden:* Ist das angenehm?

SHEN TE Ja.

SUN Genügsam, das bist du. Was für eine Stadt!

SHEN TE Haben Sie keinen Freund?

SUN Einen ganzen Haufen, aber keinen, der hören will, daß ich immer noch ohne eine Stelle bin. Sie machen ein Gesicht, als ob sie einen sich darüber beklagen hören, daß im Meer noch Wasser ist. Hast etwa du einen Freund?

SHEN TE *zögernd:* Einen Vetter.

SUN Dann nimm dich nur in acht vor ihm.

SHEN TE Er war bloß ein einziges Mal da. Jetzt ist er weggegangen und kommt nie wieder. Aber warum reden Sie so hoffnungslos? Man sagt: Ohne Hoffnung sprechen heißt ohne Güte sprechen.

3 Abend im Stadtpark

SUN Red nur weiter! Eine Stimme ist immerhin eine Stimme.

SHEN TE *eifrig:* Es gibt noch freundliche Menschen, trotz des großen Elends. Als ich klein war, fiel ich einmal mit einer Last Reisig hin. Ein alter Mann hob mich auf und gab mir sogar einen Käsch*. Daran habe ich mich oft erinnert. Besonders die wenig zu essen haben, geben gern ab. Wahrscheinlich zeigen die Menschen einfach gern, was sie können, und womit könnten sie es besser zeigen, als indem sie freundlich sind? Bosheit ist bloß eine Art Ungeschicklichkeit. Wenn jemand ein Lied singt oder eine Maschine baut oder Reis pflanzt, das ist eigentlich Freundlichkeit. Auch Sie sind freundlich.

> Kleine chin. Münze mit geringem Wert

SUN Da gehört nicht viel dazu bei dir, scheint es.

SHEN TE Ja. Und jetzt habe ich einen Regentropfen gespürt.

SUN Wo?

SHEN TE Zwischen den Augen.

SUN Mehr am rechten oder mehr am linken?

SHEN TE Mehr am linken.

SUN Gut. *Nach einer Weile, schläfrig.* Und mit den Männern bist du fertig?

SHEN TE *lächelnd:* Aber meine Beine sind nicht krumm.

SUN Vielleicht nicht.

SHEN TE Bestimmt nicht.

SUN *sich müde an den Baum zurücklehnend:* ⌐Aber da ich seit zwei Tagen nichts gegessen habe und nichts getrunken seit einem, könnte ich dich nicht lieben, Schwester, auch wenn ich wollte.⌐

SHEN TE Es ist schön im Regen.

Wang, der Wasserverkäufer, kommt. Er singt das

Ich hab Wasser zu verkaufen
Und nun steh ich hier im Regen
Und ich bin weithin gelaufen
Meines bißchen Wassers wegen.   5
Und jetzt schrei ich mein: Kauft Wasser!
Und keiner kauft es
Verschmachtend und gierig
Und zahlt es und sauft es.
Kauft Wasser, ihr Hunde!   10

Könnt ich doch dies Loch verstopfen!
Träumte jüngst, es wäre sieben
Jahr der Regen ausgeblieben:
Wasser maß ich ab nach Tropfen!
Ach, wie schrieen sie: Gib Wasser!   15
Jeden, der nach meinem Eimer faßte
Sah ich mir erst an daraufhin
Ob mir seine Nase paßte.
Da lechzten die Hunde!

Lachend.   20
Ja, jetzt sauft ihr kleinen Kräuter
Auf dem Rücken mit Behagen
Aus dem großen Wolkeneuter
Ohne nach dem Preis zu fragen
Und ich schreie mein: Kauft Wasser!   25
Und keiner kauft es
Verschmachtend und gierig
Und zahlt es und sauft es.
Kauft Wasser, ihr Hunde!

Der Regen hat aufgehört. Shen Te sieht Wang und läuft 30
auf ihn zu.

3 Abend im Stadtpark

SHEN TE Ach, Wang, bist du wieder zurück? Ich habe dein
     Traggerät bei mir untergestellt.
WANG Besten Dank für die Aufbewahrung! Wie geht es
     dir, Shen Te?
5 SHEN TE Gut. Ich habe einen sehr klugen und kühnen
     Menschen kennengelernt. Und ich möchte einen Becher
     von deinem Wasser kaufen.
WANG Leg doch den Kopf zurück und mach den Mund
     auf, dann hast du Wasser, soviel du willst. Dort die Wei-
10   de tropft noch immer.
SHEN TE Aber ich will dein Wasser, Wang.
        Das weither getragene
        Das müde gemacht hat
        Und das schwer verkauft wird, weil es heute regnet.
15   Und ich brauche es für den Herrn dort drüben.
        Er ist ein Flieger. Ein Flieger
        Ist kühner als andere Menschen. In der Gesellschaft
                                         der Wolken
        Den großen Stürmen trotzend
20   Fliegt er durch die Himmel und bringt
        Den Freunden im fernen Land
        Die freundliche Post.
     Sie bezahlt und läuft mit dem Becher zu Sun hinüber.
SHEN TE *ruft lachend zu Wang zurück:* Er ist eingeschlafen.
25   Die Hoffnungslosigkeit und der Regen und ich haben
     ihn müde gemacht.

Der Wasserverkäufer schläft. Musik. Das Kanalrohr wird durchsichtig, und dem Träumenden erscheinen die Götter.

WANG *strahlend:* Ich habe sie gesehen, Erleuchtete! Sie ist ganz die alte!

DER ERSTE GOTT Das freut uns.

WANG Sie liebt! Sie hat mir ihren Freund gezeigt. Es geht ihr wirklich gut.

DER ERSTE GOTT Das hört man gern. Hoffentlich bestärkt sie das in ihrem Streben nach Gutem.

WANG Unbedingt! Sie tut soviel Wohltaten, als sie kann.

DER ERSTE GOTT Was für Wohltaten? Erzähl uns davon, lieber Wang!

WANG Sie hat ein freundliches Wort für jeden.

DER ERSTE GOTT *eifrig:* Ja, und?

WANG Selten geht einer aus ihrem kleinen Laden ohne Tabak, nur weil er etwa kein Geld hat.

DER ERSTE GOTT Das klingt nicht schlecht. Noch anderes?

WANG Eine achtköpfige Familie hat sie bei sich beherbergt!

DER ERSTE GOTT *triumphierend zum zweiten:* Achtköpfig! *Zu Wang:* Und womöglich noch was?

WANG Mir hat sie, obwohl es regnete, einen Becher von meinem Wasser abgekauft.

DER ERSTE GOTT Natürlich, diese kleineren Wohltaten alle. Das versteht sich.

WANG Aber sie laufen ins Geld. So viel gibt ein kleiner Laden nicht her.

DER ERSTE GOTT Freilich, freilich! Aber ein umsichtiger Gärtner tut auch mit einem winzigen Fleck wahre Wunder.

WANG Das tut sie wahrhaftig! Jeden Morgen teilt sie Reis

aus, dafür geht mehr als die Hälfte des Verdienstes
drauf, das könnt ihr glauben!

DER ERSTE GOTT *etwas enttäuscht:* Ich sage auch nichts.
Ich bin nicht unzufrieden mit dem Anfang.

5 WANG Bedenkt, die Zeiten sind nicht die besten! Sie mußte
einmal einen Vetter zu Hilfe rufen, da ihr Laden in
Schwierigkeiten geriet.
Kaum war da eine windgeschützte Stelle
Kam des ganzen winterlichen Himmels
10 Zerzaustes Gevögel geflogen und
Raufte um den Platz und der hungrige Fuchs durchbiß
Die dünne Wand und der einbeinige Wolf
Stieß den kleinen Eßnapf um.
Kurz, sie konnte alle die Geschäfte allein nicht mehr
15 uberblicken. Aber alle sind sich einig, daß sie ein gutes
Mädchen ist. Sie heißt schon überall: 「Der Engel der
Vorstädte.」 So viel Gutes geht von ihrem Laden aus. Was
immer der Schreiner Lin To sagen mag!

DER ERSTE GOTT Was heißt das? Spricht der Schreiner Lin
20 To denn schlecht von ihr?

WANG Ach, er sagt nur, die Stellagen im Laden seien nicht
voll bezahlt worden.

DER ZWEITE GOTT Was sagst du da? Ein Schreiner wurde
nicht bezahlt? In Shen Tes Laden? Wie konnte sie das
25 zulassen?

WANG Sie hatte wohl das Geld nicht.

DER ZWEITE GOTT Ganz gleich, man bezahlt, was man
schuldig ist. Schon der bloße Anschein von Unbilligkeit* Unrecht
muß vermieden werden. Erstens muß 「der Buchstabe der
30 Gebote erfüllt werden, zweitens ihr Geist」.

WANG Aber es war nur der Vetter, Erleuchtete, nicht sie
selber!

DER ZWEITE GOTT Dann übertritt dieser Vetter nicht mehr
ihre Schwelle!

35 WANG *niedergeschlagen:* Ich verstehe, Erleuchteter! Zu

Shen Tes Verteidigung laß mich vielleicht nur noch geltend machen, daß der Vetter als durchaus achtbarer Geschäftsmann gilt. Sogar die Polizei schätzt ihn.

DER ERSTE GOTT Nun, wir wollen diesen Herrn Vetter ja auch nicht ungehört verdammen. Ich gebe zu, ich verstehe nichts von Geschäften, vielleicht muß man sich da erkundigen, was das Übliche ist. Aber überhaupt Geschäfte! Ist das denn so nötig? Immer machen sie jetzt Geschäfte! Machten ⌐die sieben guten Könige⌐ Geschäfte? Verkaufte der gerechte ⌐Kung⌐ Fische? Was haben Geschäfte mit einem rechtschaffenen und würdigen Leben zu tun?

DER ZWEITE GOTT *sehr verschnupft:* Jedenfalls darf so etwas nicht mehr vorkommen.

Er wendet sich zum Gehen. Die beiden anderen Götter wenden sich auch.

DER DRITTE GOTT *als letzter, verlegen:* Entschuldige den etwas harten Ton heute! Wir sind übermüdet und nicht ausgeschlafen. Das Nachtlager! Die Wohlhabenden geben uns die allerbesten Empfehlungen an die Armen, aber die Armen haben nicht Zimmer genug.

DIE GÖTTER *sich entfernend, schimpfen:* Schwach, die beste von ihnen! Nichts Durchschlagendes! Wenig, wenig! Alles natürlich von Herzen, aber es sieht nach nichts aus! Sie müßte doch zumindest . . .

Man hört sie nicht mehr.

WANG *ruft ihnen nach:* Ach, seid nicht ungnädig, Erleuchtete! Verlangt nicht zu viel für den Anfang!

4
Platz vor Shen Tes Tabakladen

Eine Barbierstube, ein Teppichgeschäft und Shen Tes Ta-
bakladen. Es ist Montag. Vor Shen Tes Laden warten zwei
Überbleibsel der achtköpfigen Familie, der Großvater und
die Schwägerin, sowie der Arbeitslose und die Shin.

DIE SCHWÄGERIN Sie war nicht zu Hause gestern nacht!

DIE SHIN Ein unglaubliches Benehmen! Endlich ist dieser
rabiate Herr Vetter weg, und man bequemt sich, wenigstens ab und zu etwas Reis von seinem Überfluß abzu-
geben, und schon bleibt man nachtelang fort und treibt
sich, die Götter wissen wo, herum!
Aus der Barbierstube hört man laute Stimmen. Heraus
stolpert Wang, ihm folgt der dicke Barbier, Herr Shu Fu,
eine schwere Brennschere* in der Hand.

HERR SHU FU Ich werde dir geben, meine Kunden zu be-
lästigen mit deinem verstunkenen Wasser! Nimm deinen
Becher und scher dich fort!
Wang greift nach dem Becher, den Herr Shu Fu ihm
hinhält, und der schlägt ihm mit der Brennschere auf die
Hand, daß Wang laut aufschreit.

HERR SHU FU Da hast du es! Laß dir das eine Lektion sein!
Er schnauft in seine Barbierstube zurück.

DER ARBEITSLOSE *hebt den Becher auf und reicht ihn*
Wang: Für den Schlag kannst du ihn anzeigen.

WANG Die Hand ist kaputt.

DER ARBEITSLOSE Ist etwas zerbrochen drin?

WANG Ich kann sie nicht mehr bewegen.

DER ARBEITSLOSE Setz dich hin und gib ein wenig Wasser
drüber!
Wang setzt sich.

Gerät zum
Lockendrehen

DIE SHIN Jedenfalls hast du das Wasser billig.

DIE SCHWÄGERIN Nicht einmal einen Fetzen Leinen kann man hier bekommen früh um acht. Sie muß auf Abenteuer ausgehen! Skandal!

DIE SHIN *düster:* Vergessen hat sie uns!

Die Gasse herunter kommt Shen Te, einen Topf mit Reis tragend.

SHEN TE *zum Publikum:* In der Frühe habe ich die Stadt nie gesehen. In diesen Stunden lag ich immer noch mit der schmutzigen Decke über der Stirn, in Furcht vor dem Erwachen. Heute bin ich zwischen den Zeitungsjungen gegangen, den Männern, die den Asphalt mit Wasser überspülen, und den Ochsenkarren mit dem frischen Gemüse vom Land. Ich bin einen langen Weg von Suns Viertel bis hierher gegangen, aber mit jedem Schritt wurde ich lustiger. Ich habe immer gehört, wenn man liebt, geht man auf Wolken, aber das Schöne ist, daß man auf der Erde geht, dem Asphalt. Ich sage euch, die Häusermassen sind in der Frühe wie Schutthaufen, in denen Lichter angezündet werden, wenn der Himmel schon rosa und noch durchsichtig, weil ohne Staub ist. Ich sage euch, es entgeht euch viel, wenn ihr nicht liebt und eure Stadt seht in der Stunde, wo sie sich vom Lager erhebt wie ein nüchterner alter Handwerker, der seine Lungen mit frischer Luft vollpumpt und nach seinem Handwerkzeug greift, ⌐wie die Dichter singen¬. *Zu den Wartenden:* Guten Morgen! Da ist der Reis! *Sie teilt aus, dann erblickt sie Wang.* Guten Morgen, Wang. Ich bin leichtsinnig heute. Auf dem Weg habe ich mich in jedem Schaufenster betrachtet und jetzt habe ich Lust, mir einen Shawl* zu kaufen. *Nach kurzem Zögern.* Ich würde so gern schön aussehen. *Sie geht schnell in den Teppichladen.*

HERR SHU FU *der wieder in die Tür getreten ist, zum Publikum:* Ich bin betroffen, wie schön heute Fräulein

Engl. Schreibung von: Schal

Shen Te aussieht, die Besitzerin des Tabakladens von Visavis*, die mir bisher gar nicht aufgefallen ist. Drei Minuten sehe ich sie, und ich glaube, ich bin schon verliebt in sie. Eine unglaublich sympathische Person! *Zu*
5 *Wang:* Scher dich weg, Halunke! *Er geht in die Barbierstube zurück.*

Shen Te und ⌐ein sehr altes Paar⌐, der Teppichhändler und seine Frau, treten aus dem Teppichladen. Shen Te trägt einen Shawl, der Teppichhändler einen Spiegel.

(franz.) Gegenüber

10 DIE ALTE Er ist sehr hübsch und auch nicht teuer, da er ein Löchlein unten hat.

SHEN TE *auf den Shawl am Arm der Alten schauend:* Der grüne ist auch schön.

DIE ALTE *lächelnd:* Aber er ist leider nicht ein bißchen be-
15 schädigt.

SHEN TE Ja, das ist ein Jammer. Ich kann keine großen Sprünge machen mit meinem Laden. Ich habe noch wenig Einnahmen und doch viele Ausgaben.

DIE ALTE Für Wohltaten. Tun Sie nicht zu viel. Am Anfang
20 spielt ja jede Schale Reis eine Rolle, nicht?

SHEN TE *probiert den durchlöcherten Shawl an:* Nur, das muß sein, aber jetzt bin ich leichtsinnig. Ob mir diese Farbe steht?

DIE ALTE Das müssen Sie unbedingt einen Mann fragen.

25 SHEN TE *zum Alten gewendet:* Steht sie mir?

DER ALTE Fragen Sie doch lieber . . .

SHEN TE *sehr höflich:* Nein, ich frage Sie.

DER ALTE *ebenfalls höflich:* Der Shawl steht Ihnen. Aber nehmen Sie die matte Seite nach außen.

30 *Shen Te bezahlt.*

DIE ALTE Wenn er nicht gefällt, tauschen Sie ihn ruhig um. *Zieht sie beiseite.* Hat er ein wenig Kapital?

SHEN TE *lachend:* O nein.

DIE ALTE Können Sie denn dann die Halbjahresmiete be-
35 zahlen?

SHEN TE Die Halbjahresmiete! Das habe ich ganz vergessen!

DIE ALTE Das dachte ich mir! Und nächsten Montag ist schon der Erste. Ich möchte etwas mit Ihnen besprechen. Wissen Sie, mein Mann und ich waren ein wenig zweiflerisch in bezug auf die Heiratsannonce, nachdem wir Sie kennengelernt haben. Wir haben beschlossen, Ihnen im Notfall unter die Arme zu greifen. Wir haben uns Geld zurückgelegt und können Ihnen die 200 Silberdollar leihen. Wenn Sie wollen, können Sie uns Ihre Vorräte an Tabak verpfänden. Schriftliches ist aber zwischen uns natürlich nicht nötig.

SHEN TE Wollen Sie wirklich einer so leichtsinnigen Person Geld leihen?

DIE ALTE Offen gestanden, Ihrem Herrn Vetter, der bestimmt nicht leichtsinnig ist, würden wir es vielleicht nicht leihen, aber Ihnen leihen wir es ruhig.

DER ALTE *tritt hinzu:* Abgemacht?

SHEN TE Ich wünschte, die Götter hätten Ihrer Frau eben zugehört, Herr Deng. Sie suchen gute Menschen, die glücklich sind. Und Sie müssen wohl glücklich sein, daß Sie mir helfen, weil ich durch Liebe in Ungelegenheiten gekommen bin.

Die beiden Alten lächeln sich an.

DER ALTE Hier ist das Geld.

Er übergibt ihr ein Kuvert. Shen Te nimmt es entgegen und verbeugt sich. Auch die Alten verbeugen sich. Sie gehen zurück in ihren Laden.

SHEN TE *zu Wang, ihr Kuvert hochhebend:* Das ist die Miete für ein halbes Jahr! Ist das nicht wie ein Wunder? Und was sagst du zu meinem neuen Shawl, Wang?

WANG Hast du den für ihn gekauft, den ich im Stadtpark gesehen habe?

Shen Te nickt.

DIE SHIN Vielleicht sehen Sie sich lieber seine kaputte

Hand an, als ihm Ihre zweifelhaften Abenteuer zu erzählen!

SHEN TE *erschrocken:* Was ist mit deiner Hand?

DIE SHIN Der Barbier hat sie vor unseren Augen mit der
Brennschere zerschlagen.

SHEN TE *über ihre Achtlosigkeit entsetzt:* Und ich habe gar
nichts bemerkt! Du mußt sofort zum Arzt gehen, sonst
wird deine Hand steif und du kannst nie mehr richtig
arbeiten. Das ist ein großes Unglück. Schnell, steh auf!
Geh schnell!

DER ARBEITSLOSE Er muß nicht zum Arzt, sondern zum
Richter! Er kann vom Barbier, der reich ist, Schadener-
satz verlangen.

WANG Meinst du, da ist eine Aussicht?

DIE SHIN Wenn sie wirklich kaputt ist. Aber ist sie kaputt?

WANG Ich glaube. Sie ist schon ganz dick. Wäre es eine
Lebensrente?

DIE SHIN Du mußt allerdings einen Zeugen haben.

WANG Aber ihr alle habt es ja gesehen! Ihr alle könnt es
bezeugen.

*Er blickt um sich. Der Arbeitslose, der Großvater und
die Schwägerin sitzen an der Hauswand und essen. Niemand sieht auf.*

SHEN TE *zur Shin:* Sie selber haben es doch gesehen!

DIE SHIN Ich will nichts mit der Polizei zu tun haben.

SHEN TE *zur Schwägerin:* Dann Sie!

DIE SCHWÄGERIN Ich? Ich habe nicht hingesehen!

DIE SHIN Natürlich haben Sie hingesehen. Ich habe gesehen, daß Sie hingesehen haben! Sie haben nur Furcht,
weil der Barbier zu mächtig ist.

SHEN TE *zum Großvater:* Ich bin sicher, Sie bezeugen den
Vorfall.

DIE SCHWÄGERIN Sein Zeugnis wird nicht angenommen.
Er ist gaga*.

SHEN TE *zum Arbeitslosen:* Es handelt sich vielleicht um
eine Lebensrente.

(franz.)
kindisch,
vertrottelt

DER ARBEITSLOSE Ich bin schon zweimal wegen Bettelei aufgeschrieben worden. Mein Zeugnis würde ihm eher schaden.

SHEN TE *ungläubig:* So will keines von euch sagen, was ist? Am hellen Tage wurde ihm die Hand zerbrochen, ihr habt alle zugeschaut, und keines will reden? *Zornig.* Oh, ihr Unglücklichen!

Euerm Bruder wird Gewalt angetan, und ihr kneift die Augen zu!

Der Getroffene schreit laut auf, und ihr schweigt?

Der Gewalttätige geht herum und wählt sein Opfer

Und ihr sagt: uns verschont er, denn wir zeigen kein Mißfallen.

Was ist das für eine Stadt, was seid ihr für Menschen!

⌐Wenn in einer Stadt ein Unrecht geschieht, muß ein Aufruhr sein

Und wo kein Aufruhr ist, da ist es besser, daß die Stadt untergeht

Durch ein Feuer⌐, bevor es Nacht wird!

Wang, wenn niemand deinen Zeugen macht, der dabei war, dann will ich deinen Zeugen machen und sagen, daß ich es gesehen habe.

DIE SHIN Das wird Meineid sein.

WANG Ich weiß nicht, ob ich das annehmen kann. Aber vielleicht muß ich es annehmen. *Auf seine Hand blikkend, besorgt.* Meint ihr, sie ist auch dick genug? Es kommt mir vor, als sei sie schon wieder abgeschwollen?

DER ARBEITSLOSE *beruhigt ihn:* Nein, sie ist bestimmt nicht abgeschwollen.

WANG Wirklich nicht? Ja, ich glaube auch, sie schwillt sogar ein wenig mehr an. Vielleicht ist doch das Gelenk gebrochen! Ich laufe besser gleich zum Richter. *Seine Hand sorgsam haltend, den Blick immer darauf gerichtet, läuft er weg.*

Die Shin läuft in die Barbierstube.

DER ARBEITSLOSE Sie läuft zum Barbier sich einschmeicheln.

DIE SCHWÄGERIN Wir können die Welt nicht ändern.

SHEN TE *entmutigt:* Ich habe euch nicht beschimpfen wollen. Ich bin nur erschrocken. Nein, ich wollte euch beschimpfen. Geht mir aus den Augen!

Der Arbeitslose, die Schwägerin und der Großvater gehen essend und maulend ab.

SHEN TE *zum Publikum:*

Sie antworten nicht mehr. Wo man sie hinstellt
Bleiben sie stehen, und wenn man sie wegweist
Machen sie schnell Platz!
Nichts bewegt sie mehr. Nur
Der Geruch des Essens macht sie aufschauen.

Eine alte Frau kommt gelaufen. Es ist Suns Mutter, Frau Yang.

FRAU YANG *atemlos:* Sind Sie Fräulein Shen Te? Mein Sohn hat mir alles erzählt. Ich bin Suns Mutter, Frau Yang. Denken Sie, er hat jetzt die Aussicht, eine Fliegerstelle zu bekommen! Heute morgen, eben vorhin, ist ein Brief gekommen, aus Peking. Von einem Hangarverwalter beim Postflug.

SHEN TE Daß er wieder fliegen kann? Oh, Frau Yang!

FRAU YANG Aber die Stelle kostet schreckliches Geld: 500 Silberdollar.

SHEN TE Das ist viel, aber am Geld darf so etwas nicht scheitern. Ich habe doch den Laden.

FRAU YANG Wenn Sie da etwas tun könnten!

SHEN TE *umarmt sie:* Wenn ich ihm helfen könnte!

FRAU YANG Sie würden einem begabten Menschen eine Chance geben!

SHEN TE Wie dürfen sie einen hindern, sich nützlich zu machen! *Nach einer Pause.* Nur, für den Laden werde ich zu wenig bekommen, und die 200 Silberdollar Bargeld hier sind bloß ausgeliehen. Die freilich können Sie

gleich mitnehmen. Ich werde meine Tabakvorräte verkaufen und sie davon zurückzahlen. *Sie gibt ihr das
Geld der beiden Alten.*

FRAU YANG Ach, Fräulein Shen Te, das ist Hilfe am rechten
Ort. Und sie nannten ihn schon den toten Flieger hier in
der Stadt, weil sie alle überzeugt waren, daß er so wenig
wie ein Toter je wieder fliegen würde.

SHEN TE Aber 300 Silberdollar brauchen wir noch für die
Fliegerstelle. Wir müssen nachdenken, Frau Yang.
Langsam. Ich kenne jemand, der mir da vielleicht helfen
könnte. Einen, der schon einmal Rat geschaffen hat. Ich
wollte ihn eigentlich nicht mehr rufen, da er zu hart und
zu schlau ist. Es müßte wirklich das letzte Mal sein*.
Aber ein Flieger muß fliegen, das ist klar.
Fernes Motorengeräusch.

FRAU YANG Wenn der, von dem Sie sprechen, das Geld
beschaffen könnte! Sehen Sie, das ist das morgendliche
Postflugzeug, das nach Peking geht!

SHEN TE *entschlossen:* Winken Sie, Frau Yang! Der Flieger
kann uns bestimmt sehen! *Sie winkt mit ihrem Shawl.*
Winken Sie auch!

FRAU YANG *winkend:* Kennen Sie den, der da fliegt?

SHEN TE Nein. Einen, der fliegen wird. Denn der Hoff-
nungslose soll fliegen, Frau Yang. Einer wenigstens soll
über all dies Elend, einer soll über uns alle sich erheben
können!
Zum Publikum:
Yang Sun, mein Geliebter, in der Gesellschaft der Wol-
ken!
Den großen Stürmen trotzend
Fliegend durch die Himmel und bringend
Den Freunden im fernen Land
Die freundliche Post.

Vgl. 97,30–31

⌜*Shen Te tritt, in den Händen die Maske und den Anzug des Shui Ta, auf und singt*⌝

5   ⌜DAS LIED VON DER WEHRLOSIGKEIT DER GÖTTER UND GUTEN⌝

In unserem Lande
Braucht der Nützliche Glück. Nur
Wenn er starke Helfer findet
10   Kann er sich nützlich erweisen.
Die Guten
Können sich nicht helfen und die Götter sind machtlos.
      Warum haben die Götter nicht Tanks und Kanonen
      Schlachtschiffe und Bombenflugzeuge und Minen
15   Die Bösen zu fällen, die Guten zu schonen?
      Es stünde wohl besser mit uns und mit ihnen.
Sie legt den Anzug des Shui Ta an und macht einige Schritte in seiner Gangart.

Die Guten
20   Können in unserem Lande nicht lang gut bleiben.
Wo die Teller leer sind, raufen sich die Esser.
Ach, die Gebote der Götter
Helfen nicht gegen den Mangel.
      Warum erscheinen die Götter nicht auf unsern
25   Märkten
      Und verteilen lächelnd die Fülle der Waren
      Und gestatten den vom Brot und vom Weine
                                               Gestärkten
      Miteinander nun freundlich und gut zu verfahren?

30   *Sie setzt die Maske des Shui Ta auf und fährt mit seiner Stimme zu singen fort.*

Um zu einem Mittagessen zu kommen
Braucht es der Härte, mit der sonst Reiche gegründet
werden.
Ohne zwölf zu zertreten
Hilft keiner einem Elenden.   5
   Warum sagen die Götter nicht laut in den obern
                                   Regionen
   Daß sie den Guten nun einmal die gute Welt
                                   schulden?
   Warum stehn sie den Guten nicht bei mit Tanks und   10
                                   Kanonen
   Und befehlen: Gebt Feuer! und dulden kein Dulden?

5
Der Tabakladen

Hinter dem Ladentisch sitzt Shui Ta und liest die Zeitung.
Er beachtet nicht im geringsten die Shin, die aufwischt und
5 *dabei redet.*

DIE SHIN So ein kleiner Laden ist schnell ruiniert, wenn
einmal gewisse Gerüchte sich im Viertel verbreiten, das
können Sie mir glauben. Es wäre hohe Zeit, daß Sie als
ordentlicher Mann in die dunkle Affäre zwischen dem
10 Fräulein und diesem Yang Sun aus der Gelben Gasse
hineinleuchteten. Vergessen Sie nicht, daß Herr Shu Fu,
der Barbier von nebenan, ein Mann, der zwölf Häuser
besitzt und ⌐nur eine einzige und dazu alte Frau⌐ hat, mir
gegenüber erst gestern ein schmeichelhaftes Interesse für
15 das Fräulein angedeutet hat. Er hatte sich sogar schon
nach ihren Vermögensverhältnissen erkundigt. Das beweist wohl echte Neigung, möchte ich meinen. *Da sie*
keine Antwort erhält, geht sie endlich mit dem Eimer
hinaus.
20 SUNS STIMME *von draußen:* Ist das Fräulein Shen Tes Laden?
STIMME DER SHIN Ja, das ist er. Aber heute ist der Vetter*   Vgl. 31,7 und
da.   97,30–31
Shui Ta läuft mit den leichten Schritten der Shen Te zu
25 *einem Spiegel und will eben beginnen, sich das Haar zu*
richten, als er im Spiegel den Irrtum bemerkt. Er wendet
sich leise lachend ab. Eintritt Yang Sun. Hinter ihm
kommt neugierig die Shin. Sie geht an ihm vorüber ins
Gelaß.
30 SUN Ich bin Yang Sun. *Shui Ta verbeugt sich.* Ist Shen Te
da?

SHUI TA Nein, sie ist nicht da.

SUN Aber Sie sind wohl im Bild, wie wir zueinander stehen. *Er beginnt den Laden in Augenschein zu nehmen.* Ein leibhaftiger Laden! Ich dachte immer, sie nimmt da den Mund etwas voll.

Er schaut befriedigt in die Kistchen und Porzellantöpfchen. Mann, ich werde wieder fliegen! *Er nimmt sich eine Zigarre und Shui Ta reicht ihm Feuer.* Glauben Sie, wir können noch 300 Silberdollar aus dem Laden herausschlagen?

SHUI TA Darf ich fragen: haben Sie die Absicht, ihn auf der Stelle zu verkaufen?

SUN Haben wir denn die 300 bar? *Shui Ta schüttelt den Kopf.* Es war anständig von ihr, daß sie die 200 sofort herausrückte. Aber ohne die 300, die noch fehlen, bringen sie mich nicht weiter.

SHUI TA Vielleicht war es ein bißchen schnell, daß sie Ihnen das Geld zusagte. Es kann sie den Laden kosten. Man sagt: Eile heißt der Wind, der das Baugerüst umwirft.

SUN Ich brauche das Geld schnell oder gar nicht. Und das Mädchen gehört nicht zu denen, die lang zaudern, wenn es gilt, etwas zu geben. Unter uns Männern: Es hat bisher mit nichts gezaudert.

SHUI TA So.

SUN Was nur für sie spricht.

SHUI TA Darf ich wissen, wozu die 500 Silberdollar dienen würden?

SUN Sicher. Ich sehe, es soll mir auf den Zahn gefühlt werden. Der Hangarverwalter in Peking, ein Freund von mir aus der Flugschule, kann mir die Stelle verschaffen, wenn ich ihm 500 Silberdollar ausspucke.

SHUI TA Ist die Summe nicht außergewöhnlich hoch?

SUN Nein. Er muß eine Nachlässigkeit bei einem Flieger entdecken, der eine große Familie hat und deshalb sehr pflichteifrig ist. Sie verstehen. Das ist übrigens im Vertrauen gesagt, und Shen Te braucht es nicht zu wissen.

SHUI TA Vielleicht nicht. Nur eines: wird der Hangarverwalter dann nicht im nächsten Monat Sie verkaufen?

5 SUN Nicht mich. Bei mir wird es keine Nachlässigkeit geben. Ich bin lange genug ohne Stelle gewesen.

SHUI TA *nickt:* Der hungrige Hund zieht den Karren schneller nach Hause. *Er betrachtet ihn eine Zeitlang prüfend.* Die Verantwortung ist sehr groß. Herr Yang
10 Sun, Sie verlangen von meiner Kusine, daß sie ihr kleines Besitztum und alle ihre Freunde in dieser Stadt aufgibt und ihr Schicksal ganz in Ihre Hände legt. Ich nehme an, daß Sie die Absicht haben, Shen Te zu heiraten?

SUN Dazu wäre ich bereit.

15 SHUI TA Aber ist es dann nicht schade, den Laden für ein paar Silberdollar wegzuhökern? Man wird wenig dafür bekommen, wenn man schnell verkaufen muß. Mit den 200 Silberdollar, die Sie in den Händen haben, wäre die Miete für ein halbes Jahr gesichert. Würde es Sie nicht
20 auch locken, das Tabakgeschäft weiterzuführen?

SUN Mich? Soll man Yang Sun, den Flieger, hinter einem Ladentisch stehen sehen: »Wünschen Sie eine starke Zigarre oder eine milde, geehrter Herr?« Das ist kein Geschäft für die Yang Suns, nicht in diesem Jahrhundert!

25 SHUI TA Gestatten Sie mir die Frage, ob die Fliegerei ein Geschäft ist?

SUN *zieht einen Brief aus der Tasche:* Herr, ich bekomme 250 Silberdollar im Monat! Sehen Sie selber den Brief. Hier ist die Briefmarke und der Stempel Peking.

30 SHUI TA 250 Silberdollar? Das ist viel.

SUN Meinen Sie, ich fliege umsonst?

SHUI TA Die Stelle ist anscheinend gut. Herr Yang Sun, meine Kusine hat mich beauftragt, Ihnen zu dieser Stelle als Flieger zu verhelfen, die Ihnen alles bedeutet. Vom
35 Standpunkt meiner Kusine aus sehe ich keinen triftigen

Einwand dagegen, daß sie dem Zug ihres Herzens folgt. Sie ist vollkommen berechtigt, der Freuden der Liebe teilhaftig zu werden. Ich bin bereit, alles hier zu Geld zu machen. Da kommt die Hausbesitzerin, Frau Mi Tzü, die ich wegen des Verkaufs um Rat fragen will. 5

DIE HAUSBESITZERIN *herein:* Guten Tag, Herr Shui Ta. Es handelt sich wohl um die Ladenmiete, die übermorgen fällig ist.

SHUI TA Frau Mi Tzü, es sind Umstände eingetreten, die es zweifelhaft gemacht haben, ob meine Kusine den Laden 10 weiterführen wird. Sie gedenkt zu heiraten, und ihr zukünftiger Mann *er stellt Yang Sun vor*, Herr Yang Sun, nimmt sie mit sich nach Peking, wo sie eine neue Existenz gründen wollen. Wenn ich für meinen Tabak genug bekomme, verkaufe ich. 15

DIE HAUSBESITZERIN Wieviel brauchen Sie denn?

SUN 300 auf den Tisch.

SHUI TA *schnell:* Nein, 500!

DIE HAUSBESITZERIN *zu Sun:* Vielleicht kann ich Ihnen unter die Arme greifen. Was hat Ihr Tabak gekostet? 20

SHUI TA Meine Kusine hat einmal 1000 Silberdollar dafür bezahlt, und es ist sehr wenig verkauft worden.

DIE HAUSBESITZERIN 1000 Silberdollar! Sie ist natürlich hereingelegt worden. Ich will Ihnen etwas sagen: ich zahle Ihnen 300 Silberdollar für den ganzen Laden, 25 wenn Sie übermorgen ausziehen.

SUN Das tun wir. Es geht, Alter!

SHUI TA Es ist zu wenig!

SUN Es ist genug!

SHUI TA Ich muß wenigstens 500 haben. 30

SUN Wozu?

SHUI TA Gestatten Sie, daß ich mit dem Verlobten meiner Kusine etwas bespreche. *Beiseite zu Sun:* Der ganze Tabak hier ist verpfändet an zwei alte Leute für die 200 Silberdollar, die Ihnen gestern ausgehändigt wurden. 35

SUN *zögernd:* Ist etwas Schriftliches darüber vorhanden?

SHUI TA Nein.

SUN *zur Hausbesitzerin nach einer kleinen Pause:* Wir können es machen mit den 300.

5 DIE HAUSBESITZERIN Aber ich müßte noch wissen, ob der Laden schuldenfrei ist.

SUN Antworten Sie.

SHUI TA Der Laden ist schuldenfrei.

SUN Wann wären die 300 zu bekommen?

10 DIE HAUSBESITZERIN Übermorgen, und Sie können es sich ja überlegen. Wenn Sie einen Monat Zeit haben mit dem Verkaufen, werden Sie mehr herausholen. Ich zahle 300 und das nur, weil ich gern das Meine tun will, wo es sich anscheinend um ein junges Liebesglück handelt. *Ab.*

15 SUN *nachrufend:* Wir machen das Geschäft! Kistchen, Töpfchen und Säcklein, alles für 300, und der Schmerz ist zu Ende. *Zu Shui Ta:* Vielleicht bekommen wir bis übermorgen woanders mehr? Dann könnten wir sogar die 200 zurückzahlen.

20 SHUI TA Nicht in der kurzen Zeit. Wir werden keinen Silberdollar mehr haben als die 300 der Mi Tzü. Das Geld für die Reise zu zweit und die erste Zeit haben Sie?

SUN Sicher.

SHUI TA Wieviel ist das?

25 SUN Jedenfalls werde ich es auftreiben, und wenn ich es stehlen müßte!

SHUI TA Ach so, auch diese Summe müßte erst aufgetrieben werden?

SUN Kipp nicht aus den Schuhen, Alter. Ich komme schon
30 nach Peking.

SHUI TA Aber für zwei Leute kann es nicht so billig sein.

SUN Zwei Leute? Das Mädchen lasse ich doch hier. Sie wäre mir in der ersten Zeit nur ein Klotz am Bein.

SHUI TA Ich verstehe.

35 SUN Warum schauen Sie mich an wie einen undichten Ölbehälter? Man muß sich nach der Decke strecken.

SHUI TA Und wovon soll meine Kusine leben?

SUN Können Sie nicht etwas für sie tun?

SHUI TA Ich werde mich bemühen. *Pause.* Ich wollte, Sie
händigten mir die 200 Silberdollar wieder aus, Herr
Yang Sun, und ließen sie hier, bis Sie imstande sind, mir 5
zwei Billetts nach Peking zu zeigen.

SUN Lieber Schwager, ich wollte, du mischtest dich nicht
hinein.

SHUI TA Fräulein Shen Te . . .

SUN Überlassen Sie das Mädchen ruhig mir. 10

SHUI TA Wird vielleicht ihren Laden nicht mehr verkaufen
wollen, wenn sie erfährt . . .

SUN Sie wird auch dann.

SHUI TA Und von meinem Einspruch befürchten Sie
nichts? 15

SUN Lieber Herr!

SHUI TA Sie scheinen zu vergessen, daß sie ein Mensch ist
und eine Vernunft hat.

SUN *belustigt:* Was gewisse Leute von ihren weiblichen
Verwandten und der Wirkung vernünftigen Zuredens 20
denken, hat mich immer gewundert. Haben Sie schon
einmal von der Macht der Liebe oder dem Kitzel des
Fleisches gehört? Sie wollen an ihre Vernunft appellie-
ren? Sie hat keine Vernunft! Dagegen ist sie zeitlebens
mißhandelt worden, armes Tier*! Wenn ich ihr die Hand 25
auf die Schulter lege und ihr sage »Du gehst mit mir«,
hört sie Glocken und kennt ihre Mutter nicht mehr.

Vgl. 75,2

SHUI TA *mühsam:* Herr Yang Sun!

SUN Herr . . . wie Sie auch heißen mögen!

SHUI TA Meine Kusine ist Ihnen ergeben, weil . . . 30

SUN Wollen wir sagen, weil ich die Hand am Busen habe?
⌜Stopf's in deine Pfeife und rauch's!⌝ *Er nimmt sich noch
eine Zigarre, dann steckt er ein paar in die Tasche, und
am Ende nimmt er die Kiste unter den Arm.* Du kommst
zu ihr nicht mit leeren Händen: bei der Heirat bleibt's. 35

Und da bringt sie die 300, oder du bringst sie, oder sie, oder du! *Ab.*

DIE SHIN *steckt den Kopf aus dem Gelaß:* Keine angenehme Erscheinung! Und die ganze Gelbe Gasse weiß, daß er das Mädchen vollständig in der Hand hat.

SHUI TA *aufschreiend:* Der Laden ist weg! Er liebt nicht! Das ist der Ruin. Ich bin verloren! *Er beginnt herumzulaufen wie ein gefangenes Tier, immerzu wiederholend* »Der Laden ist weg!«, *bis er plötzlich stehenbleibt und die Shin anredet.* Shin, Sie sind am Rinnstein aufgewachsen, und so bin ich es. Sind wir leichtfertig? Nein. Lassen wir es an der nötigen Brutalität fehlen? Nein. Ich bin bereit, Sie am Hals zu nehmen und Sie solang zu schütteln, bis Sie den Käsch ausspucken, den sie mir gestohlen haben, Sie wissen es. Die Zeiten sind furchtbar, diese Stadt ist eine Hölle, aber wir krallen uns an der glatten Mauer hoch. Dann ereilt einen von uns das Unglück: er liebt. Das genügt, er ist verloren. Eine Schwäche und man ist abserviert. Wie soll man sich von allen Schwächen freimachen, vor allem von der tödlichsten, der Liebe? Sie ist ganz unmöglich! Sie ist zu teuer! Freilich, sagen Sie selbst, kann man leben, immer auf der Hut? Was ist das für eine Welt?

Die Liebkosungen gehen in Würgungen über.
Der Liebesseufzer verwandelt sich in den Angstschrei.
Warum kreisen die Geier dort?
Dort geht eine zum Stelldichein!

DIE SHIN Ich denke, ich hole lieber gleich den Barbier. Sie müssen mit dem Barbier reden. Das ist ein Ehrenmann. Der Barbier, das ist der Richtige für Ihre Kusine. *Da sie keine Antwort erhält, läuft sie weg.*

Shui Ta läuft wieder herum, bis Herr Shu Fu eintritt, gefolgt von der Shin, die sich jedoch auf einen Wink Herrn Shu Fus zurückziehen muß.

SHUI TA *eilt ihm entgegen:* Lieber Herr, vom Hörensagen

weiß ich, daß Sie für meine Kusine einiges Interesse angedeutet haben. Lassen Sie mich alle Gebote der Schicklichkeit, die Zurückhaltung fordern, beiseite setzen, denn das Fräulein ist im Augenblick in größter Gefahr.

HERR SHU FU Oh!

SHUI TA Noch vor wenigen Stunden im Besitz eines eigenen Ladens, ist meine Kusine jetzt wenig mehr als eine Bettlerin. Herr Shu Fu, dieser Laden ist ruiniert.

HERR SHU FU Herr Shui Ta, der Zauber Fräulein Shen Tes besteht kaum in der Güte ihres Ladens, sondern in der Güte ihres Herzens. Der Name, den dieses Viertel dem Fräulein verlieh, sagt alles: Der Engel der Vorstädte!*

SHUI TA Lieber Herr, diese Güte hat meine Kusine an einem einzigen Tage 200 Silberdollar gekostet! Da muß ein Riegel vorgeschoben werden.

HERR SHU FU Gestatten Sie, daß ich eine abweichende Meinung äußere: dieser Güte muß der Riegel erst recht eigentlich geöffnet werden: Es ist die Natur des Fräuleins, Gutes zu tun. Was bedeutet da die Speisung von vier Menschen, die ich sie jeden Morgen mit Rührung vornehmen sehe! Warum darf sie nicht ⌐vierhundert speisen⌐? Ich höre, sie zerbricht sich zum Beispiel den Kopf, wie ein paar Obdachlose unterbringen. Meine Häuser hinter dem Viehhof stehen leer. Sie sind zu ihrer Verfügung und so weiter und so weiter. Herr Shui Ta, dürfte ich hoffen, daß solche Ideen, die mir in den letzten Tagen gekommen sind, bei Fräulein Shen Te Gehör finden könnten?

SHUI TA Herr Shu Fu, sie wird so hohe Gedanken mit Bewunderung anhören.

Herein Wang mit dem Polizisten. Herr Shu Fu wendet sich um und studiert die Stellagen.

WANG Ist Fräulein Shen Te hier?

SHUI TA Nein.

WANG Ich bin Wang, der Wasserverkäufer. Sie sind wohl Herr Shui Ta?

Vgl. 51,16–17, 90,29 und 131,26

5 Der Tabakladen

SHUI TA Ganz richtig. Guten Tag, Wang.

WANG Ich bin befreundet mit Shen Te.

SHUI TA Ich weiß, daß Sie einer ihrer ältesten Freunde sind.

WANG *zum Polizisten:* Sehen Sie? *Zu Shui Ta:* Ich komme
5 wegen meiner Hand.

DER POLIZIST Kaputt ist sie, das ist nicht zu leugnen.

SHUI TA *schnell:* Ich sehe, Sie brauchen eine Schlinge für
den Arm. *Er holt aus dem Gelaß* einen Shawl und wirft* Raum
ihn Wang zu.

10 WANG Aber das ist doch der neue Shawl.

SHUI TA Sie braucht ihn nicht mehr.

WANG Aber sie hat ihn gekauft, um jemand Bestimmtem
zu gefallen.

SHUI TA Das ist nicht mehr nötig, wie es sich herausgestellt
15 hat.

WANG *macht sich eine Schlinge aus dem Shawl:* Sie ist meine einzige Zeugin.

DER POLIZIST Ihre Kusine soll gesehen haben, wie der Barbier Shu Fu mit der Brennschere nach dem Wasserver-
20 käufer geschlagen hat. Wissen Sie davon?

SHUI TA Ich weiß nur, daß meine Kusine selbst nicht zur
Stelle war, als der kleine Vorfall sich abspielte.

WANG Das ist ein Mißverständnis! Lassen Sie Shen Te erst
da sein, und alles klärt sich auf. Shen Te wird alles be-
25 zeugen. Wo ist sie?

SHUI TA *ernst:* Herr Wang, Sie nennen sich einen Freund
meiner Kusine. Meine Kusine hat eben jetzt sehr große
Sorgen. Sie ist von allen Seiten erschreckend ausgenutzt
worden. Sie kann sich in Zukunft nicht mehr die aller-
30 kleinste Schwäche leisten. Ich bin überzeugt, Sie werden
nicht verlangen, daß sie sich vollends um alles bringt,
indem sie in Ihrem Fall anderes als die Wahrheit sagt.

WANG *verwirrt:* Aber ich bin auf ihren Rat zum Richter
gegangen.

35 SHUI TA Sollte der Richter Ihre Hand heilen?

DER POLIZIST Nein. Aber er sollte den Barbier zahlen machen.

Herr Shu Fu dreht sich um.

SHUI TA Herr Wang, es ist eines meiner Prinzipien, mich nicht in einen Streit zwischen meinen Freunden zu mischen. *Shui Ta verbeugt sich vor Herrn Shu Fu, der sich zurückverbeugt.*

WANG *die Schlinge wieder abnehmend und sie zurücklegend, traurig:* Ich verstehe.

DER POLIZIST Worauf ich wohl wieder gehen kann. Du bist mit deinem Schwindel an den Unrechten gekommen, nämlich an einen ordentlichen Mann. Sei das nächste Mal ein wenig vorsichtiger mit deinen Anklagen, Kerl. Wenn Herr Shu Fu nicht Gnade vor Recht ergehen läßt, kannst du noch wegen Ehrabschneidung ins Kittchen kommen. Ab jetzt!

Beide ab.

SHUI TA Ich bitte, den Vorgang zu entschuldigen.

HERR SHU FU Er ist entschuldigt. *Dringend.* Und die Sache mit diesem »bestimmten Jemand« *er zeigt auf den Shawl* ist wirklich vorüber? Ganz aus?

SHUI TA Ganz. Er ist durchschaut. Freilich, es wird Zeit nehmen, bis alles verwunden ist.

HERR SHU FU Man wird vorsichtig sein, behutsam.

SHUI TA Da sind frische Wunden.

HERR SHU FU Sie wird aufs Land reisen.

SHUI TA Einige Wochen. Sie wird jedoch froh sein, zuvor alles besprechen zu können mit jemand, dem sie vertrauen kann.

HERR SHU FU Bei einem kleinen Abendessen, in einem kleinen, aber guten Restaurant.

SHUI TA In diskreter Weise. Ich beeile mich, meine Kusine zu verständigen. Sie wird sich vernünftig zeigen. Sie ist in großer Unruhe wegen ihres Ladens, den sie als Geschenk der Götter betrachtet. Gedulden Sie sich ein paar Minuten. *Ab in das Gelaß.*

DIE SHIN *steckt den Kopf herein:* Kann man gratulieren?

HERR SHU FU Man kann. Frau Shin, richten Sie heute noch
Fräulein Shen Tes Schützlingen von mir aus, daß ich ihnen in meinen Häusern hinter dem Viehhof Unterkunft
gewähre.

Sie nickt grinsend.

HERR SHU FU *aufstehend, zum Publikum:* Wie finden Sie
mich, meine Damen und Herren? Kann man mehr tun?
Kann man selbstloser sein? Feinfühliger? Weitblicken-
der? Ein kleines Abendessen! Was denkt man sich doch
dabei gemeinhin Ordinäres und ⌐Plumpes⌐! Und nichts
wird davon geschehen, nichts. Keine Berührung, nicht
einmal eine scheinbar zufällige, beim Reichen des Salz-
näpfchens! Nur ein Austausch von Ideen wird stattfinden. Zwei Seelen werden sich finden, über den Blumen
der Tische, ⌐weißen Chrysanthemen⌐ übrigens. *Er notiert sich das.* Nein, hier wird nicht eine unglückliche
Lage ausgenutzt, hier wird kein Vorteil aus einer Ent-
täuschung gezogen. Verständnis und Hilfe wird geboten, aber beinahe lautlos. Nur mit einem Blick wird das
vielleicht anerkannt werden, einem Blick, der auch mehr
bedeuten kann.

DIE SHIN So ist alles nach Wunsch gegangen, Herr Shu Fu?

HERR SHU FU Oh, ganz nach Wunsch! Es wird vermutlich
Veränderungen in dieser Gegend geben. Ein gewisses
Subjekt hat den Laufpaß bekommen, und einige An-
schläge auf diesen Laden werden zu Fall gebracht werden. Gewisse Leute, die sich nicht entblöden, dem Ruf
des keuschesten Mädchens dieser Stadt zu nahe zu treten, werden es in Zukunft mit mir zu tun bekommen.
Was wissen Sie von diesem Yang Sun?

DIE SHIN Er ist der schmutzigste, faulste . . .

HERR SHU FU Er ist nichts. Es gibt ihn nicht. Er ist nicht
vorhanden, Shin.

Herein Sun.

SUN Was geht hier vor?

DIE SHIN Herr Shu Fu, wünschen Sie, daß ich Herrn Shui Ta rufe? Er wird nicht wollen, daß sich hier fremde Leute im Laden herumtreiben.

HERR SHU FU Fräulein Shen Te hat eine wichtige Besprechung mit Herrn Shui Ta, die nicht unterbrochen werden darf.

SUN Was, sie ist hier? Ich habe sie gar nicht hineingehen sehen! Was ist das für eine Besprechung? Da muß ich teilnehmen!

HERR SHU FU *hindert ihn, ins Gelaß zu gehen:* Sie werden sich zu gedulden haben, mein Herr. Ich denke, ich weiß, wer Sie sind. Nehmen Sie zur Kenntnis, daß Fräulein Shen Te und ich vor der Bekanntgabe unserer Verlobung stehen.

SUN Was?

DIE SHIN Das setzt Sie in Erstaunen, wie?
Sun ringt mit dem Barbier, um ins Gelaß zu kommen, heraus tritt Shen Te.

HERR SHU FU Entschuldigen Sie, liebe Shen Te. Vielleicht erklären Sie . . .

SUN Was ist da los, Shen Te? Bist du verrückt geworden?

SHEN TE *atemlos:* Sun, mein Vetter und Herr Shu Fu sind übereingekommen, daß ich Herrn Shu Fus Ideen anhöre, wie man den Leuten in diesem Viertel helfen könnte. *Pause.* Mein Vetter ist gegen unsere Beziehung.

SUN Und du bist einverstanden?

SHEN TE Ja.
Pause.

SUN Haben sie dir gesagt, ich bin ein schlechter Mensch?
Shen Te schweigt.

SUN Denn das bin ich vielleicht, Shen Te. Und das ist es, warum ich dich brauche. Ich bin ein niedriger Mensch. Ohne Kapital, ohne Manieren. Aber ich wehre mich. Sie treiben dich in dein Unglück, Shen Te. *Er geht zu ihr.*

Gedämpft. Sieh ihn doch an! Hast du keine Augen im
Kopf? *Mit der Hand auf ihrer Schulter.* Armes Tier*, Vgl. 68,25
wozu wollten sie dich jetzt wieder bringen? In eine Vernunftheirat! Ohne mich hätten sie dich einfach auf die
5   Schlachtbank geschleift. Sag selber, ob du ohne mich
nicht mit ihm weggegangen wärst?

SHEN TE Ja.

SUN Einem Mann, den du nicht liebst!

SHEN TE Ja.

10 SUN Hast du alles vergessen? Wie es regnete?

SHEN TE Nein.

SUN Wie du mich vom Ast geschnitten, wie du mir ein Glas
Wasser gekauft, wie du mir das Geld versprochen hast,
daß ich wieder fliegen kann?

15 SHEN TE *zitternd:* Was willst du?

SUN Daß du mit mir weggehst.

SHEN TE Herr Shu Fu, verzeihen Sie mir, ich will mit Sun
weggehen.

SUN Wir sind Liebesleute, wissen Sie. *Er führt sie zur Tür.*
20   Wo hast du den Ladenschlüssel? *Er nimmt ihn aus ihrer
Tasche und gibt ihn der Shin.* Legen Sie ihn auf die Tür-
schwelle, wenn Sie fertig sind. Komm, Shen Te.

HERR SHU FU Aber das ist ja eine Vergewaltigung! *Schreit
nach hinten.* Herr Shui Ta!

25 SUN Sag ihm, er soll hier nicht herumbrüllen.

SHEN TE Bitte rufen Sie meinen Vetter nicht, Herr Shu Fu.
Er ist nicht einig mit mir, ich weiß es. Aber er hat nicht
recht, ich fühle es. *Zum Publikum:*
Ich will mit dem gehen, den ich liebe.
30   Ich will nicht ausrechnen, was es kostet.
Ich will nicht nachdenken, ob es gut ist.
Ich will nicht wissen, ob er mich liebt.
Ich will mit ihm gehen, den ich liebe.

SUN So ist es.

35 *Beide gehen ab.*

Shen Te, im Hochzeitsschmuck auf dem Weg zur Hochzeit,
wendet sich an das Publikum.

SHEN TE Ich habe ein schreckliches Erlebnis gehabt. Als ich   5
aus der Tür trat, lustig und erwartungsvoll, stand die
alte Frau des Teppichhändlers auf der Straße und erzählte mir zitternd, daß ihr Mann vor Aufregung und Sorge
um das Geld, das sie mir geliehen haben, krank geworden ist. Sie hielt es für das Beste, wenn ich ihr das Geld   10
jetzt auf jeden Fall zurückgäbe. Ich versprach es natürlich. Sie war sehr erleichtert und wünschte mir weinend
alles Gute, mich um Verzeihung bittend, daß sie meinem
Vetter und leider auch Sun nicht voll vertrauen könnten.
Ich mußte mich auf die Treppe setzen, als sie weg war, so   15
erschrocken war ich über mich. In einem Aufruhr der
Gefühle hatte ich mich Yang Sun wieder in die Arme
geworfen. Ich konnte seiner Stimme und seinen Liebkosungen nicht widerstehen. Das Böse, was er Shui Ta
gesagt hatte, hatte Shen Te nicht belehren können. In   20
seine Arme sinkend, dachte ich noch: ⌐die Götter haben
auch gewollt, daß ich zu mir gut bin.
Keinen verderben zu lassen, auch nicht sich selber
Jeden mit Glück zu erfüllen, auch sich, das
Ist gut.⌐   25
Wie habe ich die beiden guten Alten einfach vergessen
können! Sun hat wie ein kleiner Hurrikan in Richtung
Peking meinen Laden einfach weggefegt und mit ihm all
meine Freunde. Aber er ist nicht schlecht, und er liebt
mich. Solang ich um ihn bin, wird er nichts Schlechtes   30
tun. Was ein Mann zu Männern sagt, das bedeutet
nichts. Da will er groß und mächtig erscheinen und besonders hartgekocht. Wenn ich ihm sage, daß die beiden

Alten ihre Steuern nicht bezahlen können, wird er alles verstehen. Lieber wird er in die Zementfabrik gehen, als sein Fliegen einer Untat verdanken zu wollen. Freilich, das Fliegen ist bei ihm eine große Leidenschaft. Werde ich stark genug sein, das Gute in ihm anzurufen? Jetzt, auf dem Weg zur Hochzeit, schwebe ich zwischen Furcht und Freude. *Sie geht schnell weg.*

6

Nebenzimmer eines billigen Restaurants in der
Vorstadt

Ein Kellner schenkt der ⌐Hochzeitsgesellschaft⌐ Wein ein.
Bei Shen Te stehen der Großvater, die Schwägerin, die   5
Nichte, die Shin und der Arbeitslose. In der Ecke steht
Buddhisti-   *allein ein Bonze*. Vorn spricht Sun mit seiner Mutter, Frau*
scher Priester   *Yang. Er trägt einen Smoking.*

SUN Etwas Unangenehmes, Mama. Sie hat mir eben in aller Unschuld gesagt, daß sie den Laden nicht für mich   10
verkaufen kann. Irgendwelche Leute erheben eine Forderung, weil sie ihr die 200 Silberdollar geliehen haben,
die sie dir gab. Dabei sagt ihr Vetter, daß überhaupt
nichts Schriftliches vorliegt.
FRAU YANG Was hast du ihr geantwortet? Du kannst sie   15
natürlich nicht heiraten.
SUN Es hat keinen Sinn, mit ihr über so etwas zu reden, sie
ist zu dickköpfig. Ich habe nach ihrem Vetter geschickt.
FRAU YANG Aber der will sie doch mit dem Barbier ver-
heiraten.   20
SUN Diese Heirat habe ich erledigt. Der Barbier ist vor den
Kopf gestoßen worden. Ihr Vetter wird schnell begrei-
fen, daß der Laden weg ist, wenn ich die 200 nicht mehr
herausrücke, weil dann die Gläubiger ihn beschlagnah-
men, daß aber auch die Stelle weg ist, wenn ich die 300   25
nicht noch bekomme.
FRAU YANG Ich werde vor dem Restaurant nach ihm aus-
schauen. Geh jetzt zu deiner Braut, Sun!
SHEN TE *beim Weineinschenken zum Publikum:* Ich habe
mich nicht in ihm geirrt. Mit keiner Miene hat er Ent-   30
täuschung gezeigt. Trotz des schweren Schlages, den für

ihn der Verzicht auf das Fliegen bedeuten muß, ist er
vollkommen heiter. Ich liebe ihn sehr. *Sie winkt Sun zu
sich.* Sun, mit der Braut hast du noch nicht angestoßen!

SUN Worauf soll es sein?

5 SHEN TE Es soll auf die Zukunft sein.

Sie trinken.

SUN Wo der Smoking des Bräutigams nicht mehr nur geliehen ist!

SHEN TE Aber das Kleid der Braut noch mitunter in den
10 Regen kommt!

SUN Auf alles, was wir uns wünschen!

SHEN TE Daß es schnell eintrifft!

FRAU YANG *im Abgehen zu Shin:* Ich bin entzückt von meinem Sohn. Ich habe ihm immer eingeschärft, daß er jede
15 bekommen kann. Warum, er ist als Mechaniker ausge-
bildet und Flieger. Und was sagt er mir jetzt? Ich heirate
aus Liebe, Mama, sagt er. Geld ist nicht alles. Es ist eine
Liebesheirat! *Zur Schwägerin:* Einmal muß es ja sein,
nicht wahr? Aber es ist schwer für eine Mutter, es ist
20 schwer. *Zum Bonzen zurückrufend:* Machen Sie es
nicht zu kurz. Wenn Sie sich zu der Zeremonie ebensoviel Zeit nehmen wie zum Aushandeln der Taxe, wird sie
würdig sein. *Zu Shen Te:* Wir müssen allerdings noch ein
wenig aufschieben, meine Liebe. Einer der teuersten Gä-
25 ste ist noch nicht eingetroffen. *Zu allen:* Entschuldigt,
bitte. *Ab.*

DIE SCHWÄGERIN Man geduldet sich gern, solang es Wein
gibt.

Sie setzen sich.

30 DER ARBEITSLOSE Man versäumt nichts.

SUN *laut und spaßhaft vor den Gästen:* Und vor der Ver-
ehelichung muß ich noch ⌐ein kleines Examen⌐ abhalten
mit dir. Das ist wohl nicht unnötig, wenn so schnelle
Hochzeiten beschlossen werden. *Zu den Gästen:* Ich
35 weiß gar nicht, was für eine Frau ich bekomme. Das

beunruhigt mich. Kannst du zum Beispiel aus drei Tee-
blättern fünf Tassen Tee kochen?

SHEN TE Nein.

SUN Ich werde also keinen Tee bekommen. Kannst du auf
einem Strohsack von der Größe des Buches schlafen, das 5
der Priester liest?

SHEN TE Zu zweit?

SUN Allein.

SHEN TE Dann nicht.

SUN Ich bin entsetzt, was für eine Frau ich bekomme. 10
*Alle lachen. Hinter Shen Te tritt Frau Yang in die Tür. Sie
bedeutet Sun durch ein Achselzucken, daß der erwartete
Gast nicht zu sehen ist.*

FRAU YANG *zum Bonzen, der ihr seine Uhr zeigt:* Haben
Sie doch nicht solche Eile. Es kann sich doch nur noch 15
um Minuten handeln. Ich sehe, man trinkt und man
raucht und niemand hat Eile.
Sie setzt sich zu den Gästen.

SHEN TE Aber müssen wir nicht darüber reden, wie wir
alles ordnen werden? 20

FRAU YANG Oh, bitte nichts von Geschäften heute! Das
bringt einen so gewöhnlichen Ton in eine Feier, nicht?
*Die Eingangsglocke bimmelt. Alles schaut zur Tür, aber
niemand tritt ein.*

SHEN TE Auf wen wartet deine Mutter, Sun? 25

SUN Das soll eine Überraschung für dich sein. Was macht
übrigens dein Vetter Shui Ta? Ich habe mich gut mit ihm
verstanden. Ein sehr vernünftiger Mensch! Ein Kopf!
Warum sagst du nichts?

SHEN TE Ich weiß nicht. Ich will nicht an ihn denken. 30

SUN Warum nicht?

SHEN TE Weil du dich nicht mit ihm verstehen sollst. Wenn
du mich liebst, kannst du ihn nicht lieben.

SUN Dann sollen ihn die ⌐drei Teufel holen: der Bruchteu-
fel, der Nebelteufel und der Gasmangelteufel⌐. Trink, 35
Dickköpfige! *Er nötigt sie.*

DIE SCHWÄGERIN *zur Shin:* Hier stimmt etwas nicht.

DIE SHIN Haben Sie etwas anderes erwartet?

DER BONZE *tritt resolut zu Frau Yang, die Uhr in der Hand:* Ich muß weg, Frau Yang. Ich habe noch eine zweite Hochzeit und morgen früh ein Begräbnis.

FRAU YANG Meinen Sie, es ist mir angenehm, daß alles hinausgeschoben wird? Wir hofften mit einem Krug Wein auszukommen. Sehen Sie jetzt, wie er zur Neige geht. *Laut zu Shen Te:* Ich verstehe nicht, liebe Shen Te, warum dein Vetter so lang auf sich warten läßt!

SHEN TE Mein Vetter?

FRAU YANG Aber, meine Liebe, er ist es doch, den wir erwarten. Ich bin altmodisch genug zu meinen, daß ein so naher Verwandter der Braut bei der Hochzeit zugegen sein muß.

SHEN TE Oh, Sun, ist es wegen der 300 Silberdollar?

SUN *ohne sie anzusehen:* Du hörst doch, warum es ist. Sie ist altmodisch. Ich nehme da Rücksicht. Wir warten eine kleine Viertelstunde, und wenn er dann nicht gekommen ist, da die drei Teufel ihn im Griff haben, fangen wir an!

FRAU YANG Sie wissen wohl alle schon, daß mein Sohn eine Stelle als Postflieger bekommt. Das ist mir sehr angenehm. In diesen Zeiten muß man gut verdienen.

DIE SCHWÄGERIN Es soll in Peking sein, nicht wahr?

FRAU YANG Ja, in Peking.

SHEN TE Sun, du mußt es deiner Mutter sagen, daß aus Peking nichts werden kann.

SUN Dein Vetter wird es ihr sagen, wenn er so denkt wie du. Unter uns: ich denke nicht so.

SHEN TE *erschrocken:* Sun!

SUN Wie ich dieses Sezuan hasse! Und was für eine Stadt! Weißt du, wie ich sie alle sehe, wenn ich die Augen halb zumache? Als ⌐Gäule. Sie drehen bekümmert die Hälse hoch: was donnert da über sie weg? Wie, sie werden

nicht mehr benötigt? Was, ihre Zeit ist schon um? Sie
können sich zu Tode beißen in ihrer Gäulestadt! Ach,
hier herauszukommen!

SHEN TE Aber ich habe den Alten ihr Geld zurückver-
sprochen. 5

SUN Ja, das hast du mir gesagt. Und da du solche Dumm-
heiten machst, ist es gut, daß dein Vetter kommt. Trink
und überlaß das Geschäftliche uns! Wir erledigen das.

SHEN TE *entsetzt:* Aber mein Vetter kann nicht kommen!

SUN Was heißt das? 10

SHEN TE Er ist nicht mehr da.

SUN Und wie denkst du dir unsere Zukunft, willst du mir
das sagen?

SHEN TE Ich dachte, du hast noch die 200 Silberdollar. Wir
können sie morgen zurückgeben und den Tabak behal- 15
ten, der viel mehr wert ist, und ihn zusammen vor der
Zementfabrik verkaufen, weil wir die Halbjahresmiete
ja nicht bezahlen können.

SUN Vergiß das! Vergiß das schnell, Schwester! Ich soll
mich auf die Straße stellen und Tabak verramschen an 20
die Zementarbeiter, ich, Yang Sun, der Flieger! Lieber
bringe ich die 200 in einer Nacht durch, lieber schmeiße
ich sie in den Fluß! Und dein Vetter kennt mich. Mit ihm
habe ich ausgemacht, daß er die 300 zur Hochzeit
bringt. 25

SHEN TE Mein Vetter kann nicht kommen.

SUN Und ich dachte, er kann nicht wegbleiben.

SHEN TE Wo ich bin, kann er nicht sein.

SUN Wie geheimnisvoll!

SHEN TE Sun, das mußt du wissen, er ist nicht dein Freund. 30
Ich bin es, die dich liebt. Mein Vetter Shui Ta liebt niemand. Er ist mein Freund, aber er ist keines meiner
Freunde Freund. Er war damit einverstanden, daß du
das Geld der beiden Alten bekamst, weil er an die Fliegerstelle in Peking dachte. Aber er wird dir die 300 Sil- 35
berdollar nicht zur Hochzeit bringen.

SUN Und warum nicht?

SHEN TE *ihm in die Augen sehend:* Er sagt, du hast nur ein
Billett nach Peking gekauft.

SUN Ja, das war gestern, aber sieh her, was ich ihm heute
zeigen kann! *Er zieht zwei Zettel halb aus der Brustta-
sche.* Die Alte braucht es nicht zu sehen. Das sind zwei
Billette nach Peking, für mich und für dich. Meinst du
noch, daß dein Vetter gegen die Heirat ist?

SHEN TE Nein. Die Stelle ist gut. Und meinen Laden habe
ich nicht mehr.

SUN Deinetwegen habe ich die Möbel verkauft.

SHEN TE Sprich nicht weiter! Zeig mir nicht die Billette! Ich
spüre eine zu große Furcht, ich könnte einfach mit dir
gehen. Aber, Sun, ich kann dir die 300 Silberdollar nicht
geben, denn was soll aus den beiden Alten werden?

SUN Was aus mir? *Pause.* Trink lieber! Oder gehörst du zu
den Vorsichtigen? Ich mag keine vorsichtige Frau. Wenn
ich trinke, fliege ich wieder. Und du, wenn du trinkst,
dann verstehst du mich vielleicht möglicherweise.

SHEN TE Glaub nicht, ich verstehe dich nicht. Daß du fliegen willst, und ich kann dir nicht dazu helfen.

SUN »Hier ein Flugzeug, Geliebter, aber es hat nur einen
Flügel!«

SHEN TE Sun, zu der Stelle in Peking können wir nicht ehrlich kommen. Darum brauche ich die 200 Silberdollar
wieder, die du von mir bekommen hast. Gib sie mir
gleich, Sun!

SUN »Gib sie mir gleich, Sun!« Von was redest du eigentlich? Bist du meine Frau oder nicht? Denn du verrätst
mich, das weißt du doch? Zum Glück, auch zu dem deinen, kommt es nicht mehr auf dich an, da alles ausgemacht ist.

FRAU YANG *eisig:* Sun, bist du sicher, daß der Vetter der
Braut kommt? Es könnte beinahe erscheinen, er hat etwas gegen diese Heirat, da er ausbleibt.

SUN Wo denkst du hin, Mama! Er und ich sind ein Herz und eine Seele. Ich werde die Tür weit aufmachen, damit er uns sofort findet, wenn er gelaufen kommt, seinem Freund Sun den Brautführer zu machen. *Er geht zur Tür und stößt sie mit dem Fuß auf. Dann kehrt er, etwas* 5 *schwankend, da er schon zu viel getrunken hat, zurück und setzt sich wieder zu Shen Te.* Wir warten. Dein Vetter hat mehr Vernunft als du. Die Liebe, sagt er weise, gehört zur Existenz. Und, was wichtiger ist, er weiß, was es für dich bedeutet: keinen Laden mehr und auch keine 10 Heirat!
Es wird gewartet.

FRAU YANG Jetzt!
Man hört Schritte und alle schauen nach der Tür. Aber die Schritte gehen vorüber. 15

DIE SHIN Es wird ein Skandal. Man kann es fühlen, man kann es riechen. Die Braut wartet auf die Hochzeit, aber der Bräutigam wartet auf den Herrn Vetter.

SUN Der Herr Vetter läßt sich Zeit.

SHEN TE *leise:* Oh, Sun! 20

SUN Hier zu sitzen mit den Billetten in der Tasche und eine Närrin daneben, die nicht rechnen kann! Und ich sehe den Tag kommen, wo du mir die Polizei ins Haus schickst, damit sie 200 Silberdollar abholt.

SHEN TE *zum Publikum:* Er ist schlecht und er will, daß 25 auch ich schlecht sein soll. Hier bin ich, die ihn liebt, und er wartet auf den Vetter. Aber um mich sitzen die Verletzlichen, die Greisin mit dem kranken Mann, die Armen, die am Morgen vor der Tür auf den Reis warten, und ein unbekannter Mann aus Peking, der um seine 30 Stelle besorgt ist. Und sie alle beschützen mich, indem sie mir alle vertrauen.

SUN *starrt auf den Glaskrug, in dem der Wein zur Neige gegangen ist:* Der Glaskrug mit dem Wein ist unsere Uhr. Wir sind arme Leute, und wenn die Gäste den Wein ge- 35 trunken haben, ist sie abgelaufen für immer.

Frau Yang bedeutet ihm zu schweigen, denn wieder wer-
den Schritte hörbar.

DER KELLNER *herein:* Befehlen Sie noch einen Krug Wein,
Frau Yang?

5 FRAU YANG Nein, ich denke, wir haben genug. Der Wein
macht einen nur warm, nicht?

DIE SHIN Er ist wohl auch teuer.

FRAU YANG Ich komme immer ins Schwitzen durch das
Trinken.

10 DER KELLNER Dürfte ich dann um die Begleichung der
Rechnung bitten?

FRAU YANG *überhört ihn:* Ich bitte die Herrschaften, sich
noch ein wenig zu gedulden, der Verwandte muß ja unterwegs sein. *Zum Kellner:* Stör die Feier nicht!

15 DER KELLNER Ich darf Sie nicht ohne die Begleichung der
Rechnung weglassen.

FRAU YANG Aber man kennt mich doch hier!

DER KELLNER Eben.

FRAU YANG Unerhört, diese Bedienung heutzutage! Was
20 sagst du dazu, Sun?

DER BONZE Ich empfehle mich. *Gewichtig ab.*

FRAU YANG *verzweifelt:* Bleibt alle ruhig sitzen! Der Priester kommt in wenigen Minuten zurück.

SUN Laß nur, Mama. Meine Herrschaften, nachdem der
25 Priester gegangen ist, können wir Sie nicht mehr zurück-
halten.

DIE SCHWÄGERIN Komm, Großvater!

DER GROSSVATER *leert ernst sein Glas:* Auf die Braut!

DIE NICHTE *zu Shen Te:* Nehmen Sie es ihm nicht übel. Er
30 meint es freundlich. Er hat Sie gern.

DIE SHIN Das nenne ich eine Blamage!
Alle Gäste gehen ab.

SHEN TE Soll ich auch gehen, Sun?

SUN Nein, du wartest. *Er zerrt sie an ihrem Brautschmuck,*
35 *so daß er schief zu sitzen kommt.* Ist es nicht deine

Hochzeit? Ich warte noch, und die Alte wartet auch noch. Sie jedenfalls wünscht den Falken in den Wolken. Ich glaube freilich jetzt fast, das wird am Sankt Nimmerleinstag sein, wo sie vor die Tür tritt und sein Flugzeug donnert über ihr Haus. *Nach den leeren Sitzen hin,* 5 *als seien die Gäste noch da.* Meine Damen und Herren, wo bleibt die Konversation? Gefällt es Ihnen nicht hier? Die Hochzeit ist doch nur ein wenig verschoben, des erwarteten wichtigen Verwandten wegen, und weil die Braut nicht weiß, was Liebe ist. Um Sie zu unterhalten, 10 werde ich, der Bräutigam, Ihnen ein Lied vorsingen. *Er singt*

⌐DAS LIED VOM SANKT NIMMERLEINSTAG¬

Eines Tags, und das hat wohl ein jeder gehört
Der in ärmlicher Wiege lag   15
Kommt des armen Weibs Sohn auf 'nen goldenen Thron
Und der Tag heißt Sankt Nimmerleinstag.
    Am Sankt Nimmerleinstag
    Sitzt er auf 'nem goldenen Thron.

Und an diesem Tag zahlt die Güte sich aus   20
Und die Schlechtigkeit kostet den Hals
Und Verdienst und Verdienen, die machen gute Mienen
Und tauschen Brot und Salz.
    Am Sankt Nimmerleinstag
    Da tauschen sie Brot und Salz.   25

Und das Gras sieht auf den Himmel hinab
Und den Fluß hinauf rollt der Kies
Und der Mensch ist nur gut. Ohne daß er mehr tut
Wird die Erde zum Paradies.
    Am Sankt Nimmerleinstag   30
    Wird die Erde zum Paradies.

Und an diesem Tag werd ich Flieger sein
Und ein General bist du
Und du Mann mit zuviel Zeit kriegst endlich Arbeit
Und du armes Weib kriegst Ruh.
5   Am Sankt Nimmerleinstag
          Kriegst armes Weib du Ruh.

Und weil wir gar nicht mehr warten können
Heißt es, alles dies sei
Nicht erst auf die Nacht um halb acht oder acht
10   Sondern schon beim Hahnenschrei
          Am Sankt Nimmerleinstag
          Beim ersten Hahnenschrei.

FRAU YANG Er kommt nicht mehr.
Die drei sitzen, und zwei von ihnen schauen nach der
15   *Tür.*

ZWISCHENSPIEL
WANGS NACHTLAGER

Wieder erscheinen dem Wasserverkäufer im Traum die
Götter. Er ist über einem großen Buch eingeschlafen. Mu-
20   *sik.*

WANG Gut, daß ihr kommt, Erleuchtete! Gestattet eine
   Frage, die mich tief beunruhigt. In der zerfallenen Hütte
   eines Priesters, der weggezogen und Hilfsarbeiter in der
   Zementfabrik geworden ist, fand ich ⌐ein Buch, und dar-
25   in entdeckte ich eine merkwürdige Stelle. Ich möchte sie
   unbedingt vorlesen. Hier ist sie *er blättert mit der Lin-*
   ken in einem imaginären Buch über dem Buch, das er im
   Schoß hat, und hebt dieses imaginäre Buch zum Lesen
   hoch, während das richtige liegenbleibt:
30   WANG »In Sung ist ein Platz namens Dornhain. Dort ge-

deihen Katalpen*, Zypressen und Maulbeerbäume. Die
Bäume nun, die ein oder zwei Spannen im Umfang haben, die werden abgehauen von den Leuten, die Stäbe
für ihre Hundekäfige wollen. Die drei, vier Fuß im Umfang haben, werden abgehauen von den vornehmen und 5
reichen Familien, die Bretter suchen für ihre Särge. Die
mit sieben, acht Fuß Umfang werden abgehauen von
denen, die nach Balken suchen für ihre Luxusvillen. So
erreichen sie alle nicht ihrer Jahre Zahl, sondern gehen
auf halbem Wege zugrunde durch Säge und Axt. Das ist 10
das Leiden der Brauchbarkeit.«⌐

DER DRITTE GOTT Aber da wäre ja der Unnützeste der Beste.

WANG Nein, nur der Glücklichste. Der Schlechteste ist der
Glücklichste. 15

DER ERSTE GOTT Was doch alles geschrieben wird!

DER ZWEITE GOTT Warum bewegt dich dieses Gleichnis so
tief, Wasserverkäufer?

WANG Shen Tes wegen, Erleuchteter! Sie ist in ihrer Liebe
gescheitert, weil sie die ⌐Gebote der Nächstenliebe⌐ be- 20
folgte. Vielleicht ist sie wirklich zu gut für diese Welt,
Erleuchtete!

DER ERSTE GOTT Unsinn! Du schwacher, elender Mensch!
Die Läuse und die Zweifel haben dich halb aufgefressen,
scheint es. 25

WANG Sicher, Erleuchteter! Entschuldige! Ich dachte nur,
ihr könntet vielleicht eingreifen.

DER ERSTE GOTT Ganz unmöglich. Unser Freund hier *er
zeigt auf den dritten Gott, der ein blau geschlagenes
Auge hat* hat erst gestern in einen Streit eingegriffen, du 30
siehst die Folgen.

WANG Aber der Vetter mußte schon wieder gerufen werden. Er ist ein ungemein geschickter Mensch, ich habe es
am eigenen Leib erfahren, jedoch auch er konnte nichts
ausrichten. Der Laden scheint schon verloren. 35

DER DRITTE GOTT *beunruhigt:* Vielleicht sollten wir doch helfen?

DER ERSTE GOTT Ich bin der Ansicht, daß sie sich selber helfen muß.

5 DER ZWEITE GOTT *streng:* Je schlimmer seine Lage ist, als desto besser zeigt sich der gute Mensch. ⌈Leid läutert!⌉

DER ERSTE GOTT Wir setzen unsere ganze Hoffnung auf sie.

DER DRITTE GOTT Es steht nicht zum besten mit unserer
10 Suche. Wir finden hier und da gute Anläufe, erfreuliche Vorsätze, viele hohe Prinzipien, aber das alles macht ja kaum einen guten Menschen aus. Wenn wir halbwegs gute Menschen treffen, leben sie nicht menschenwürdig. *Vertraulich.* Mit dem Nachtlager steht es besonders
15 schlimm. Du kannst an den Strohhalmen, die an uns kleben, sehen, wo wir unsere Nächte zubringen.

WANG Nur eines, könntet ihr dann nicht wenigstens . . .

DIE GÖTTER Nichts. Wir sind nur Betrachtende*. ⌈Wir glauben fest, daß unser guter Mensch sich zurechtfinden
20 wird auf der dunklen Erde.⌉ ⌈Seine Kraft wird wachsen mit der Bürde.⌉ Warte nur ab, Wasserverkäufer, und du wirst erleben, alles nimmt ein gutes . . . *Die Gestalten der Götter sind immer blasser, ihre Stimmen immer leiser geworden. Nun entschwinden sie, und die Stimmen*
25 *hören auf.*

Vgl. auch
132,27

Hof hinter Shen Tes Tabakladen

*Auf einem Wagen ein wenig Hausrat. Von der Wäscheleine
nehmen Shen Te und die Shin Wäsche.*

DIE SHIN Ich verstehe nicht, warum Sie nicht mit Messern 5
und Zähnen um Ihren Laden kämpfen.

SHEN TE Wie? Ich habe ja nicht einmal die Miete. Denn die
200 Silberdollar der alten Leute muß ich heute zurückgeben, aber da ich sie jemand anderem gegeben habe,
muß ich meinen Tabak an Frau Mi Tzü verkaufen. 10

DIE SHIN Also alles hin! Kein Mann, kein Tabak, keine
Bleibe! So kommt es, wenn man etwas Besseres sein will
als unsereins. Wovon wollen Sie jetzt leben?

SHEN TE Ich weiß nicht. Vielleicht kann ich mit Tabaksor-
tieren ein wenig verdienen. 15

DIE SHIN Wie kommt Herrn Shui Tas Hose hierher? Er
muß nackig von hier weggegangen sein.

SHEN TE Er hat noch eine andere Hose.

DIE SHIN Ich dachte, Sie sagten, er sei für immer wegge-
reist? Warum läßt er da seine Hose zurück? 20

SHEN TE Vielleicht braucht er sie nicht mehr.

DIE SHIN So soll sie nicht eingepackt werden?

SHEN TE Nein.

Herein stürzt Herr Shu Fu.

HERR SHU FU Sagen Sie nichts. Ich weiß alles. Sie haben Ihr 25
Liebesglück geopfert, damit zwei alte Leute, die auf Sie
vertrauten, nicht ruiniert sind. Nicht umsonst gibt Ihnen
dieses Viertel, dieses mißtrauische und böswillige, den
Namen »Engel der Vorstädte«. Ihr Herr Verlobter konnte sich nicht zu Ihrer sittlichen Höhe emporarbeiten, Sie 30
haben ihn verlassen. Und jetzt schließen Sie Ihren La-

den, diese kleine Insel der Zuflucht für so viele! Ich kann
es nicht mit ansehen. Von meiner Ladentür aus habe ich
Morgen für Morgen das Häuflein Elende vor Ihrem Geschäft gesehen und Sie selbst, Reis austeilend. Soll das
für immer vorbei sein? Soll jetzt das Gute untergehen?
Ach, wenn Sie mir gestatten, Ihnen bei Ihrem guten
Werk behilflich zu sein! Nein, sagen Sie nichts! Ich will
keine Zusicherung. Keinerlei Versprechungen, daß Sie
meine Hilfe annehmen wollen! Aber hier *er zieht ein*
Scheckbuch heraus und zeichnet einen Scheck, den er ihr
auf den Wagen legt fertige ich Ihnen einen Blankoscheck
aus, den Sie nach Belieben in jeder Höhe ausfüllen können, und dann gehe ich, still und bescheiden, ohne Ge-
genforderung, auf den Fußzehen, voll Verehrung, selbstlos. *Ab*

DIE SHIN *untersucht den Scheck:* Sie sind gerettet! Solche
wie Sie haben Glück! Sie finden immer einen Dummen.
Jetzt aber zugegriffen! Schreiben Sie 1000 Silberdollar
hinein, und ich laufe damit zur Bank, bevor er wieder
zur Besinnung kommt.

SHEN TE Stellen Sie den Wäschekorb auf den Wagen. Die
Wäscherechnung kann ich auch ohne den Scheck bezahlen.

DIE SHIN Was? Sie wollen den Scheck nicht annehmen?
Das ist ein Verbrechen! Ist es nur, weil Sie meinen, daß
Sie ihn dann heiraten müssen? Das wäre hellichter
Wahnsinn. So einer will doch an der Nase herumgeführt
werden! Das bereitet so einem geradezu Wollust. Wollen Sie etwa immer noch an Ihrem Flieger festhalten, von
dem die ganze Gelbe Gasse und auch das Viertel hier
herum weiß, wie schlecht er gegen Sie gewesen ist?

SHEN TE Es kommt alles von der Not. *Zum Publikum:*
Ich habe ihn nachts die Backen aufblasen sehn im Schlaf:
                      sie waren böse.
Und in der Frühe hielt ich seinen Rock gegen das Licht,
                      da sah ich die Wand durch.

Wenn ich sein schlaues Lachen sah, bekam ich Furcht,

aber

Wenn ich seine löchrigen Schuhe sah, liebte ich ihn sehr.

DIE SHIN Sie verteidigen ihn also noch? So etwas Verrücktes habe ich nie gesehen. *Zornig.* Ich werde aufatmen, 5
wenn wir Sie aus dem Viertel haben.

SHEN TE *schwankt beim Abnehmen der Wäsche:* Mir
schwindelt ein wenig.

DIE SHIN *nimmt ihr die Wäsche ab:* Wird Ihnen öfter
schwindlig, wenn Sie sich strecken oder bücken? Wenn 10
da nur nicht was Kleines unterwegs ist! *Lacht.* Der hat
Sie schön hereingelegt! Wenn das passiert sein sollte, ist
es mit dem großen Scheck Essig! Für solche Gelegenheit
war der nicht gedacht. *Sie geht mit einem Korb nach
hinten.* 15

*Shen Te schaut ihr bewegungslos nach. Dann betrachtet
sie ihren Leib, betastet ihn, und eine große Freude zeigt
sich auf ihrem Gesicht.*

SHEN TE *leise:* O Freude! Ein kleiner Mensch entsteht in
meinem Leibe. Man sieht noch nichts. Er ist aber schon 20
da. ⌜Die Welt erwartet ihn im geheimen.⌝ In den Städten
heißt es schon: Jetzt kommt einer, mit dem man rechnen
muß. ⌜*Sie stellt ihren kleinen Sohn dem Publikum
vor.*

Ein Flieger! 25

Begrüßt einen neuen Eroberer

Der unbekannten Gebirge und unerreichbaren

Gegenden! Einen

Der die Post von Mensch zu Mensch

Über die unwegsamen Wüsten bringt! 30

*Sie beginnt auf und ab zu gehen und ihren kleinen Sohn
an der Hand zu nehmen.* Komm, Sohn, betrachte dir die
Welt. Hier, das ist ein Baum. Verbeuge dich, begrüße
ihn. *Sie macht die Verbeugung vor.* So, jetzt kennt ihr
euch. Horch, dort kommt der Wasserverkäufer. Ein 35

Freund, gib ihm die Hand. Sei unbesorgt. »Bitte, ein Glas frisches Wasser für meinen Sohn. Es ist warm.« *Sie gibt ihm das Glas.* Ach, der Polizist! Da machen wir einen Bogen. Vielleicht holen wir uns ein paar Kirschen
5 dort, im Garten des reichen Herrn Feh Pung. Da heißt es, nicht gesehen werden. Komm, Vaterloser*! Auch du willst Kirschen! Sachte, sachte, Sohn! *Sie gehen vorsichtig, sich umblickend.* Nein, hier herum, da verbirgt uns das Gesträuch. Nein, so gleich los drauf zu, das kannst
10 du nicht machen, in diesem Fall. *Er scheint sie wegzuziehen, sie widerstrebt.* Wir müssen vernünftig sein. *Plötzlich gibt sie nach.* Schön, wenn du nur gradezu drauflosgehen willst . . . *Sie hebt ihn hoch.* Kannst du die Kirschen erreichen? Schieb in den Mund, dort sind
15 sie gut aufgehoben. *Sie verspeist selber eine, die er ihr in den Mund steckt.* Schmeckt fein. Zum Teufel, der Polizist. Jetzt heißt es, laufen. *Sie fliehen.* Da ist die Straße. Ruhig jetzt, langsam gegangen, damit wir nicht auffallen. Als ob nicht das Geringste geschehn wäre . . . *Sie*
20 *singt, mit dem Kind spazierend.*⌉
⌈Eine Pflaume ohne Grund
Überfiel 'nen Vagabund
Doch der Mann war äußerst quick
Biß die Pflaume ins Genick.⌉
25 *Hereingekommen ist Wang, der Wasserverkäufer, ein Kind an der Hand führend. Er sieht Shen Te erstaunt zu.*
SHEN TE *auf ein Husten Wangs:* Ach, Wang! Guten Tag.
WANG Shen Te, ich habe gehört, daß es dir nicht gut geht, daß du sogar deinen Laden verkaufen mußt, um Schul-
30 den zu bezahlen. Aber da ist dieses Kind, das kein Obdach hat. Es lief auf dem Schlachthof herum. Anscheinend gehört es dem Schreiner Lin To, der vor einigen Wochen seine Werkstatt verloren hat und seitdem trinkt. Seine Kinder treiben sich hungernd herum. Was soll man
35 mit ihnen machen?

Anspielung auf Maria und Jesus

SHEN TE *nimmt ihm das Kind ab:* Komm, kleiner Mann!
Zum Publikum:
He, ihr! Da bittet einer um Obdach.
Einer von morgen bittet euch um ein Heute!
Sein Freund, der Eroberer, den ihr kennt   5
Ist der Fürsprecher.
Zu Wang: Er kann gut in den Baracken des Herrn Shu Fu
wohnen, wohin vielleicht auch ich gehe. Ich soll selber
ein Kind bekommen. Aber sag es nicht weiter, sonst er-
fährt es Yang Sun, und er kann uns nicht brauchen. Such   10
Herrn Lin To in der unteren Stadt und sag ihm, er soll
hierherkommen.

WANG Vielen Dank, Shen Te. Ich wußte, du wirst etwas
finden. *Zum Kind:* Siehst du, ein guter Mensch weiß
immer einen Ausweg. Schnell laufe ich und hole deinen   15
Vater. *Er will gehen.*

SHEN TE O Wang, jetzt fällt mir wieder ein: Was ist mit
deiner Hand? Ich wollte doch den Eid für dich leisten,
aber mein Vetter . . .

WANG Kümmere dich nicht um die Hand. Schau, ich habe   20
schon gelernt, ohne meine rechte Hand auszukommen.
Ich brauche sie fast nicht mehr. *Er zeigt ihr, wie er auch
ohne die rechte Hand sein Gerät handhaben kann.*
Schau, wie ich es mache.

SHEN TE Aber sie darf nicht steif werden! Nimm den Wa-   25
gen da, verkauf alles und geh mit dem Geld zum Arzt.
Ich schäme mich, daß ich bei dir so versagt habe. Und
was mußt du denken, daß ich vom Barbier die Baracken
angenommen habe!

WANG Dort können die Obdachlosen jetzt wohnen, du sel-   30
ber, das ist doch wichtiger als meine Hand. Ich gehe
jetzt, den Schreiner holen. *Ab.*

SHEN TE *ruft ihm nach:* Versprich mir, daß du mit mir zum
Arzt gehen wirst!
Die Shin ist zurückgekommen und hat ihr immerfort   35
gewinkt.

SHEN TE Was ist es?

DIE SHIN Sind Sie verrückt, auch noch den Wagen mit dem
Letzten, was Sie haben, wegzuschenken? Was geht Sie
seine Hand an? Wenn es der Barbier erfährt, jagt er Sie
noch aus dem einzigen Obdach, das Sie kriegen können.
Mir haben Sie die Wäsche noch nicht bezahlt!

SHEN TE Warum sind Sie so böse?
Den Mitmenschen zu treten
⌐Ist es nicht anstrengend?⌐ Die Stirnader
Schwillt Ihnen an, vor Mühe, gierig zu sein.
Natürlich ausgestreckt
Gibt eine Hand und empfängt mit gleicher Leichtigkeit.
                                                    Nur
Gierig zupackend muß sie sich anstrengen. Ach
Welche Verführung, zu schenken! Wie angenehm
Ist es doch, freundlich zu sein! Ein gutes Wort
Entschlüpft wie ein wohliger Seufzer.
Die Shin geht zornig weg.

SHEN TE *zum Kind:* Setz dich hierher und wart, bis dein
Vater kommt.
Das Kind setzt sich auf den Boden.
Auf den Hof kommt das ältliche Paar, das Shen Te am
Tag der Eröffnung ihres Ladens besuchte. Mann und
Frau schleppen große Säcke.

DIE FRAU Bist du allein, Shen Te?
Da Shen Te nickt, ruft sie ihren Neffen herein, der eben-
falls einen Sack trägt.

DIE FRAU Wo ist dein Vetter?

SHEN TE Er ist weggefahren.

DIE FRAU Und kommt er wieder?

SHEN TE Nein. Ich gebe den Laden auf.

DIE FRAU Das wissen wir. Deshalb sind wir gekommen.
Wir haben hier ein paar Säcke mit Rohtabak, den uns
jemand geschuldet hat, und möchten dich bitten, sie mit
deinen Habseligkeiten zusammen in dein neues Heim zu

transportieren. Wir haben noch keinen Ort, wohin wir sie bringen könnten, und fallen auf der Straße zu sehr auf mit ihnen. Ich sehe nicht, wie du uns diese kleine Gefälligkeit abschlagen könntest, nachdem wir in deinem Laden so ins Unglück gebracht worden sind.

SHEN TE Ich will euch die Gefälligkeit gern tun.

DER MANN Und wenn du von irgend jemand gefragt werden solltest, wem die Säcke gehören, dann kannst du sagen, sie gehörten dir.

SHEN TE Wer sollte mich denn fragen?

DIE FRAU *sie scharf anblickend:* Die Polizei zum Beispiel. Sie ist voreingenommen gegen uns und will uns ruinieren. Wohin sollen wir die Säcke stellen?

SHEN TE Ich weiß nicht, gerade jetzt möchte ich nicht etwas tun, was mich ins Gefängnis bringen könnte.

DIE FRAU Das sieht dir allerdings gleich. Wir sollen auch noch die paar elenden Säcke mit Tabak verlieren, die alles sind, was wir von unserem Hab und Gut gerettet haben!

Shen Te schweigt störrisch.

DER MANN Bedenk, daß dieser Tabak für uns den Grundstock zu einer kleinen Fabrikation abgeben könnte. Da könnten wir hochkommen.

SHEN TE Gut, ich will die Säcke für euch aufheben. Wir stellen sie vorläufig in das Gelaß.

Sie geht mit ihnen hinein. Das Kind hat ihr nachgesehen. Jetzt geht es, sich scheu umschauend, zum Mülleimer und fischt darin herum. Es fängt an, daraus zu essen. Shen Te und die drei kommen zurück.

DIE FRAU Du verstehst wohl, daß wir uns vollständig auf dich verlassen.

SHEN TE Ja. *Sie erblickt das Kind und erstarrt.*

DER MANN Wir suchen dich übermorgen in den Häusern des Herrn Shu Fu auf.

SHEN TE Geht jetzt schnell, mir ist nicht gut.

Sie schiebt sie weg. Die drei ab.

SHEN TE Es hat Hunger. Es fischt im Kehrichteimer. *Sie
hebt das Kind auf, und in einer Rede drückt sie ihr Ent-
setzen aus über das Los armer Kinder, dem Publikum*
5 *das graue Mäulchen zeigend. Sie beteuert ihre Ent-
schlossenheit, ihr eigenes Kind keinesfalls mit solcher
Unbarmherzigkeit zu behandeln.*
O Sohn, o Flieger! In welche Welt
Wirst du kommen? Im Abfalleimer
10 Wollen sie dich fischen lassen, auch dich? Seht doch
Dies graue Mäulchen!
Sie zeigt das Kind.
                           Wie
Behandelt ihr euresgleichen? Habt ihr
15 ⌈Keine Barmherzigkeit mit der Frucht
Eures Leibes?⌉ Kein Mitleid
Mit euch selber, ihr Unglücklichen? So werde ich
Wenigstens das meine verteidigen und müßte ich
⌈Zum Tiger⌉ werden. Ja, von Stund an
20 Da ich das gesehen habe, will ich mich scheiden
Von allen und nicht ruhen
Bis ich meinen Sohn gerettet habe, wenigstens ihn!
Was ich gelernt in der Gosse, meiner Schule
Durch Faustschlag und Betrug, jetzt
25 Soll es dir dienen, Sohn, zu dir
Will ich gut sein, und Tiger und wildes Tier
Zu allen andern, wenn's sein muß. Und
Es muß sein.
Sie geht ab, sich in den Vetter zu verwandeln.
30 SHEN TE *im Abgehen:* Einmal ist es noch nötig, das letzte
Mal*, hoffe ich.
*Sie hat die Hose des Shui Ta mitgenommen. Die zurück-
kehrende Shin sieht ihr neugierig nach. Herein die
Schwägerin und der Großvater.*
35 DIE SCHWÄGERIN Der Laden geschlossen, der Hausrat im
Hof! Das ist das Ende!

Vgl. 31,7 und
63,22 sowie
60,13

DIE SHIN Die Folgen des Leichtsinns, der Sinnlichkeit und
der Eigenliebe! Und wohin geht die Fahrt? Hinab! In die
Baracken des Herrn Shu Fu, zu euch!

DIE SCHWÄGERIN Da wird sie sich aber wundern! Wir sind
gekommen, um uns zu beschweren! Feuchte Rattenlö- 5
cher mit verfaulten Böden! Der Barbier hat sie nur gegeben, weil ihm seine Seifenvorräte darin verschimmelt
sind. »Ich habe ein Obdach für euch, was sagt ihr dazu?« Schande! sagen wir dazu.

Herein der Arbeitslose. 10

DER ARBEITSLOSE Ist es wahr, daß Shen Te wegzieht?

DIE SCHWÄGERIN Ja. Sie wollte sich wegschleichen, man
sollte es nicht erfahren.

DIE SHIN Sie schämt sich, da sie ruiniert ist.

DER ARBEITSLOSE *aufgeregt:* Sie muß ihren Vetter rufen! 15
Ratet ihr alle, daß sie den Vetter ruft! Er allein kann
noch etwas machen.

DIE SCHWÄGERIN Das ist wahr! Er ist geizig genug, aber
jedenfalls rettet er ihr den Laden, und sie gibt ja dann.

DER ARBEITSLOSE Ich dachte nicht an uns, ich dachte an 20
sie. Aber es ist richtig, auch unseretwegen müßte man
ihn rufen.

*Herein Wang mit dem Schreiner. Er führt zwei Kinder
an der Hand.*

DER SCHREINER Ich kann Ihnen wirklich nicht genug dan- 25
ken. *Zu den andern:* Wir sollen eine Wohnung kriegen.

DIE SHIN Wo?

DER SCHREINER In den Häusern des Herrn Shu Fu! Und
der kleine Feng war es, der die Wendung herbeigeführt
hat! Hier bist du ja! »Da ist einer, der bittet um Ob- 30
dach«, soll Fräulein Shen Te gesagt haben, und sogleich
verschaffte sie uns die Wohnung. Bedankt euch bei eurem Bruder, ihr!

*Der Schreiner und seine Kinder verbeugen sich lustig
vor dem Kind.* 35

DER SCHREINER Unsern Dank, Obdachbitter!

Hereingetreten ist Shui Ta.

SHUI TA Darf ich fragen, was Sie alle hier wollen?

DER ARBEITSLOSE Herr Shui Ta!

5 WANG Guten Tag, Herr Shui Ta. Ich wußte nicht, daß Sie
    zurückgekehrt sind. Sie kennen den Schreiner Lin To.
    Fräulein Shen Te hat ihm einen Unterschlupf in den
    Häusern des Herrn Shu Fu zugesagt.

SHUI TA Die Häuser des Herrn Shu Fu sind nicht frei.

10 DER SCHREINER So können wir dort nicht wohnen?

SHUI TA Nein. Diese Lokalitäten sind zu anderem be-
    stimmt.

DIE SCHWÄGERIN Soll das heißen, daß auch wir heraus
    müssen?

15 SHUI TA Ich fürchte.

DIE SCHWÄGERIN Aber wo sollen wir da alle hin?

SHUI TA *die Achsel zuckend:* Wie ich Fräulein Shen Te, die
    verreist ist, verstehe, hat sie nicht die Absicht, die Hand
    von Ihnen allen abzuziehen. Jedoch soll alles etwas ver-
20   nünftiger geregelt werden in Zukunft. Die Speisungen
    ohne Gegendienst werden aufhören. Statt dessen wird
    jedermann die Gelegenheit gegeben werden, sich auf
    ehrliche Weise wieder emporzuarbeiten. Fräulein Shen
    Te hat beschlossen, Ihnen allen Arbeit zu geben. Wer von
25   Ihnen mir jetzt in die Häuser des Herrn Shu Fu folgen
    will, wird nicht ins Nichts geführt werden.

DIE SCHWÄGERIN Soll das heißen, daß wir jetzt alle für
    Shen Te arbeiten sollen?

SHUI TA Ja. Sie werden Tabak verarbeiten. Im Gelaß drin-
30   nen liegen drei Ballen mit Ware. Holt sie!

DIE SCHWÄGERIN Vergessen Sie nicht, daß wir selber La-
    denbesitzer waren. Wir ziehen vor, für uns selbst zu ar-
    beiten. Wir haben unseren eigenen Tabak.

SHUI TA *zum Arbeitslosen und zum Schreiner:* Vielleicht
35   wollt ihr für Shen Te arbeiten, da ihr keinen eigenen
    Tabak habt?

Der Schreiner und der Arbeitslose gehen mißmutig hin-
ein. Die Hausbesitzerin kommt.

DIE HAUSBESITZERIN Nun, Herr Shui Ta, wie steht es mit
dem Verkauf. Hier habe ich 300 Silberdollar.

SHUI TA Frau Mi Tzü, ich hab mich entschlossen, nicht zu 5
verkaufen, sondern den Mietskontrakt zu unterzeich-
nen.

DIE HAUSBESITZERIN Was? Brauchen Sie plötzlich das
Geld für den Flieger nicht mehr?

SHUI TA Nein. 10

DIE HAUSBESITZERIN Und haben Sie denn die Miete?

SHUI TA *nimmt vom Wagen mit dem Hausrat den Scheck*
des Barbiers und füllt ihn aus: Ich habe hier einen Scheck
auf 10 000 Silberdollar*, ausgestellt von Herrn Shu Fu,
der sich für meine Kusine interessiert. Überzeugen Sie 15
sich, Frau Mi Tzü! Ihre 200 Silberdollar für die Miete
des nächsten Halbjahres werden Sie noch vor sechs Uhr
abends in Händen haben. Und nun, Frau Mi Tzü, erlau-
ben Sie mir, daß ich mit meiner Arbeit fortfahre. Ich bin
heute sehr beschäftigt und muß um Entschuldigung bit- 20
ten.

DIE HAUSBESITZERIN Ach, Herr Shu Fu tritt in die Fußstap-
fen des Fliegers! 10 000 Silberdollar! Immerhin, ich bin
erstaunt über die Wankelmütigkeit und Oberflächlich-
keit der jungen Mädchen von heutzutage, Herr Shui Ta. 25
Ab.

Der Schreiner und der Arbeitslose bringen die Säcke.

DER SCHREINER Ich weiß nicht, warum ich Ihnen Ihre Säk-
ke schleppen muß.

SHUI TA Es genügt, daß ich es weiß. Ihr Sohn hier zeigt 30
einen gesunden Appetit. Er will essen, Herr Lin To.

DIE SCHWÄGERIN *sieht die Säcke:* Ist mein Schwager hier
gewesen?

DIE SHIN Ja.

DIE SCHWÄGERIN Eben. Ich kenne doch die Säcke. Das ist 35
unser Tabak!

Vgl. 91,11

SHUI TA Besser, Sie sagen das nicht so laut. Das ist mein Tabak, was Sie daraus ersehen können, daß er in meinem Gelaß stand. Wenn Sie einen Zweifel haben, können wir aber zur Polizei gehen und Ihren Zweifel beseitigen. Wollen Sie das?

DIE SCHWÄGERIN *böse:* Nein.

SHUI TA Es scheint, daß Sie doch keinen eigenen Tabak besitzen. Vielleicht ergreifen Sie unter diesen Umständen die rettende Hand, die Fräulein Shen Te Ihnen reicht? Haben Sie die Güte, mir jetzt den Weg zu den Häusern des Herrn Shu Fu zu zeigen.

Das jüngste Kind des Schreiners an die Hand nehmend, geht Shui Ta ab, gefolgt von dem Schreiner, seinen anderen Kindern, der Schwägerin, dem Großvater, dem Arbeitslosen. Schwägerin, Schreiner und Arbeitsloser schleppen die Säcke.

WANG Er ist ein böser Mensch, aber Shen Te ist gut.

DIE SHIN Ich weiß nicht. Von der Wäscheleine fehlt eine Hose und der Vetter trägt sie. Das muß etwas bedeuten. Ich möchte wissen, was.

Herein die beiden Alten.

DIE ALTE Ist Fräulein Shen Te nicht hier?

DIE SHIN *abwesend:* Verreist.

DIE ALTE Das ist merkwürdig. Sie wollte uns etwas bringen.

WANG *schmerzlich seine Hand betrachtend:* Sie wollte auch mir helfen. Meine Hand wird steif. Sicher kommt sie bald zurück. Der Vetter ist ja immer nur ganz kurz da.

DIE SHIN Ja, nicht wahr?

*Musik. Im Traum teilt der Wasserverkäufer den Göttern
seine Befürchtungen mit. Die Götter sind immer noch auf
ihrer langen Wanderung begriffen. Sie scheinen müde. Für*   5
*eine kleine Weile innehaltend, wenden sie die Köpfe über
die Schultern nach dem Wasserverkäufer zurück.*

WANG Bevor mich euer Erscheinen erweckte, Erleuchtete,
träumte ich und sah meine liebe Schwester Shen Te in
großer Bedrängnis im Schilf des Flusses, an der Stelle,   10
wo die Selbstmörder gefunden werden. Sie schwankte
merkwürdig daher und hielt den Nacken gebeugt, als
schleppe sie an etwas Weichem, aber Schwerem, das sie
hinunterdrückte in den Schlamm. Auf meinen Anruf rief
sie mir zu, sie müsse den Ballen der Vorschriften ans   15
andere Ufer bringen, daß er nicht naß würde, da sonst
die Schriftzeichen verwischten. Ausdrücklich: ich sah
nichts auf ihren Schultern. Aber ich erinnerte mich erschrocken, daß ihr Götter ihr über die großen Tugenden
gesprochen habt, zum Dank dafür, daß sie euch bei sich   20
aufnahm, als ihr um ein Nachtlager verlegen wart, o
Schande! Ich bin sicher, ihr versteht meine Sorge um sie.
DER DRITTE GOTT Was schlägst du vor?
WANG Eine kleine Herabminderung der Vorschriften, Erleuchtete. Eine kleine Erleichterung des Ballens der Vor-   25
schriften, Gütige, in Anbetracht der schlechten Zeiten.
DER DRITTE GOTT Als da wäre, Wang, als da wäre?
WANG Als da zum Beispiel wäre, daß nur Wohlwollen ver-
langt würde anstatt Liebe oder . . .
DER DRITTE GOTT Aber das ist doch noch schwerer, du   30
Unglücklicher!

<small>Rechtmäßig-
keit</small>

WANG Oder Billigkeit* anstatt Gerechtigkeit.
DER DRITTE GOTT Aber das bedeutet mehr Arbeit!

WANG Dann bloße Schicklichkeit anstatt Ehre!
DER DRITTE GOTT Aber das ist doch mehr, du Zweifeln-
  der!
  Sie wandern müde weiter.

8
Shui Tas Tabakfabrik

In den Baracken des Herrn Shu Fu hat Shui Ta eine kleine
Tabakfabrik eingerichtet. Hinter Gittern hocken, entsetz-
lich zusammengepfercht, einige Familien, besonders Frau- 5
en und Kinder, darunter die Schwägerin, der Großvater,
der Schreiner und seine Kinder.

Davor tritt Frau Yang auf, gefolgt von ihrem Sohn Sun.
FRAU YANG *zum Publikum:* Ich muß Ihnen berichten, wie
mein Sohn Sun durch die Weisheit und Strenge des all- 10
gemein geachteten Herrn Shui Ta aus einem verkommenen Menschen in einen nützlichen verwandelt wurde. Wie das ganze Viertel erfuhr, eröffnete Herr Shui Ta
in der Nähe des Viehhofs eine kleine, aber schnell aufblühende Tabakfabrik. Vor drei Monaten sah ich mich 15
veranlaßt, ihn mit meinem Sohn dort aufzusuchen. Er
empfing mich nach kurzer Wartezeit.
Aus der Fabrik tritt Shui Ta auf Frau Yang zu.
SHUI TA Womit kann ich Ihnen dienen, Frau Yang?
FRAU YANG Herr Shui Ta, ich möchte ein Wort für meinen 20
Sohn bei Ihnen einlegen. Die Polizei war heute morgen
bei uns, und man hat uns gesagt, daß Sie im Namen von
Fräulein Shen Te Anklage wegen Bruch des Heiratsver-
sprechens und Erschleichung von 200 Silberdollar er-
hoben haben. 25
SHUI TA Ganz richtig, Frau Yang.
FRAU YANG Herr Shui Ta, um der Götter willen, können
Sie nicht noch einmal Gnade vor Recht ergehen lassen?
Das Geld ist weg. In zwei Tagen hat er es durchgebracht,
als der Plan mit der Fliegerstelle scheiterte. Ich weiß, er 30
ist ein Lump. Er hat auch meine Möbel schon verkauft

gehabt und wollte ohne seine alte Mama nach Peking. *Sie weint.* Fräulein Shen Te hielt einmal große Stücke auf ihn.

SHUI TA Was haben Sie mir zu sagen, Herr Yang Sun?

5 SUN *finster:* Ich habe das Geld nicht mehr.

SHUI TA Frau Yang, der Schwäche wegen, die meine Kusine aus irgendwelchen, mir unbegreiflichen Gründen für Ihren verkommenen Sohn hatte, bin ich bereit, es noch einmal mit ihm zu versuchen. Sie hat mir gesagt,
10 daß sie sich durch ehrliche Arbeit eine Besserung erwartet. Er kann eine Stelle in meiner Fabrik haben. Nach und nach werden ihm die 200 Silberdollar vom Lohn abgezogen werden.

SUN Also Kittchen oder Fabrik?

15 SHUI TA Sie haben die Wahl.

SUN Und mit Shen Te kann ich wohl nicht mehr sprechen?

SHUI TA Nein.

SUN Wo ist mein Arbeitsplatz?

FRAU YANG Tausend Dank, Herr Shui Ta! Sie sind unend-
20 lich gütig, und die Götter werden es Ihnen vergelten. *Zu Sun:* Du bist ⌜vom rechten Wege abgewichen⌝. Versuch nun, durch ehrliche Arbeit wieder so weit zu kommen, daß du deiner Mutter in die Augen schauen kannst. *Sun folgt Shui Ta in die Fabrik. Frau Yang kehrt an die*
25 *Rampe zurück.*

FRAU YANG Die ersten Wochen waren hart für Sun. Die Arbeit sagte ihm nicht zu. Er hatte wenig Gelegenheit, sich auszuzeichnen. Erst in der dritten Woche kam ihm ein kleiner Vorfall zu Hilfe. Er und der frühere Schreiner
30 Lin To mußten Tabakballen schleppen. *Sun und der frühere Schreiner Lin To schleppen je zwei Tabakballen.*

DER FRÜHERE SCHREINER *hält ächzend inne und läßt sich auf einem Ballen nieder:* Ich kann kaum mehr. Ich bin
35 nicht mehr jung genug für diese Arbeit.

SUN *setzt sich ebenfalls:* Warum schmeißt du ihnen die Ballen nicht einfach hin?

DER FRÜHERE SCHREINER Und wovon sollen wir leben? Ich muß doch sogar, um das Notwendigste zu haben, die Kinder einspannen. Wenn das Fräulein Shen Te sähe! Sie war gut.

SUN Sie war nicht die Schlechteste. Wenn die Verhältnisse nicht so elend gewesen wären, hätten wir es ganz gut miteinander getroffen. Ich möchte wissen, wo sie ist. Besser, wir machen weiter. Um diese Zeit pflegt er zu kommen.

Sie stehen auf.

SUN *sieht Shui Ta kommen:* Gib den einen Sack her, du Krüppel! *Sun nimmt auch noch den einen Ballen Lin Tos auf.*

DER FRÜHERE SCHREINER Vielen Dank! Ja, wenn sie da wäre, würdest du gleich einen Stein im Brett haben, wenn sie sähe, daß du einem alten Mann so zur Hand gehst. Ach ja!

Herein Shui Ta.

FRAU YANG Und mit einem Blick sieht natürlich Herr Shui Ta, was ein guter Arbeiter ist, der keine Arbeit scheut. Und er greift ein.

SHUI TA Halt, ihr! Was ist da los? Warum trägst du nur einen einzigen Sack?

DER FRÜHERE SCHREINER Ich bin ein wenig müde heute, Herr Shui Ta, und Yang Sun war so freundlich . . .

SHUI TA Du kehrst um und nimmst drei Ballen, Freund. Was Yang Sun kann, kannst du auch. Yang Sun hat guten Willen und du hast keinen.

FRAU YANG *während der frühere Schreiner zwei weitere Ballen holt:* Kein Wort natürlich zu Sun, aber Herr Shui Ta war im Bilde. Und am nächsten Samstag bei der Lohnauszahlung . . .

Ein Tisch wird aufgestellt und Shui Ta kommt mit einem

8 Shui Tas Tabakfabrik

*Säckchen Geld. Neben dem Aufseher – dem früheren
Arbeitslosen – stehend, zahlt er den Lohn aus. Sun tritt
vor den Tisch.*

DER AUFSEHER Yang Sun – 6 Silberdollar.

SUN Entschuldigen Sie, es können nur 5 sein. Nur 5 Silberdollar. *Er nimmt die Liste, die der Aufseher hält.*
Sehen Sie bitte, hier stehen fälschlicherweise sechs Ar-
beitstage, ich war aber einen Tag abwesend, eines Ge-
richtstermins wegen. *Heuchlerisch.* Ich will nichts bekommen, was ich nicht verdiene, und wenn der Lohn
noch so lumpig ist!

DER AUFSEHER Also 5 Silberdollar! *Zu Shui Ta:* Ein selte-
ner Fall, Herr Shui Ta!

SHUI TA Wie können hier sechs Tage stehen, wenn es nur
fünf waren?

DER AUFSEHER Ich muß mich tatsächlich geirrt haben,
Herr Shui Ta. *Zu Sun, kalt:* Es wird nicht mehr vorkommen.

SHUI TA *winkt Sun zur Seite:* Ich habe neulich beobachtet,
daß Sie ein kräftiger Mensch sind und Ihre Kraft auch
der Firma nicht vorenthalten. Heute sehe ich, daß Sie
sogar ein ehrlicher Mensch sind. Passiert das öfter, daß
der Aufseher sich zuungunsten der Firma irrt?

SUN Er hat Bekannte unter den Arbeitern und wird als einer der ihren angesehen.

SHUI TA Ich verstehe. Ein Dienst ist des andern wert. Wollen Sie eine Gratifikation?

SUN Nein. Aber vielleicht darf ich darauf hinweisen, daß
ich auch ein intelligenter Mensch bin. Ich habe eine gewisse Bildung genossen, wissen Sie. Der Aufseher meint
es sehr gut mit der Belegschaft, aber er kann, ungebildet
wie er ist, nicht verstehen, was die Firma benötigt. Geben Sie mir eine Probezeit von einer Woche, Herr Shui
Ta, und ich glaube, Ihnen beweisen zu können, daß meine Intelligenz für die Firma mehr wert ist als meine pure
Muskelkraft.

FRAU YANG Das waren kühne Worte, aber an diesem Abend sagte ich zu meinem Sun: »Du bist ein Flieger. Zeig, daß du auch, wo du jetzt bist, in die Höhe kommen kannst! Flieg, mein Falke!« Und tatsächlich, was bringen doch Bildung und Intelligenz für große Dinge hervor! Wie will einer ohne sie zu den besseren Leuten gehören? Wahre Wunderwerke verrichtete mein Sohn in der Fabrik des Herrn Shui Ta! 5

Sun steht breitbeinig hinter den Arbeitenden. Sie reichen sich über die Köpfe einen Korb Rohtabak zu. 10

SUN Das ist keine ehrliche Arbeit, ihr! Dieser Korb muß fixer wandern! *Zu einem Kind:* Du kannst dich doch auf den Boden setzen, da nimmst du keinen Platz weg! Und du kannst noch ganz gut auch das Pressen übernehmen, ja, du dort! Ihr faulen Hunde, wofür bezahlen wir euch Lohn? Fixer mit dem Korb! Zum Teufel! Setzt den Großpapa auf die Seite und laßt ihn mit den Kindern nur zupfen! Jetzt hat es sich ausgefaulenzt hier! Im Takt das Ganze! *Er klatscht mit den Händen den Takt, und der Korb wandert schneller.* 15 20

FRAU YANG Und keine Anfeindung, keine Schmähung von seiten ungebildeter Menschen, denn das blieb nicht aus, hielten meinen Sohn von der Erfüllung seiner Pflicht zurück.

Einer der Arbeiter stimmt das Lied vom achten Elefanten an. Die andern fallen in den Refrain ein. 25

⌈LIED VOM ACHTEN ELEFANTEN⌉

1

Sieben Elefanten hatte Herr Dschin
Und da war dann noch der achte. 30
Sieben waren wild und der achte war zahm
Und der achte war's, der sie bewachte.
    Trabt schneller!

Herr Dschin hat einen Wald
Der muß vor Nacht gerodet sein
Und Nacht ist jetzt schon bald!

2
5 Sieben Elefanten roden den Wald
Und Herr Dschin ritt hoch auf dem achten.
All den Tag Nummer acht stand faul auf der Wacht
Und sah zu, was sie hinter sich brachten.
    Grabt schneller!
10   Herr Dschin hat einen Wald
    Der muß vor Nacht gerodet sein
    Und Nacht ist jetzt schon bald!

3
Sieben Elefanten wollten nicht mehr
15 Hatten satt das Bäumeabschlachten
Herr Dschin war nervös, auf die sieben war er bös
Und gab ein Schaff* Reis dem achten.   Gefäß
    Was soll das?
    Herr Dschin hat einen Wald
20   Der muß vor Nacht gerodet sein
    Und Nacht ist jetzt schon bald!

4
Sieben Elefanten hatten keinen Zahn
Seinen Zahn hatte nur noch der achte.
25 Und Nummer acht war vorhanden, schlug die sieben
                              zuschanden
Und Herr Dschin stand dahinten und lachte.
    Grabt weiter!
    Herr Dschin hat einen Wald
30   Der muß vor Nacht gerodet sein
    Und Nacht ist jetzt schon bald!

Shui Ta ist gemächlich schlendernd und eine Zigarre
rauchend nach vorn gekommen. Yang Sun hat den Re-
frain der dritten Strophe lachend mitgesungen und in
der letzten Strophe durch Händeklatschen das Tempo
beschleunigt. 5

FRAU YANG Wir können Herrn Shui Ta wirklich nicht genug danken. Beinahe ohne jedes Zutun, aber mit Strenge
und Weisheit hat er alles Gute herausgeholt, was in Sun
steckte! Er hat nicht allerhand phantastische Versprechungen gemacht wie seine so sehr gepriesene Kusine, 10
sondern ihn zu ehrlicher Arbeit gezwungen. Heute ist
Sun ein ganz anderer Mensch als vor drei Monaten. Das
werden Sie wohl zugeben! ⌜»Der Edle ist wie eine Glok-
ke, schlägt man sie, so tönt sie, schlägt man sie nicht, so
tönt sie nicht«, wie die Alten sagten.⌝ 15

Shen Tes Tabakladen

Der Laden ist zu einem Kontor* mit Klubsesseln und schö-   Handelsnie-
nen Teppichen geworden. Es regnet. Shui Ta, nunmehr   derlassung
5 *dick, verabschiedet das Teppichhändlerpaar. Die Shin*
schaut amüsiert zu. Sie ist auffallend neu gekleidet.

SHUI TA Es tut mir leid, daß ich nicht sagen kann, wann sie
    zurückkehrt.
DIE ALTE Wir haben heute einen Brief mit den 200 Silber-
10   dollar bekommen, die wir ihr einmal geliehen haben. Es
    war kein Absender genannt. Aber der Brief muß doch
    wohl von Shen Te kommen. Wir möchten ihr gern
    schreiben, wie ist ihre Adresse?
SHUI TA Auch das weiß ich leider nicht.
15 DER ALTE Gehen wir.
DIE ALTE Irgendwann muß sie ja wohl zurückkehren.
    Shui Ta verbeugt sich. Die beiden Alten gehen unsicher
    und unruhig ab.
DIE SHIN Sie haben ihr Geld zu spät zurückgekriegt. Jetzt
20   haben sie ihren Laden verloren, weil sie ihre Steuern
    nicht bezahlen konnten.
SHUI TA Warum sind sie nicht zu mir gekommen?
DIE SHIN Zu Ihnen kommt man nicht gern. Zuerst war-
    teten sie wohl, daß Shen Te zurückkäme, da sie nichts
25   Schriftliches hatten. In den kritischen Tagen fiel der Alte
    in ein Fieber, und die Frau saß Tag und Nacht bei ihm.
SHUI TA *muß sich setzen, da es ihm schlecht wird:* Mir
    schwindelt wieder!
DIE SHIN *bemüht sich um ihn:* Sie sind im siebenten Mo-
30   nat! Die Aufregungen sind nichts für Sie. Seien Sie froh,
    daß Sie mich haben. Ohne jede menschliche Hilfe kann

niemand auskommen. Nun, ich werde in Ihrer schweren Stunde an Ihrer Seite stehen. *Sie lacht.*

SHUI TA *schwach:* Kann ich darauf zählen, Frau Shin?

DIE SHIN Und ob! Es kostet freilich eine Kleinigkeit. Machen Sie den Kragen auf, da wird Ihnen leichter. 5

SHUI TA *jämmerlich:* ⌐Es ist alles nur für das Kind, Frau Shin.

DIE SHIN Alles für das Kind.⌐

SHUI TA Ich werde nur zu schnell dick. Das muß auffallen.

DIE SHIN Man schiebt es auf den Wohlstand. 10

SHUI TA Und was soll mit dem Kleinen werden?

DIE SHIN Das fragen Sie jeden Tag dreimal. Es wird in Pflege kommen. In die beste, die für Geld zu haben ist.

SHUI TA Ja. *Angstvoll.* Und es darf niemals Shui Ta sehen.

DIE SHIN Niemals. Immer nur Shen Te. 15

SHUI TA Aber die Gerüchte im Viertel! Der Wasserverkäufer mit seinen Redereien! Man belauert den Laden!

DIE SHIN Solang der Barbier nichts weiß, ist nichts verloren. Trinken Sie einen Schluck Wasser.

Herein Sun in dem flotten Anzug und mit der Mappe 20 *eines Geschäftsmannes. Er sieht erstaunt Shui Ta in den Armen der Shin.*

SUN Ich störe wohl?

SHUI TA *steht mühsam auf und geht schwankend zur Tür:* Auf morgen, Frau Shin! 25

Die Shin, ihre Handschuhe anziehend, lächelnd ab.

SUN Handschuhe! Woher, wieso, wofür? Schröpft die Sie etwa? *Da Shui Ta nicht antwortet.* Sollten auch Sie zarteren Gefühlen zugänglich sein? Komisch. *Er nimmt ein Blatt aus seiner Mappe.* Jedenfalls sind Sie nicht auf der 30 Höhe in der letzten Zeit, nicht auf Ihrer alten Höhe. Launen. Unentschlossenheit. Sind Sie krank? Das Geschäft leidet darunter. Da ist wieder ein Schrieb von der Polizei. Sie wollen die Fabrik schließen. Sie sagen, sie können allerhöchstens doppelt so viele Menschen pro 35

9 Shen Tes Tabakladen

Raum zulassen, als gesetzlich erlaubt ist. Sie müssen da endlich etwas tun, Herr Shui Ta!

Shui Ta sieht ihn einen Augenblick geistesabwesend an. Dann geht er ins Gelaß und kehrt mit einer Tüte zurück. Aus ihr zieht er einen neuen ⌈Melonenhut⌉ und wirft ihn auf den Schreibtisch.

SHUI TA Die Firma wünscht ihre Vertreter anständig gekleidet.

SUN Haben Sie den etwa für mich gekauft?

SHUI TA *gleichgültig:* Probieren Sie ihn, ob er Ihnen paßt.
Sun blickt erstaunt und setzt ihn auf. Shui Ta rückt die Melone prüfend zurecht.

SUN Ihr Diener, aber weichen Sie mir nicht wieder aus. Sie müssen heute mit dem Barbier das neue Projekt besprechen.

SHUI TA Der Barbier stellt unerfüllbare Bedingungen.

SUN Wenn Sie mir nur endlich sagen wollten, was für Bedingungen.

SHUI TA *ausweichend:* Die Baracken sind gut genug.

SUN Ja, gut genug für das Gesindel, das darin arbeitet, aber nicht gut genug für den Tabak. Er wird feucht. Ich werde noch vor der Sitzung mit der Mi Tzü über ihre Lokalitäten reden. Wenn wir die haben, können wir unsere Bittfürmichs, Wracks und Stümpfe an die Luft setzen. Sie sind nicht gut genug. Ich tätschele der Mi Tzü bei einer Tasse Tee die dicken Knie, und die Lokalitäten kosten uns die Hälfte.

SHUI TA *scharf:* Das wird nicht geschehen. Ich wünsche, daß Sie sich im Interesse des Ansehens der Firma stets persönlich zurückhaltend und kühl geschäftsmäßig benehmen.

SUN Warum sind Sie so gereizt? Sind es die unangenehmen Gerüchte im Viertel?

SHUI TA Ich kümmere mich nicht um Gerüchte.

SUN Dann muß es wieder der Regen sein. Regen macht Sie

immer so reizbar und melancholisch. Ich möchte wissen, warum.

WANGS STIMME *von draußen:*
  Ich hab Wasser zu verkaufen
  Und nun steh ich hier im Regen
  Und ich bin weither gelaufen
  Meines bißchen Wassers wegen.
  Und jetzt schrei ich mein: Kauft Wasser!
  Und niemand kauft es
  Verschmachtend und gierig
  Und zahlt es und sauft es.

SUN Da ist dieser verdammte Wasserverkäufer. Gleich wird er wieder mit seinem Gehetze anfangen.

WANGS STIMME *von draußen:* Gibt es denn keinen guten Menschen mehr in der Stadt? Nicht einmal hier am Platz, wo die gute Shen Te lebte? Wo ist sie, die mir auch bei Regen ein Becherchen abkaufte, vor vielen Monaten, in der Freude ihres Herzens? Wo ist sie jetzt? Hat sie keiner gesehen? Hat keiner von ihr gehört? In dieses Haus ist sie eines Abends gegangen und kam nie mehr heraus!

SUN Soll ich ihm nicht endlich das Maul stopfen? Was geht es ihn an, wo sie ist! Ich glaube übrigens, Sie sagen es nur deshalb nicht, damit ich es nicht erfahre.

WANG *herein:* Herr Shui Ta, ich frage Sie wieder, wann Shen Te zurückkehren wird. Sechs Monate sind jetzt vergangen, daß sie sich auf Reisen begeben hat. *Da Shui Ta schweigt.* Vieles ist inzwischen hier geschehen, was in ihrer Anwesenheit nie geschehen wäre. *Da Shui Ta immer noch schweigt.* Herr Shui Ta, im Viertel sind Gerüchte verbreitet, daß Shen Te etwas zugestoßen sein muß. Wir, ihre Freunde, sind sehr beunruhigt. Haben Sie doch die Freundlichkeit, uns jetzt Bescheid über ihre Adresse zu geben!

SHUI TA Leider habe ich im Augenblick keine Zeit, Herr Wang. Kommen Sie in der nächsten Woche wieder.

WANG *aufgeregt:* Es ist auch aufgefallen, daß der Reis, den die Bedürftigen hier immer erhielten, seit einiger Zeit morgens wieder vor der Tür steht.

SHUI TA Was schließt man daraus?

5 WANG Daß Shen Te überhaupt nicht verreist ist.

SHUI TA Sondern? *Da Wang schweigt.* Dann werde ich Ihnen meine Antwort erteilen. Sie ist endgültig. Wenn Sie Shen Tes Freund sind, Herr Wang, dann fragen Sie möglichst wenig nach ihrem Verbleiben. Das ist mein Rat.

10 WANG Ein schöner Rat! Herr Shui Ta, Shen Te teilte mir vor ihrem Verschwinden mit, daß sie schwanger sei!

SUN Was?

SHUI TA *schnell:* Lüge!

WANG *mit großem Ernst zu Shui Ta:* Herr Shui Ta, Sie müs-
15 sen nicht glauben, daß Shen Tes Freunde je aufhören werden, nach ihr zu fragen. Ein guter Mensch wird nicht leicht vergessen. Es gibt nicht viele. *Ab.*

Shui Ta sieht ihm erstarrt nach. Dann geht er schnell in das Gelaß.

20 SUN *zum Publikum:* Shen Te schwanger! Ich bin außer mir! Ich bin hereingelegt worden! Sie muß es sofort ihrem Vetter gesagt haben, und dieser Schuft hat sie selbstverständlich gleich weggeschafft. »Pack deinen Koffer und verschwind, bevor der Vater des Kindes davon
25 Wind bekommt!« Es ist ganz und gar unnatürlich. Unmenschlich ist es. Ich habe einen Sohn. Ein Yang erscheint auf der Bildfläche! Und was geschieht? Das Mädchen verschwindet, und man läßt mich hier schuften! *Er gerät in Wut.* Mit einem Hut speist man mich ab!
30 *Er zertrampelt ihn mit den Füßen.* Verbrecher! Räuber! Kindesentführer! Und das Mädchen ist praktisch ohne Beschützer! *Man hört aus dem Gelaß ein Schluchzen*.* Vgl. 120,27 *Er steht still.* War das nicht ein Schluchzen? Wer ist das? Es hat aufgehört. Was ist das für ein Schluchzen im Ge-
35 laß? Dieser ausgekochte Hund Shui Ta schluchzt doch

nicht. Wer schluchzt also? Und was bedeutet es, daß der Reis immer noch morgens vor der Tür stehen soll? Ist das Mädchen doch da? Versteckt er sie nur? Wer sonst soll da drin schluchzen? Das wäre ja ein gefundenes Fressen! Ich muß sie unbedingt auftreiben, wenn sie schwanger ist!

Shui Ta kehrt aus dem Gelaß zurück. Er geht an die Tür und blickt hinaus in den Regen.

SUN Also wo ist sie?

SHUI TA *hebt die Hand und lauscht:* Einen Augenblick! Es ist neun Uhr. Aber man hört nichts heute. Der Regen ist zu stark.

SUN *ironisch:* Was wollen Sie denn hören?

SHUI TA Das Postflugzeug.

SUN Machen Sie keine Witze.

SHUI TA Ich habe mir einmal sagen lassen, Sie wollten fliegen? Haben Sie dieses Interesse verloren?

SUN Ich beklage mich nicht über meine jetzige Stellung, wenn Sie das meinen. Ich habe keine Vorliebe für Nachtdienst, wissen Sie. Postfliegen ist Nachtdienst. Die Firma ist mir sozusagen ans Herz gewachsen. Es ist immerhin die Firma meiner einstigen Zukünftigen, wenn sie auch verreist ist. Sie ist doch verreist?

SHUI TA Warum fragen Sie das?

SUN Vielleicht, weil mich ihre Angelegenheiten immer noch nicht kalt lassen.

SHUI TA Das könnte meine Kusine interessieren.

SUN Ihre Angelegenheiten beschäftigen mich jedenfalls genug, daß ich nicht meine Augen zudrückte, wenn sie zum Beispiel ihrer Bewegungsfreiheit beraubt würde.

SHUI TA Durch wen?

SUN Durch Sie!

Pause.

SHUI TA Was würden Sie in einem solchen Falle tun?

SUN Ich würde vielleicht zunächst meine Stellung in der Firma neu diskutieren.

116   9 Shen Tes Tabakladen

SHUI TA Ach so. Und wenn die Firma, das heißt ich, Ihnen
eine entsprechende Stellung einräumte, könnte sie damit
rechnen, daß Sie jede weitere Nachforschung nach Ihrer
früheren Zukünftigen aufgäben?

5 SUN Vielleicht.

SHUI TA Und wie denken Sie sich Ihre neue Stellung in der
Firma?

SUN Dominierend. Ich denke zum Beispiel an Ihren Hin-
auswurf.

10 SHUI TA Und wenn die Firma statt mich Sie hinauswürfe?

SUN Dann würde ich wahrscheinlich zurückkehren, aber
nicht allein.

SHUI TA Sondern?

SUN Mit der Polizei.

15 SHUI TA Mit der Polizei. Angenommen, die Polizei fände
niemand hier?

SUN So würde sie vermutlich in diesem Gelaß nachschau-
en! Herr Shui Ta, meine Sehnsucht nach der Dame meines Herzens wird unstillbar. Ich fühle, daß ich etwas tun

20 muß, sie wieder in meine Arme schließen zu können.
Ruhig. Sie ist schwanger und braucht einen Menschen
um sich. Ich muß mich mit dem Wasserverkäufer darüber besprechen. *Er geht.*

Shui Ta sieht ihm unbeweglich nach. Dann geht er

25 *schnell in das Gelaß zurück. Er bringt allerlei Ge-*
brauchsgegenstände Shen Tes, Wäsche, Kleider, Toilet-
teartikel. Lange betrachtet er den Shawl, den Shen Te
von dem Teppichhändlerpaar kaufte. Dann packt er al-
les zu einem Bündel zusammen und versteckt es unter

30 *dem Tisch, da er Geräusche hört. Herein die Hausbesit-*
zerin und Herr Shu Fu. Sie begrüßen Shui Ta und ent-
ledigen sich ihrer Schirme und Galoschen.

DIE HAUSBESITZERIN Es wird Herbst, Herr Shui Ta.

HERR SHU FU Eine melancholische Jahreszeit!

35 DIE HAUSBESITZERIN Und wo ist Ihr charmanter Proku-

rist*? Ein schrecklicher Damenkiller! Aber Sie kennen
ihn wohl nicht von dieser Seite. Immerhin, er versteht es,
diesen seinen Charme auch mit seinen geschäftlichen
Pflichten zu vereinen, so daß Sie nur den Vorteil davon
haben dürften.   5

SHUI TA *verbeugt sich:* Nehmen Sie bitte Platz!
Man setzt sich und beginnt zu rauchen.

SHUI TA Meine Freunde, ein unvorhergesehener Vorfall,
der gewisse Folgen haben kann, zwingt mich, die Verhandlungen, die ich letzthin über die Zukunft meines   10
Unternehmens führte, sehr zu beschleunigen. Herr Shu
Fu, meine Fabrik ist in Schwierigkeiten.

HERR SHU FU Das ist sie immer.

SHUI TA Aber nun droht die Polizei offen, sie zu schließen,
wenn ich nicht auf Verhandlungen über ein neues Ob-   15
jekt hinweisen kann. Herr Shu Fu, es handelt sich um
den einzigen Besitz meiner Kusine, für die Sie immer ein
so großes Interesse gezeigt haben.

HERR SHU FU Herr Shui Ta, ich fühle eine tiefe Unlust, Ihre
sich ständig vergrößernden Projekte zu besprechen. Ich   20
rede von einem kleinen Abendessen mit Ihrer Kusine, Sie
deuten finanzielle Schwierigkeiten an. Ich stelle Ihrer
Kusine Häuser für Obdachlose zur Verfügung, Sie eta-
blieren darin eine Fabrik. Ich überreiche ihr einen
Scheck, Sie präsentieren ihn. Ihre Kusine verschwindet,   25
Sie wünschen 100 000 Silberdollar mit der Bemerkung,
meine Häuser seien zu klein. Herr, wo ist Ihre Kusine?

SHUI TA Herr Shu Fu, beruhigen Sie sich. Ich kann Ihnen
heute die Mitteilung machen, daß sie sehr bald zurückkehren wird.   30

HERR SHU FU Bald? Wann? »Bald« höre ich von Ihnen seit
Wochen.

SHUI TA Ich habe von Ihnen nicht neue Unterschriften verlangt. Ich habe Sie lediglich gefragt, ob Sie meinem Projekt nähertreten würden, wenn meine Kusine zurück-   35
käme.

HERR SHU FU Ich habe Ihnen tausendmal gesagt, daß ich
mit Ihnen nichts mehr, mit Ihrer Kusine dagegen alles zu
besprechen bereit bin. Sie scheinen aber einer solchen
Besprechung Hindernisse in den Weg legen zu wollen.

5 SHUI TA Nicht mehr.

HERR SHU FU Wann also wird sie stattfinden?

SHUI TA *unsicher:* In drei Monaten.

HERR SHU FU *ärgerlich:* Dann werde ich in drei Monaten
meine Unterschrift geben.

10 SHUI TA Aber es muß alles vorbereitet werden.

HERR SHU FU Sie können alles vorbereiten, Shui Ta, wenn
Sie überzeugt sind, daß Ihre Kusine dieses Mal tatsächlich kommt.

SHUI TA Frau Mi Tzü, sind Sie Ihrerseits bereit, der Polizei
15 zu bestätigen, daß ich Ihre Fabrikräume haben kann?

DIE HAUSBESITZERIN Gewiß, wenn Sie mir Ihren Proku-
risten überlassen. Sie wissen seit Wochen, daß das meine
Bedingung ist. *Zu Herrn Shu Fu:* Der junge Mann ist
geschäftlich so tüchtig, und ich brauche einen Verwal-
20 ter.

SHUI TA Sie müssen doch verstehen, daß ich gerade jetzt
Herrn Yang Sun nicht entbehren kann, bei all den
Schwierigkeiten und bei meiner in letzter Zeit so
schwankenden Gesundheit! Ich war ja von Anfang an
25 bereit, ihn Ihnen abzutreten, aber . . .

DIE HAUSBESITZERIN Ja, aber!

Pause.

SHUI TA Schön, er wird morgen in Ihrem Kontor vorspre-
chen.

30 HERR SHU FU Ich begrüße es, daß Sie sich diesen Entschluß
abringen konnten, Shui Ta. Sollte Fräulein Shen Te wirklich zurückkehren, wäre die Anwesenheit des jungen
Mannes hier höchst ungeziemend. Er hat, wie wir wissen, seinerzeit einen ganz unheilvollen Einfluß auf sie
35 ausgeübt.

SHUI TA *sich verbeugend:* Zweifellos. Entschuldigen Sie in
den beiden Fragen, meine Kusine Shen Te und Herrn
Yang Sun betreffend, mein langes Zögern, so unwürdig
eines Geschäftsmannes. Diese Menschen standen einander einmal nahe.   5
DIE HAUSBESITZERIN Sie sind entschuldigt.
SHUI TA *nach der Tür schauend:* Meine Freunde, lassen Sie
uns nunmehr zu einem Abschluß kommen. In diesem
einstmals kleinen und schäbigen Laden, wo die armen
Leute des Viertels den Tabak der guten Shen Te kauften, 10
beschließen wir, ihre Freunde, nun die ⌐Etablierung von
zwölf schönen Läden⌐, in denen in Zukunft der gute Tabak der Shen Te verkauft werden soll. Wie man mir sagt,
nennt das Volk mich heute den ⌐Tabakkönig von Sezu-
an⌐. In Wirklichkeit habe ich dieses Unternehmen aber 15
einzig und allein im Interesse meiner Kusine geführt. Ihr
und ihren Kindern und Kindeskindern wird es gehören.
Von draußen kommen die Geräusche einer Volksmen-
ge. Herein Sun, Wang und der Polizist.
DER POLIZIST Herr Shui Ta, zu meinem Bedauern zwingt 20
mich die aufgeregte Stimmung des Viertels, einer Anzei-
ge aus Ihrer eigenen Firma nachzugehen, nach der Sie
Ihre Kusine, Fräulein Shen Te, ihrer Freiheit berauben
sollen.
SHUI TA Das ist nicht wahr.   25
DER POLIZIST Herr Yang Sun hier bezeugt, daß er aus dem
Gelaß hinter Ihrem Kontor ein Schluchzen gehört hat,
das nur von einer Frauensperson herstammen konnte.
DIE HAUSBESITZERIN Das ist lächerlich. Ich und Herr Shu
Fu, zwei angesehene Bürger dieser Stadt, deren Aussa- 30
gen die Polizei kaum in Zweifel ziehen kann, bezeugen,
daß hier nicht geschluchzt wurde. Wir rauchen in Ruhe
unsere Zigarren.
DER POLIZIST Ich habe leider den Auftrag, das fragliche
Gelaß zu inspizieren.   35

Shui Ta öffnet die Tür. Der Polizist tritt mit einer Ver-
beugung auf die Schwelle. Er schaut hinein, dann wen-
det er sich um und lächelt.

DER POLIZIST Hier ist tatsächlich kein Mensch.

5 SUN *der neben ihn getreten war:* Aber es war ein Schluchzen! *Sein Blick fällt auf den Tisch, unter den Shui Ta das*
Bündel gestopft hat. Er läuft darauf zu. Das war vorhin
noch nicht da! *Es öffnend, zeigt er Shen Tes Kleider usw.*

WANG Das sind Shen Tes Sachen! *Er läuft zur Tür und ruft*
10 *hinaus.* Man hat ihre Kleider hier entdeckt.

DER POLIZIST *die Sachen an sich nehmend:* Sie erklären,
daß Ihre Kusine verreist ist. Ein Bündel mit ihr gehören-
den Sachen wird unter Ihrem Tisch versteckt gefunden.
Wo ist das Mädchen erreichbar, Herr Shui Ta?

15 SHUI TA Ich kenne ihre Adresse nicht.

DER POLIZIST Das ist sehr bedauerlich.

RUFE AUS DER VOLKSMENGE Shen Tes Sachen sind gefunden worden! ⌈Der Tabakkönig hat das Mädchen ermor-
det⌉ und verschwinden lassen!

20 DER POLIZIST Herr Shui Ta, ich muß Sie bitten, mir auf die
Wache zu folgen.

SHUI TA *sich vor der Hausbesitzerin und Herrn Shu Fu*
verbeugend: Ich bitte Sie um Entschuldigung für den
Skandal, meine Herrschaften. Aber es gibt noch Richter
25 in Sezuan. Ich bin überzeugt, daß sich alles in Kürze
aufklären wird. *Er geht vor dem Polizisten hinaus.*

WANG Ein furchtbares Verbrechen ist geschehen!

SUN *bestürzt:* Aber dort war ein Schluchzen!

ZWISCHENSPIEL
30 WANGS NACHTLAGER

Musik. Zum letztenmal erscheinen dem Wasserverkäufer
im Traum die Götter. Sie haben sich sehr verändert. Un-
verkennbar sind die Anzeichen langer Wanderung, tiefer

Erschöpfung und mannigfaltiger böser Erlebnisse. Einem
ist der Hut vom Kopf geschlagen, einer hat ein Bein in einer
Fuchsfalle gelassen, und alle drei gehen barfuß.

WANG Endlich erscheint ihr! Furchtbare Dinge gehen vor
in Shen Tes Tabakladen, Erleuchtete! Shen Te ist wieder 5
verreist, schon seit Monaten! Der Vetter hat alles an sich
gerissen! Er ist heute verhaftet worden. Er soll sie ermordet haben, heißt es, um sich ihren Laden anzueig-
nen. Aber das glaube ich nicht, denn ich habe einen
Traum gehabt, in dem sie mir erschien und erzählte, daß 10
ihr Vetter sie gefangen hält. Oh, Erleuchtete, ihr müßt
sogleich zurückkommen und sie finden.
DER ERSTE GOTT Das ist entsetzlich. Unsere ganze Suche ist
gescheitert. ⌐Wenige Gute fanden wir, und wenn wir welche fanden, lebten sie nicht menschenwürdig.⌐ Wir hat- 15
ten schon beschlossen, uns an Shen Te zu halten.
DER ZWEITE GOTT Wenn sie immer noch gut sein sollte!
WANG Das ist sie sicherlich, aber sie ist verschwunden!
DER ERSTE GOTT Dann ist alles verloren.
DER ZWEITE GOTT Haltung. 20
DER ERSTE GOTT Wozu da noch Haltung? Wir müssen ab-
danken, wenn sie nicht gefunden wird! Was für eine
Welt haben wir vorgefunden, Elend, Niedrigkeit und
Abfall überall! Selbst die Landschaft ist von uns abge-
fallen. Die schönen Bäume sind enthauptet von Dräh- 25
ten, und jenseits der Gebirge sehen wir dicke Rauch-
wolken und hören Donner von Kanonen, und nirgends
ein guter Mensch, der durchkommt!
DER DRITTE GOTT Ach, Wasserverkäufer, unsere Gebote
scheinen tödlich zu sein! Ich fürchte, es muß alles ge- 30
strichen werden, was wir an sittlichen Vorschriften aufgestellt haben. Die Leute haben genug zu tun, nur das
nackte Leben zu retten. Gute Vorsätze bringen sie an den
Rand des Abgrunds, gute Taten stürzen sie hinab. *Zu*

den beiden andern Göttern: ⌐Die Welt ist unbewohnbar,
ihr müßt es einsehen!

DER ERSTE GOTT *heftig:* Nein, die Menschen sind nichts
wert!

5 DER DRITTE GOTT Weil die Welt zu kalt ist!⌐

DER ZWEITE GOTT Weil die Menschen zu schwach sind!

DER ERSTE GOTT Würde, ihr Lieben, Würde! Brüder, wir
dürfen nicht verzweifeln. Einen haben wir doch gefunden, der gut war und nicht schlecht geworden ist, und er
10 ist nur verschwunden. Eilen wir, ihn zu finden. Einer
genügt*. Haben wir nicht gesagt, daß alles noch gut wer-   Vgl. 12,23–25
den kann, wenn nur einer sich findet, der diese Welt
aushält, nur einer!
Sie entschwinden schnell.

10
Gerichtslokal

In Gruppen: Herr Shu Fu und die Hausbesitzerin. Sun und
seine Mutter. Wang, der Schreiner, der Großvater, die jun-
ge Prostituierte, die beiden Alten. Die Shin. Der Polizist. 5
Die Schwägerin.

DER ALTE Er ist zu mächtig.

Vgl. 120,11–12 WANG Er will zwölf neue Läden* aufmachen.

DER SCHREINER Wie soll der Richter ein gerechtes Urteil
sprechen, wenn die Freunde des Angeklagten, der Bar- 10
bier Shu Fu und die Hausbesitzerin Mi Tzü, seine Freunde sind?

DIE SCHWÄGERIN Man hat gesehen, wie gestern abend die
Shin im Auftrag des Herrn Shui Ta eine fette Gans in die
Küche des Richters brachte. Das Fett troff durch den 15
Korb.

DIE ALTE *zu Wang:* Unsere arme Shen Te wird nie wieder
entdeckt werden.

WANG Ja, nur die Götter können die Wahrheit ausfindig
machen. 20

DER POLIZIST Ruhe! Der Gerichtshof erscheint.
Eintreten ⌐in Gerichtsroben die drei Götter⌐. Während
sie an der Rampe entlang zu ihren Sitzen gehen, hört
man sie flüstern.

DER DRITTE GOTT Es wird aufkommen. Die Zertifikate 25
sind sehr schlecht gefälscht.

DER ZWEITE GOTT Und man wird sich Gedanken machen
über die plötzliche Magenverstimmung des Richters.

DER ERSTE GOTT Nein, sie ist natürlich, da er eine halbe
Gans aufgegessen hat. 30

DIE SHIN Es sind neue Richter!

WANG Und sehr gute!

Der dritte Gott, der als letzter geht, hört ihn, wendet sich um und lächelt ihm zu. Die Götter setzen sich. Der erste Gott schlägt mit dem Hammer auf den Tisch. Der Polizist holt Shui Ta herein, der mit Pfeifen empfangen wird, aber in herrischer Haltung einhergeht.

DER POLIZIST Machen Sie sich auf eine Überraschung gefaßt. Es ist nicht der Richter Fu Yi Tscheng. Aber die neuen Richter sehen auch sehr mild aus.

Shui Ta erblickt die Götter und wird ohnmächtig.

DIE JUNGE PROSTITUIERTE Was ist da? Der Tabakkönig* ist in Ohnmacht gefallen. Vgl. 120,14–15

DIE SCHWÄGERIN Ja, beim Anblick der neuen Richter!

WANG Er scheint sie zu kennen! Das verstehe ich nicht.

DER ERSTE GOTT Sind Sie der Tabakgroßhandler Shui Ta?

SHUI TA *sehr schwach:* Ja.

DER ERSTE GOTT Gegen Sie wird die Anklage erhoben, daß Sie Ihre leibliche Kusine, das Fräulein Shen Te, beiseite geschafft haben, um sich ihres Geschäfts zu bemächtigen. Bekennen Sie sich schuldig?

SHUI TA Nein.

DER ERSTE GOTT *in den Akten blätternd:* Wir hören zunächst den Polizisten des Viertels über den Ruf des Angeklagten und den Ruf seiner Kusine.

DER POLIZIST *tritt vor:* Fräulein Shen Te war ein Mädchen, das sich gern allen Leuten angenehm machte, lebte und leben ließ, wie man sagt. Herr Shui Ta hingegen ist ein Mann von Prinzipien. Die Gutherzigkeit des Fräuleins zwang ihn mitunter zu strengen Maßnahmen. Jedoch hielt er sich im Gegensatz zu dem Mädchen stets auf seiten des Gesetzes, Euer Gnaden. Er entlarvte Leute, denen seine Kusine vertrauensvoll Obdach gewährt hatte, als eine Diebesbande, und in einem andern Fall bewahrte er die Shen Te im letzten Augenblick vor einem glatten Meineid, Herr Shui Ta ist mir bekannt als respektabler und die Gesetze respektierender Bürger.

DER ERSTE GOTT Sind weitere Leute hier, die bezeugen wollen, daß dem Angeklagten eine Untat, wie sie ihm vorgeworfen wird, nicht zuzutrauen ist?

Vortreten Herr Shu Fu und die Hausbesitzerin.

DER POLIZIST *flüstert den Göttern zu:* Herr Shu Fu, ein 5 sehr einflußreicher Herr!

HERR SHU FU Herr Shui Ta gilt in der Stadt als angesehener Geschäftsmann. Er ist zweiter Vorsitzender der Handelskammer und in seinem Viertel zum ⌐Friedensrichter⌐ vorgesehen. 10

WANG *ruft dazwischen:* Von euch! Ihr macht Geschäfte mit ihm.

DER POLIZIST *flüsternd:* Ein übles Subjekt!

DIE HAUSBESITZERIN Als Präsidentin des Fürsorgevereins möchte ich dem Gerichtshof zur Kenntnis bringen, daß 15 Herr Shui Ta nicht nur im Begriff steht, zahlreichen Menschen in seinen Tabakbetrieben die bestdenkbaren Räume, hell und gesund, zu schenken, sondern auch unserm Invalidenheim laufend Zuwendungen macht.

DER POLIZIST *flüsternd:* Frau Mi Tzü, eine nahe Freundin 20 des Richters Fu Yi Tscheng!

DER ERSTE GOTT Jaja, aber nun müssen wir auch hören, ob jemand weniger Günstiges über den Angeklagten auszusagen hat.

Vortreten Wang, der Schreiner, das alte Paar, der Ar- 25 *beitslose, die Schwägerin, die junge Prostituierte.*

DER POLIZIST Der Abschaum des Viertels!

DER ERSTE GOTT Nun, was wißt ihr von dem allgemeinen Verhalten des Shui Ta?

RUFE *durcheinander:* Er hat uns ruiniert! Mich hat er er- 30 preßt! Uns zu Schlechtem verleitet! Die Hilflosen ausgebeutet! Gelogen! Betrogen! Gemordet!

DER ERSTE GOTT Angeklagter, was haben Sie zu antworten?

SHUI TA Ich habe nichts getan, als die nackte Existenz mei- 35 ner Kusine gerettet, Euer Gnaden. Ich bin nur gekommen, wenn die Gefahr bestand, daß sie ihren kleinen Laden verlor. Ich mußte dreimal kommen. Ich wollte nie bleiben. Die Verhältnisse haben es mit sich gebracht, daß ich das letzte Mal geblieben bin. Die ganze Zeit habe ich nur Mühe gehabt. Meine Kusine war beliebt, und ich habe die schmutzige Arbeit verrichtet. Darum bin ich verhaßt.

DIE SCHWÄGERIN Das bist du. Nehmt unsern Jungen, Euer Gnaden! *Zu Shui Ta:* Ich will nicht von den Säcken reden.

SHUI TA Warum nicht? Warum nicht?

DIE SCHWÄGERIN *zu den Göttern:* Shen Te hat uns Obdach gewährt, und er hat uns verhaften lassen.

SHUI TA Ihr habt Kuchen gestohlen!

DIE SCHWÄGERIN Jetzt tut er, als kümmerten ihn die Kuchen des Bäckers! Er wollte den Laden für sich haben!

SHUI TA Der Laden war kein Asyl, ihr Eigensüchtigen!

DIE SCHWÄGERIN Aber wir hatten keine Bleibe!

SHUI TA Ihr wart zu viele!

WANG Und sie hier! *Er deutet auf die beiden Alten.* Waren sie auch zu eigensüchtig?

DER ALTE Wir haben unser Erspartes in Shen Tes Laden gegeben. Warum hast du uns um unsern Laden gebracht?

SHUI TA Weil meine Kusine einem Flieger zum Fliegen verhelfen wollte. Ich sollte das Geld schaffen*!

WANG Das wollte vielleicht sie, aber du wolltest die einträgliche Stelle in Peking. Der Laden war dir nicht gut genug.

SHUI TA Die Ladenmiete war zu hoch!

DIE SHIN Das kann ich bestätigen.

SHUI TA Und meine Kusine verstand nichts vom Geschäft.

DIE SHIN Auch das! Außerdem war sie verliebt in den Flieger.

Hier:
verschaffen,
finanzieren

SHUI TA Sollte sie nicht lieben dürfen?

WANG Sicher! Warum hast du sie dann zwingen wollen, einen ungeliebten Mann zu heiraten, den Barbier hier?

SHUI TA Der Mann, den sie liebte, war ein Lump.

WANG Der dort? *Er zeigt auf Sun.* 5

SUN *springt auf:* Und weil er ein Lump war, hast du ihn in dein Kontor genommen!

SHUI TA Um dich zu bessern! Um dich zu bessern!

DIE SCHWÄGERIN Um ihn zum ⌐Antreiber⌐ zu machen!

WANG Und als er so gebessert war, hast du ihn da nicht 10 verkauft an diese da? *Er zeigt auf die Hausbesitzerin.* Sie hat es überall herumposaunt!

SHUI TA Weil sie mir die Lokalitäten nur geben wollte, wenn er ihr die Knie tätschelte!

DIE HAUSBESITZERIN Lüge! Reden Sie nicht mehr von mei- 15 nen Lokalitäten! Ich habe mit Ihnen nichts zu schaffen, Sie Mörder! *Sie rauscht beleidigt ab.*

SUN *bestimmt:* Euer Gnaden, ich muß ein Wort für ihn einlegen!

DIE SCHWÄGERIN Selbstverständlich mußt du. Du bist sein 20 ⌐Angestellter⌐.

DER ARBEITSLOSE Er ist der schlimmste Antreiber, den es je gegeben hat. Er ist ganz verkommen.

SUN Euer Gnaden, der Angeklagte mag mich zu was im- mer gemacht haben, aber er ist kein Mörder. Wenige 25 Minuten vor seiner Verhaftung habe ich Shen Tes Stim- me aus dem Gelaß hinter dem Laden gehört!

DER ERSTE GOTT *gierig:* So lebte sie also? Berichte uns ge- nau, was du gehört hast!

SUN *triumphierend:* Ein Schluchzen, Euer Gnaden, ein 30 Schluchzen!

DER DRITTE GOTT Und das erkanntest du wieder?

SUN Unbedingt. Sollte ich nicht ihre Stimme kennen?

HERR SHU FU Ja, oft genug hast du sie schluchzen gemacht!

SUN Und doch habe ich sie glücklich gemacht. Aber dann 35 wollte er *auf Shui Ta deutend* sie an dich verkaufen.

SHUI TA *zu Sun:* Weil du sie nicht liebtest!

WANG Nein: um des Geldes willen!

SHUI TA Aber wozu wurde das Geld benötigt, Euer Gnaden? *Zu Sun:* Du wolltest, daß sie alle ihre Freunde opferte, aber der Barbier bot seine Häuser und sein Geld an, daß den Armen geholfen würde. Auch damit sie Gutes tun konnte, mußte ich sie mit dem Barbier verloben.

WANG Warum hast du sie da nicht das Gute tun lassen, als der große Scheck unterschrieben wurde? Warum hast du die Freunde Shen Tes in die schmutzigen Schwitzbuden geschickt, deine Tabakfabrik, Tabakkönig?

SHUI TA Das war für das Kind!*   Vgl. 112,6–8

DER SCHREINER Und meine Kinder? Was machtest du mit meinen Kindern?

Shui Ta schweigt.

WANG Jetzt schweigst du! Die Götter haben Shen Te ihren Laden gegeben als eine kleine Quelle der Güte. Und immer wollte sie Gutes tun, und immer kamst du und hast es vereitelt.

SHUI TA *außer sich:* Weil sonst die Quelle versiegt wäre, du Dummkopf.

DIE SHIN Das ist richtig, Euer Gnaden!

WANG Was nützt die Quelle, wenn daraus nicht geschöpft werden kann?

SHUI TA Gute Taten, das bedeutet Ruin!

WANG *wild:* Aber schlechte Taten, das bedeutet gutes Leben, wie? Was hast du mit der guten Shen Te gemacht, du schlechter Mensch? Wie viele gute Menschen gibt es schon, Erleuchtete? Sie aber war gut! Als der dort meine Hand zerbrochen hatte, wollte sie für mich zeugen. Und jetzt zeuge ich für sie. Sie war gut, ich bezeuge es. *Er hebt die Hand zum Schwur.*

DER DRITTE GOTT Was hast du an der Hand, Wasserverkäufer? Sie ist ja steif.

WANG *zeigt auf Shui Ta:* Er ist daran schuld, nur er! Sie

wollte mir das Geld für den Arzt geben, aber dann kam er. Du warst ihr Todfeind!

SHUI TA Ich war ihr einziger Freund!

ALLE Wo ist sie?

SHUI TA Verreist.

WANG Wohin?

SHUI TA Ich sage es nicht!

ALLE Aber warum mußte sie verreisen?

SHUI TA *schreiend:* Weil ihr sie sonst zerrissen hättet!

Es tritt eine plötzliche Stille ein.

SHUI TA *ist auf seinen Stuhl gesunken:* Ich kann nicht mehr. Ich will alles aufklären. Wenn der Saal geräumt wird und nur die Richter zurückbleiben, will ich ein Geständnis machen.

ALLE Er gesteht! Er ist überführt!

DER ERSTE GOTT *schlägt mit dem Hammer auf den Tisch:* Der Saal soll geräumt werden.

Der Polizist räumt den Saal.

DIE SHIN *im Abgehen, lachend:* Man wird sich wundern!

SHUI TA Sind sie draußen? Alle? Ich kann nicht mehr schweigen. Ich habe euch erkannt, Erleuchtete!

DER ZWEITE GOTT Was hast du mit unserm guten Menschen von Sezuan gemacht?

SHUI TA Dann laßt mich euch die furchtbare Wahrheit gestehen, ich bin euer guter Mensch! *Er nimmt die Maske ab und reißt sich die Kleider weg, Shen Te steht da.*

DER ZWEITE GOTT Shen Te!

SHEN TE Ja, ich bin es. Shui Ta und Shen Te, ich bin beides.
Euer einstiger Befehl
Gut zu sein und doch zu leben
⌐Zerriß mich wie ein Blitz in zwei Hälften. Ich
Weiß nicht, wie es kam: gut sein zu andern
Und zu mir konnte ich nicht zugleich.⌐
Andern und mir zu helfen, war mir zu schwer.
Ach, eure Welt ist schwierig! Zu viel Not, zu viel
Verzweiflung!

Die Hand, die dem Elenden gereicht wird
Reißt er einem gleich aus! Wer den Verlorenen hilft
Ist selbst verloren! Denn wer könnte
Lang sich weigern, böse zu sein, wenn da stirbt, wer kein
5   Fleisch ißt?
Aus was sollte ich nehmen, was alles gebraucht wurde?
                                     Nur
Aus mir! Aber dann kam ich um! Die Last der guten
                                   Vorsätze
10 Drückte mich in die Erde. Doch wenn ich Unrecht tat
Ging ich mächtig herum und aß vom guten Fleisch!
Etwas muß falsch sein an eurer Welt. Warum
Ist auf die Bosheit ein Preis gesetzt und warum
                             erwarten den Guten
15 So harte Strafen? Ach, in mir war
Solch eine Gier, mich zu verwöhnen! Und da war auch
In mir ein heimliches Wissen, denn meine Ziehmutter
Wusch mich mit Gossenwasser! Davon kriegte ich
Ein scharfes Aug. Jedoch Mitleid
20 Schmerzte mich so, daß ich gleich in wölfischen Zorn
                                   verfiel
Angesichts des Elends. Dann
Fühlte ich, wie ich mich verwandelte und
Mir die Lippe zur Lefze* wurd. Wie Asch im Mund
25 Schmeckte das gütige Wort. Und doch
Wollte ich gern ein Engel sein den Vorstädten.
                               Zu schenken
War mir eine Wollust. Ein glückliches Gesicht
Und ich ging wie auf Wolken.
30 Verdammt mich: alles, was ich verbrach
Tat ich, meinen Nachbarn zu helfen
Meinen Geliebten zu lieben und
Meinen kleinen Sohn vor dem Mangel zu retten.
Für eure großen Pläne, ihr Götter
35 War ich armer Mensch zu klein.

Lippe bei Tieren

DER ERSTE GOTT *mit allen Zeichen des Entsetzens:* Sprich
nicht weiter, Unglückliche! Was sollen wir denken, die
so froh sind, dich wiedergefunden zu haben!

SHEN TE Aber ich muß euch doch sagen, daß ich der böse
Mensch bin, von dem alle hier diese Untaten berichtet   5
haben.

DER ERSTE GOTT Der gute Mensch, von dem alle nur Gutes
berichtet haben!

SHEN TE Nein, auch der böse!

DER ERSTE GOTT Ein Mißverständnis! Einige unglückliche   10
Vorkommnisse. Ein paar Nachbarn ohne Herz! Etwas
Übereifer!

DER ZWEITE GOTT Aber wie soll sie weiterleben?

DER ERSTE GOTT Sie kann es! Sie ist eine kräftige Person
und wohlgestaltet und kann viel aushalten.   15

DER ZWEITE GOTT Aber hast du nicht gehört, was sie sagt?

DER ERSTE GOTT *heftig:* Verwirrtes, sehr Verwirrtes! Unglaubliches, sehr Unglaubliches! Sollen wir eingestehen,
daß unsere Gebote tödlich sind? Sollen wir verzichten
auf unsere Gebote? *Verbissen.* Niemals! Soll die Welt   20
geändert werden? Wie? Von wem? Nein, es ist alles in
Ordnung. *Er schlägt schnell mit dem Hammer auf den
Tisch.*

Und nun

auf ein Zeichen von ihm ertönt Musik. Eine rosige Helle   25
entsteht

Laßt uns zurückkehren. ⌐Diese kleine Welt⌐

Hat uns sehr gefesselt. Ihr Freud und Leid

Hat uns erquickt und uns geschmerzt. Jedoch

Gedenken wir dort über den Gestirnen   30

Deiner, Shen Te, des guten Menschen, gern

Die du von unserm Geist hier unten zeugst

In kalter Finsternis die kleine Lampe trägst.

Leb wohl, mach's gut!

Auf ein Zeichen von ihm öffnet sich die Decke. Eine   35

rosa Wolke läßt sich hernieder. Auf ihr fahren die Götter
sehr langsam nach oben.

SHEN TE Oh, nicht doch, Erleuchtete! Fahrt nicht weg!
Verlaßt mich nicht! Wie soll ich den beiden guten Alten
5 in die Augen schauen, die ihren Laden verloren haben,
und dem Wasserverkäufer mit der steifen Hand? Und
wie soll ich mich des Barbiers erwehren, den ich nicht
liebe, und wie Suns, den ich liebe? Und mein Leib ist
gesegnet, bald ist mein kleiner Sohn da und will essen?
10 Ich kann nicht hier bleiben! *Sie blickt gehetzt nach der*
Tür, durch die ihre Peiniger eintreten werden.

DER ERSTE GOTT Du kannst es. Sei nur gut und alles wird
gut werden!
Herein die Zeugen. Sie sehen mit Verwunderung die
15 *Richter auf ihrer rosa Wolke schweben.*

WANG Bezeugt euren Respekt! Die Götter sind unter uns
erschienen! Drei der höchsten Götter sind nach Sezuan
gekommen, einen guten Menschen zu suchen. Sie hatten
ihn schon gefunden, aber . . .

20 DER ERSTE GOTT Kein Aber! Hier ist er!

ALLE Shen Te!

DER ERSTE GOTT Sie ist nicht umgekommen, sie war nur
verborgen. Sie wird unter euch bleiben, ein guter
Mensch!

25 SHEN TE Aber ich brauche den Vetter!

DER ERSTE GOTT Nicht zu oft!

SHEN TE Jede Woche zumindest!

DER ERSTE GOTT Jeden Monat, das genügt!

SHEN TE Oh, entfernt euch nicht, Erleuchtete! Ich habe
30 noch nicht alles gesagt! Ich brauche euch dringend!

DIE GÖTTER *singen das ⌐Terzett der entschwindenden Göt-*
ter⌐ auf der Wolke:
Leider können wir nicht bleiben
Mehr als eine flüchtige Stund:
35 Lang besehn, ihn zu beschreiben

Schwände hin der schöne Fund.
Eure Körper werfen Schatten
In der Flut des goldnen Lichts
Drum müßt ihr uns schon gestatten
Heimzugehn in unser Nichts.   5

SHEN TE Hilfe!

DIE GÖTTER
Und lasset, da die Suche nun vorbei
Uns fahren schnell hinan!
Gepriesen sei, gepriesen sei   10
Der gute Mensch von Sezuan!
*Während Shen Te verzweifelt die Arme nach ihnen aus-
breitet, verschwinden sie oben, lächelnd und winkend.*

EPILOG

Vor den Vorhang tritt ein Spieler und wendet sich ent-   15
schuldigend an das Publikum mit einem Epilog.

DER SPIELER
Verehrtes Publikum, jetzt kein Verdruß:
Wir wissen wohl, das ist kein rechter Schluß.
Vorschwebte uns: ⌐die goldene Legende⌐.   20
Unter der Hand nahm sie ein bitteres Ende.
Wir stehen selbst enttäuscht und sehn betroffen
⌐Den Vorhang zu und alle Fragen offen⌐.
Dabei sind wir doch auf Sie angewiesen
Daß Sie bei uns zu Haus sind und genießen.   25
Wir können es uns leider nicht verhehlen:
Wir sind bankrott, wenn Sie uns nicht empfehlen!
Vielleicht fiel uns aus lauter Furcht nichts ein.
Das kam schon vor. Was könnt die Lösung sein?
Wir konnten keine finden, nicht einmal für Geld.   30
Soll es ein andrer Mensch sein? Oder eine ⌐andre Welt⌐?
Vielleicht nur andere Götter? Oder keine?⌐

Wir sind zerschmettert und nicht nur zum Scheine!
Der einzige Ausweg wär aus diesem Ungemach:
⌐Sie selber dächten auf der Stelle nach
Auf welche Weis dem guten Menschen man
5   Zu einem guten Ende helfen kann.
Verehrtes Publikum, los, such dir selbst den Schluß!
Es muß ein guter da sein, muß, muß, muß!⌐

Anhang

»Fanny Kress« oder »Der Huren einziger Freund«

ist die Hure. Die Hure verkleidet sich als Mann (Zigarrenhändler), um ihnen allen zu helfen. Nun sieht sie, wie alle
5 Huren einander verraten und jede versucht, den Mann zu
kapern.

[Um 1927/28]

Die Ware Liebe

Eine junge Prostituierte sieht, daß sie ⌜nicht zugleich Ware
10 und Verkäufer⌝ sein kann. Durch ein günstiges Geschick
bekommt sie eine kleine Geldsumme in die Hand. Damit
eröffnet sie einen Zigarrenladen, in dem sie in Männer-
kleidern den Zigarrenhändler spielt, während sie ihren Beruf als Prostituierte fortsetzt.

15 *Die Ware Liebe*
(zwei Fassungen)

I

Sie ist der ⌜Zigarrenhändler, der einen Gehilfen⌝ hat. Den
beutet sie aus. Wenn er mit ihr schläft, beutet er sie aus.
20 Dann kriegt sie ein Kind und verschwindet als Mädchen.
Wird er, der weiß, daß sie bei dem Zigarrenhändler zuletzt
gesehen wurde, seinen Brotgeber anzeigen? Er tut es nicht.
Schon vorher ist sie zu dem Händler gegangen, um sich
über ihn zu beschweren. Er hat ihm geschworen, sich an-
25 ständig zu benehmen, aber das Kind will er dann diesem
zuschieben. Überhaupt will er ihn erpressen. Und will er,

daß sie von ihm Geld herausholt. Dann kriegt sie das Kind,
ist hilflos und Wachs in seiner Hand.

2

Sie ist ihr eigener Zutreiber. Nämlich: sie tritt bei dem
Händler als Gehilfe ein. Und vermittelt. Als das Mädchen
verschwindet, erpreßt sie ihn. Als Zutreiber hat sie sozusagen eine erstklassige Ware in der Hand, die sie nach allen
Marktregeln ausschlachtet. So kann sie den Zigarrenladen
kaufen.

3

Sie hat einen Verkäufer (Ludwig), den sie als Zigarrenhändler in Schach hält. Ähnlich wie 1.

DAS MÄDCHEN Das Schlimmste ist, daß ich keinen einzigen Freund habe. So muß ich entweder schlecht und
hartherzig werden oder zugrunde gehen, indem ich zu
entgegenkommend bin. Wenn ich einen Freund hätte,
könnte ich bleiben, wie ich bin, was ich gern möchte.

Wenn der Herr vorübergeht an mir und ich wa-
sche seinen Boden auf, erregt ihn der Anblick meiner
Beine und er greift nach mir. Dabei ist ihm dies selber
unangenehm. Sein schlechtes Gewissen steht ihm im
Gesicht geschrieben. Und auch der Besitzer wünscht
mich allein zu treffen.

[Um 1930]

Texte zum Stück

»Der gute Mensch von Sezuan«
Zeitungsbericht

Aus der Provinz Sezuan wird eine merkwürdige Geschichte
5 berichtet. Ein Tabakfabrikant der Hauptstadt, Herr Lao
Go, stand vor Gericht unter der Anklage, seine Cousine,
ein Fräulein Li Gung, ermordet zu haben. Dieses Fräulein
Li Gung erfreute sich, wie die Zeugenvernehmungen er-
gaben, bei dem niedrigen Volk der Vorstädte des Rufs eines
10 »guten Menschen«. Sie brachte es sogar zu dem romantischen Titel »der Engel der Vorstädte«. Ursprünglich ein
einfaches Straßenmädchen, kam sie, angeblich durch ein
Geschenk der Götter, in den Besitz eines kleinen Kapitals.
Sie kaufte sich einen Tabakladen, den sie aber auf eine so
15 selbstlose Art führte, daß er schon nach wenigen Tagen vor
dem Ruin stand. Sie fütterte in dem übervölkerten und sehr
armen Viertel eine Reihe von Leuten mit durch und zeigte
sich sogar ganz außerstande, einer neunköpfigen Familie,
die sie kaum kannte, in ihrem winzigen Laden das Asyl zu
20 verweigern. Kurz vor der Katastrophe erschien jedoch ein
junger Mann, stellte sich den mannigfachen Schmarotzern
als Vetter des Fräulein Li Gung vor und brachte die ver-
worrenen Geschäfte durch scharfes Zugreifen halbwegs
wieder in Ordnung. Ein bestimmter Vorfall beleuchtet sein
25 Vorgehen. Die Familie schickte einen Halbwüchsigen aus,
um Milchflaschen von den Türschwellen der Nachbarn zu
stehlen. Der Vetter erhob keinerlei Einspruch, rief jedoch
dann einen Polizisten in den Laden und unterhielt sich so
lange mit ihm, bis der Junge mit der gestohlenen Milch
30 zurückkehrte. Die Gäste wurden sogleich auf die Wache
gebracht, und Fräulein Li Gung war sie los. Das Fräulein
selbst hielt sich, während der Vetter das Geschäft rettete,
abseits.

Als sie wieder zurückkam und der Vetter, Herr Lao Go, sich entfernt hatte, nahm sie ihre Mildtätigkeit nur in sehr vermindertem Umfang wieder auf. Sie trat jedoch dafür in intime Beziehungen zu einem stellungslosen Postflieger, einem gewissen Yü Schan, den sie, wie man im Viertel sich zuraunte, vor einem Selbstmordversuch bewahrt hatte. Ihr Wunsch, ihm durch ein Darlehen zu einer Stellung als Postflieger in Peking zu verhelfen, scheiterte allerdings, da ihr Laden doch nicht die Goldgrube war, als die solche kleinen Geschäfte gemeinhin vom Publikum angesehen werden. Die von wenigen humanitären Rücksichten behinderten Methoden des sogenannten »Tabakkönigs von Sezuan«, Herrn Feh Pungs, bedrohten auch ihren Laden. Als in ihrer unmittelbaren Nähe einer der Kettenläden des Herrn Feh Pung eröffnet wurde, in dem man den Tabak zu halbem Preise kaufte, rief sie auf allgemeinen Rat ihren Vetter wieder zu Hilfe. ⌈Dieser wußte tatsächlich⌉
Schon bei seinem ersten Besuch hatte er ihnen verheimlicht, daß der Laden am allerersten Tag von Feh Pung verwarnt worden war; nur so war er in ihren Verein zur gegenseitigen Unterstützung aufgenommen worden. Nun nahm er ihren Tabak an, der ihn instand setzen sollte, auszuhalten, verhandelte aber gleichzeitig mit Feh Pung und veranlaßte den Tabakkönig zu einem Sonderangebot für den Laden auf Kosten der anderen. Jedoch zögerte er, den Wunsch seiner Cousine zu erfüllen, ihrem Liebhaber Yü Schan die gewünschte Stellung zu kaufen, was ihm durch den Verkauf des Ladens möglich gewesen wäre. Dieser Yü Schan ließ ihm gegenüber anscheinend allzu unverblümt seine Spekulation auf Li Gungs Geld durchblicken. Anstatt Yü Schan entgegenzukommen, arrangierte der tüchtige Herr Vetter eine Vernunftheirat Fräulein Li Gungs mit dem wohlhabenden Herrn Kau, einem Barbier. Wie es scheint, hatte er freilich nicht mit Yü Schans Macht über seine Cousine gerechnet. Es gelang dem Flieger jedenfalls, sich ihres

vollen Vertrauens zu versichern und sie zu einer Liebesheirat mit ihm zu bewegen. Die Heirat lieferte den Vorstädten
allerhand Gesprächsstoff, denn sie kam nie zustande. Die
kleinen Tabakhändler nämlich, die von dem Plan des
5 Herrn Lao Go, Li Gungs von ihnen allen gemeinsam über
Wasser gehaltenen Laden an den Tabakkönig auszuliefern,
Wind bekommen hatten, erreichten bei Li Gung ohne große Mühe, daß sie diese Absicht durchkreuzte. Hier versagte
die Macht ihres Liebhabers völlig. Heer Lao Go, den er
10 rufen ließ, damit er seine Cousine »zur Vernunft bringe«,
erschien nicht, und Li Gung bekannte sich tief betroffen
durch Yü Schans Vorgehen und machte ihm gegenüber
kein Hehl daraus, daß ihr Vetter ihn für einen Mitgiftjäger
und schlechten Menschen halte, worauf die ganze Hoch-
15 zeit aufflog. Wäre das Viertel nicht so im Bann seines »Engels der Vorstädte« gestanden, hätte es wohl zu diesem
Zeitpunkt und vielleicht schon früher den erstaunlichen
Tatbestand, der all dem zugrunde lag, durchschauen müssen: Herr Lao Go war niemand anders als Fräulein Li Gung
20 selbst. Als tüchtiger »Vetter« ermöglichte sie durch nicht
immer unbedenkliche Manipulationen die guten Taten, die
ihr so viel Bewunderung eintrugen. Dieser Tatbestand blieb
jedoch in Sezuan noch lange verborgen. Die Tabakhändler
kamen leider nicht mehr in den Genuß von Li Gungs
25 Selbstaufopferung. Die wenige Zeit, die sie sich für ihren
Heiratsversuch genommen hatte, hatte genügt, Zweifel an
ihrer Loyalität aufkommen zu lassen. Die Tabakhändler
hatten, einander selbst unterbietend, ihre Läden nach dem
schönen Refrain »Den letzten beißen die Hunde« dem Ta-
30 bakkönig ausgeliefert. Li Gung aber mußte einem alten
Freund gegenüber, dem Wasserverkäufer Sun, das Geständnis machen, daß sie sich schwanger fühle. Die Not
war groß. Ihr Laden stand nunmehr vor dem endgültigen
Ruin. Zum dritten- und, wie es sich erwies, letztenmal
35 tauchte der Vetter auf. Er hatte die Aufgabe, den Ta-

bakladen für das erwartete Kind zu retten, dem nunmehr alle Liebe des Mädchens galt. Er zeigte keinerlei Bedenken, was die Wahl der Mittel anging. Die Bewunderung des Barbiers für seine »Cousine« und zugleich das Vertrauen vieler kleiner Leute in den »Engel der Vorstädte« finanziell ausschlachtend, richtete er eine Schwitzbude übelster Sorte ein, in der die alten Schützlinge und Kollegen für Hungerlöhne Tabak verarbeiteten. Auch Yü Schan, den Vater des Kindes, spannte er für das rasch aufblühende Geschäft ein. Li Gung hatte vor ihrem dritten Verschwinden seiner Mutter für ihn eine Stellung versprochen, in der er sich »durch ehrliche Arbeit bessern konnte«. Unter Herrn Lao Gos harter Hand wurde er Antreiber in der neuen Fabrik. Als Angestellten finden wir ihn ständig in Herrn Lao Gos Nähe. Dieser Verkehr wurde Herrn Lao Go denn auch schließlich zum Verhängnis. Gelegentliche kleine Geschenke privater Art brachten Yü Schan zu dem Verdacht, Herr Lao Go halte seine Cousine in einem Gelaß hinter dem Laden gefangen. Er begann Erpressungsversuche, auf die der Tabakhändler natürlich nicht einging. Am Ende holte der Enttäuschte die Polizei, und in dem Gelaß wurden sämtliche Kleidungsstücke und Habseligkeiten der verschwundenen Li Gung entdeckt. Der Mordanklage kann Herr Lao Go nur durch ein rückhaltloses Geständnis des wahren Tatbestands, seiner Identität mit Fräulein Li Gung, begegnen. Lao Go verwandelt sich vor dem erstaunten Gerichtshof zurück in Li Gung, die Geißel der Vorstädte und der Engel der Vorstädte waren ein und dieselbe Person. Die Schlechtigkeit war eine Kehrseite der Güte, gute Taten waren nur zu ermöglichen durch schlechte Taten – ein erschütterndes Zeugnis für den unglücklichen Zustand dieser Welt.

Eine poetische Beleuchtung erfährt der Vorfall, der in Sezuan sehr belacht wird, durch die Behauptungen eines Wasserverkäufers, Li Gungs Anfangskapital sei ihr tatsächlich von drei Göttern überreicht worden, die ihm gesagt hätten, sie suchten in Sezuan einen guten Menschen, und die ihm auch mehrere Male im Traum erschienen seien, um sich nach den Taten des guten Menschen zu erkundigen. In den Richtern, vor denen das Geheimnis am Ende entschleiert wird, will er diese Götter wieder erkannt haben.

Man kann annehmen, daß diese Götter, wer immer sie gewesen sein mögen, jedenfalls mit einigem Erstaunen festgestellt haben werden, wie man es in Sezuan anstellt, ein guter Mensch zu sein.

⌜*Der gute Mensch von Sezuan*⌝

Prolog

Drei Götter kommen in die Stadt Sezuan. Sie suchen nach einem guten Menschen, da ein Gerücht bis zu ihnen gelangt ist, daß es auf dieser Erde schwerer und schwerer geworden sei, gut zu sein. Mit Hilfe eines gefälligen Wasserverkäufers machen sie auch die Bekanntschaft eines guten Menschen, nämlich des armen Freudenmädchens Chen Te. Jedoch beschwert auch sie sich darüber, daß es ihr beinahe unmöglich sei, alle Gebote der Götter einzuhalten, da es ihr allzu schlecht gehe. Um ihr eine Chance zu geben, machen die Götter ihr ein Geldgeschenk und verlassen sie mit den besten Wünschen.

I

Mit dem Geldgeschenk der Götter hat die gute Chen Te sich einen kleinen Tabakladen eingerichtet. Da sie sich sogleich bemüht, die Gebote der Götter zu befolgen, ihren Nächsten zu helfen, ihre eigenen Interessen hintanzusetzen und selbst die übertriebensten Forderungen ihrer nicht immer gutartigen Mitmenschen zu befriedigen, ist ihr Laden allerdings schon am Abend des Eröffnungstages dem Ruin nahe. Eine achtköpfige Familie hat ihn als Asyl gewählt. Die »Gäste« raten ihr zynisch, um weitere Bittsteller abzuwehren, einen Vetter zu erfinden, dem der Laden eigentlich gehöre und der ein harter Mann sei. Zur Schlafenszeit ist für Chen Te kein Platz mehr in ihrem eigenen Laden, und sie muß weggehen.

2

Zum tiefsten Erstaunen der »Gäste« öffnet sich am nächsten Morgen die Ladentür, und ein sehr hart aussehender junger Geschäftsmann betritt den Laden. Er stellt sich als Chen Tes Vetter vor. Er fordert die Familie höflich, aber scharf auf, das Lokal zu räumen, da seine Cousine hier ihr Geschäft betreiben müsse. Als sie nicht gutwillig gehen wollen, ruft er kurzerhand die Polizei, welche einige Mitglieder der Familie wegen eines geringfügigen Vergehens ins Gefängnis abführt. Um sich vor dem Publikum zu rechtfertigen, zeigt er uns, daß es sich um schlechte Menschen handelte: einige Säcke, die die Familie zurückgelassen hat, enthalten Opium! – Die freundlichen Beziehungen, die sich zwischen dem Vetter und der Polizei angesponnen haben, tragen sogleich Früchte. Ein dankbarer Polizist macht ihn aufmerksam auf das schmeichelhafte Interesse, das der gegenüberwohnende wohlhabende Barbier Chu Fu für seine hübsche Cousine angedeutet hat. Er ist bereit, ein Stelldichein im Stadtpark zu vermitteln. Der Vetter zeigt sich interessiert: Chen Te ist ganz offensichtlich unfähig, ohne Schutz ihren Laden zu führen, und er selber muß wieder wegreisen und wird kaum wieder zurückkehren können.

3

Wir sehen Chen Te im Stadtpark auf dem Wege zum Stelldichein mit dem reichen Barbier. Zu ihrem Schrecken er-

blickt sie unter einem Baum einen abgerissenen jungen
Mann, der eben im Begriffe ist, sich aufzuhängen. Sie erfährt von ihm, daß er ein stellungsloser Postflieger ist und
die 500 Dollar nicht aufbringen kann, die eine Fliegerstel-
5 lung in Peking kostet. Ein Regenschauer treibt Chen Te zu
ihm unter den Baum. Ein zartes Gespräch entspinnt sich.
Zum ersten Mal kostet Chen Te die Freude einer von ma-
teriellen Interessen ungetrübten Beziehung zwischen Mann
und Weib. Bevor sie nach Hause geht, hat sie dem Flieger
10 auch versprochen, ihm zu seiner Stellung in Peking zu verhelfen. Sie meint, daß ihr Vetter vielleicht die 500 Dollar
beschaffen kann. Freudestrahlend berichtet sie ihrem Vertrauten, dem Wasserverkäufer, daß sie, ausgehend, einen
zu treffen, der ihr helfen könnte, einen getroffen hat, dem
15 sie helfen kann.

Zwischenspiel
Vor den Augen des Publikums verwandelt sich Chen Te in
den Vetter Chui Ta. Während sie in einem Lied erklärt, daß
man gute Taten nicht ohne Gewalt und Härte begehen
20 kann, legt sie Kleid und Maske des bösen Chui Ta an.

4
Chen Te hat ihren Freund, den Flieger Sun, in den Tabakladen gebeten. Anstelle des Mädchens findet er den
Vetter Chui Ta. Dieser erklärt sich bereit, die 500 Dollar
25 für die Fliegerstellung zu beschaffen, die er als eine finanziell gesunde Basis für Sun und Chen Te ansieht. Er hat die
Tabakgroßhändlerin Mi Tzü herbestellt, und sie bietet für
den Laden sogleich 300 Dollar. Das Geschäft wird schnell
perfekt, da Sun keinerlei Hemmungen zeigt. Strahlend
30 steckt er die 300 Dollar ein. Die Beschaffung der Restsumme von 200 Dollar ist allerdings ein Problem. Der Vetter
löst es, indem er unbedenklich beschließt, jenes Opium zu
Geld zu machen, das die achtköpfige Familie seinerzeit in

Chen Tes Laden zurückgelassen hat. Groß ist jedoch sein Erstaunen, ja Entsetzen, als er auf eine beinahe zufällige Frage feststellen muß, daß der Flieger nicht daran denkt, das Mädchen mit sich nach Peking zu nehmen. Er bricht natürlich die weiteren Verhandlungen brüsk ab. Der Flieger läßt sich nicht so leicht abspeisen. Nicht nur gibt er die erhaltenen 300 Dollar nicht zurück – er gibt auch seiner Zuversicht Ausdruck, daß er die Restsumme von dem Mädchen ohne Schwierigkeiten herausbekommen werde, da sie ihm ja blind hörig sei. Er verläßt triumphierend den Laden, um vor der Tür auf sie zu warten. Chui Ta, außer sich vor Zorn und Verzweiflung, sendet nach dem Barbier Chu Fu und erklärt ihm, daß seine Cousine sich durch ihre grenzenlose Güte ruiniert habe und sofort eines mächtigen Gönners bedürfe. Der verliebte Barbier ist bereit, »bei einem kleinen Abendessen zu zweit« die Sorgen des Fräuleins zu bereden. Während Chui Ta geht, »seine Cousine zu verständigen«, betritt der Flieger Sun wieder den Laden, Böses ahnend. Als Chen Te aus dem Hintergelaß des Ladens tritt, um mit dem Barbier auszugehen, tritt Sun ihr in den Weg. Er erinnert sie an ihre Liebe, er erwähnt jenen regnerischen Abend im Stadtpark, wo sie sich fanden. Arme Chen Te! Alles Wissen Chui Tas um den unverschämten Egoismus des Fliegers ist hinweggeschwemmt von den Gefühlen der liebenden Chen Te. Nicht mit dem Barbier, den ihr kluger Vetter für sie bestimmt hat, geht sie weg, sondern mit dem Mann, den sie liebt.

5

In der Frühdämmerung nach einer Liebesnacht erscheint eine glückliche Chen Te vor einem Teehaus der Vorstadt. Sie bringt ein Säcklein mit Opium, das sie im Teehaus verkaufen will, um die restlichen 200 Dollar aufzubringen, die ihrem Flieger zum Fliegen verhelfen sollen. In einer Art Pantomime mit Musik sehen wir mit ihr, wie die Opium-

raucher nach einer Nacht der Ausschweifung das Teehaus
verlassen, taumelnd, fröstelnd, verwüstet. Der Anblick dieser Ruinen bringt sie zur Besinnung. Sie ist ganz außerstande, mit dem Verkauf eines so tödlichen Giftes ihr Glück zu
erkaufen. Sun muß das verstehen. Er wird sie nicht weg-
jagen, wenn sie mit leeren Händen zu ihm zurückkehren
wird. Von dieser Hoffnung erfüllt, geht sie eilends weg.

6

Chen Tes Hoffnung hat sich nicht erfüllt. Sun hat sie verlassen. Er vertrinkt in niederen Kneipen das Geld, das der
Verkauf des Ladens eingebracht hat. Wir treffen Chen Te
wieder, wie sie ihre wenigen Habseligkeiten im Hof auf
einen Wagen packt. Ihr kleiner Laden, das Geschenk der
Götter, ist verloren. Als sie die Wäsche von der Leine
nimmt, wird ihr schwindlig, eine Nachbarin bemerkt höhnisch, daß ihr sauberer Liebhaber ihr wohl auch noch ein
Kind angehängt habe. Chen Te erfüllt diese Entdeckung
mit unbeschreiblicher Freude. Sie begrüßt das Ungeborene,
des Fliegers Sohn, als den zukünftigen Flieger. Sich umblickend, sieht sie, ihren Augen nicht trauend, ein Kind aus
der Nachbarschaft, Speisereste aus ihrem Kehrichteimer
fischend – es hat Hunger. Der Anblick bringt eine völlige
Wandlung in ihr hervor. In einer großen Ansprache an das
Publikum verkündet sie ihren Entschluß, sich für das Kind
in ihrem Schoß in einen reißenden Tiger zu verwandeln.
Nur so kann es, so scheint ihr, vor dem Elend und dem
Verkommen bewahrt bleiben. Nur der Vetter kann da helfen.

Zwischenspiel

Der Wasserverkäufer fragt das Publikum, ob es Chen Te
gesehen hat. Sie ist seit 5 Monaten verschwunden. Der Vetter ist reich geworden und wird allenthalben der Tabakkönig genannt. Es geht jedoch das Gerücht, daß er seinen

Wohlstand dunklen Geschäften verdanke. Der Wasserverkäufer ist überzeugt, es ist Opiumhandel.

7

Der Tabakkönig Chui Ta sitzt einsam in dem alten, aber
nun elegant gewordenen Tabakladen der Chen Te. Er ist
dick geworden. Nur die Bedienerin weiß, warum. Die
Herbstregen scheinen ihn melancholisch zu stimmen. Die
Bedienerin macht sich über ihn lustig. Denkt man etwa an
jenen abendlichen Regen im Stadtpark? Wartet man immer
noch auf den verschollenen Flieger? Die Ladentüre geht,
und ein heruntergekommener Mensch tritt ein. Es ist Sun.
Chui Ta fragt ihn in tiefer Erregung, was er für ihn tun
kann. Der einstige Flieger weist rauh Kleider und Essen
zurück. Er will nur eines: Opium. Chui Ta, in dem unver-
gessenen Liebhaber ein Opfer seines dunklen Gewerbes er-
blickend, beschwört ihn, dieses verheerende Laster aufzu-
geben, da kommt der Wasserverkäufer Wang und fragt,
wie allmonatlich, nach dem Verbleib der Chen Te. Er hält
Chui Ta vor, er habe aus ihrem eigenen Munde erfahren,
daß sie schwanger sei, und er beteuert, daß Chen Tes
Freunde nie aufhören würden, nach ihr zu fragen, da gute
Menschen so selten wie nötig seien. Das ist zuviel für Chui
Ta. Er geht wortlos in das Nebengelaß. Sun hat mitange-
hört, daß Chen Te ein Kind erwartet. Er wittert sofort eine
Möglichkeit zur Erpressung. Da hört er aus dem Gelaß ein
Schluchzen: es ist unverkennbar Chen Tes Stimme. Wenn
Chui Ta in den Laden zurückkehrt, erneuert Sun seine For-
derung nach Opium, und da Chui Ta sie abschlägt, entfernt
er sich, Drohungen ausstoßend. Chui Tas Geheimnis steht
vor der Entdeckung. Er muß fliehen. Er ist im Begriff, den
Laden und Sezuan zu verlassen, als Sun mit der Polizei
zurückkommt. Eine kurze Haussuchung fördert Chen Tes
Kleid zutage. Der Tabakkönig wird unter Mordverdacht
abgeführt.

8

Der Wasserverkäufer hat einen Traum. Es erscheinen ihm die drei Götter und fragen ihn nach Chen Te. Er muß ihnen sagen, daß Chen Te von ihrem Vetter ermordet worden ist. Die Götter erschrecken. Auf ihrer ganzen Reise durch die Provinz haben sie keinen zweiten guten Menschen gefunden. Sie werden sofort zurückkommen.

9

Zu dem Prozeß gegen den Tabakkönig Chui Ta, der die ganze Vorstadt auf die Beine gebracht hat, erscheinen als Richter die drei Götter. In der Verhandlung werden allgemein die guten Werke der Chen Te gepriesen und die Untaten des Chui Ta verurteilt. Chui Ta entschuldigt verzweifelt seine Härte mit seinem Bestreben, seiner weltfremden Cousine zu helfen. Er betrachtet sich als ihren einzigen echten und selbstlosen Freund. Befragt nach ihrem augenblicklichen Aufenthaltsort, weiß er keine Antwort. In die Enge getrieben, verspricht er ein Geständnis, wenn der Saal geräumt würde. Mit seinen Richtern allein gelassen, nimmt er seine Verkleidung ab: er ist Chen Te. Die Götter sind entsetzt. Der einzige gute Mensch, den sie gefunden haben, ist der verhaßteste Mann der Stadt! Das darf nicht wahr sein. Außerstande, dieser Tatsache ins Auge zu blicken, beordern sie eine rosa Wolke und besteigen sie eilig, um wieder in ihren Himmel aufzufahren. Auf ihren Knien bittet Chen Te sie um ihre Hilfe und ihren Rat. »Wie kann ich gut sein und nicht umkommen ohne meinen Vetter, Erleuchtete?« »Versuch es jedenfalls!«, sagen die Götter verlegen. – »Aber den Vetter muß ich haben, Erleuchtete!« – »Nicht zu oft, nicht zu oft!« – »Jede Woche zumindest!« – »Jeden Monat, das genügt.« Und in Verzweiflung sieht sie ihre Götter verschwinden nach oben, lächelnd winkend.

Wenn die Tore des Gerichtssaals sich wieder öffnen, begrüßt die Menge entzückt den wiedergekehrten guten Menschen von Sezuan.

Kommentar

Daten zur Entstehungs- und frühen Aufführungsgeschichte

Um 1927/28: Brecht notiert sich die Grundidee zu einem Stück Vorarbeiten
»*Fanny Kress*« oder »*Der Huren einziger Freund*« (vgl.
S. 139).

Um 1930: Es entstehen zwei Texte zu einem geplanten Stück mit
dem Titel *Die Ware Liebe* (vgl. S. 139 f.).

1935/36: Oktober bis Februar: Brecht hält sich in New York auf,
um v. a. bei der Inszenierung seines Stückes *Die Mutter*
durch die Theatre Union mitzuwirken; bei diesem Aufenthalt trifft er sich auch mit dem in der Nähe von New
York lebenden Kurt Weill (1900–1950) und berichtet
u. a. von seinen Plänen zum *Guten Menschen* (vgl.
23.3.1939; GBA 29, 134).

1939: 15.3.: In den letzten Tagen seines Exils in Svendborg
(Dänemark) beschäftigt sich Brecht mit dem bereits in
Berlin unter dem Titel *Die Ware Liebe* begonnenen
Stück: »Vor ein paar Tagen habe ich den alten Entwurf Brecht über das Stück
von ›Der gute Mensch von Sezuan‹ wieder hervorgezogen
(in Berlin begonnen als ›Die Ware Liebe‹). Es existieren
fünf Szenen, vier davon sind zu brauchen. Es ist eine
Scharadenarbeit, schon der Umkleide- und Umschmink-
akte wegen. Ich kann aber dabei die epische Technik entwickeln und so endlich wieder auf den Standard kommen. Für die Schublade braucht man keine Konzessio-
nen« (GBA 26, 332).

23.3.: Brecht schreibt an Weill: »Es ist schade, daß wir
durch die Emigration so auseinandergeschleudert wurden. Wir sollten wirklich mehr Verbindung aufrecht erhalten. Ich arbeite jetzt gerade an der Parabel ›Der gute
Mensch von Sezuan‹, von der ich Ihnen in New York
erzählte« (GBA 29, 134); d. h. bei seinem Aufenthalt
1935/36.

Mai, Pfingsten, nun im schwedischen Exil in Lidingö bei
Stockholm: »Grübelei über den ›Guten Menschen‹.«
Brecht ist nicht zufrieden mit dem Vorhandenen, weiß,

dass er den »Eindruck der Milchmädchenrechnung« vermeiden, einen geeigneten Spielort finden muss: »Da sind noch Götter und schon Flugzeuge« (GBA 26, 338). In dieser Zeit entsteht möglicherweise der Text *Ankunft der Götter* (GBA 24, 283).

Mitte Mai: Margarete Steffin (1908–1941) bestätigt gegenüber Walter Benjamin (1892–1940) die »ortsveränderung« (schwedisches Exil) und die Schwierigkeiten bei den verschiedenen Projekten: »er hat leider den CAESAR[-Roman] immer noch nicht hervorgeholt, sondern ein neues, altes stück herausgesucht: DER GUTE MENSCH VON SEZUAN« (Steffin, S. 300 f.).

15.7.: »Immer noch über dem ›Guten Menschen‹. Erste Szene wieder umgearbeitet« (GBA 26, 339).

27.8.: Dem im Pariser Exil lebenden Rechtsanwalt Martin Domke (1897–1980) berichtet Brecht, dass er am Parabelstück arbeite und anschließend an seinem *Caesar*-Roman weiterschreiben wolle (GBA 29, 151).

11.9.: »Ich komme ins Stocken bei der Arbeit an der Parabel. Sie fließt nicht voll. Vieles ist zu spitzfindig, das Ganze besteht noch aus Stellen. Schönen, realistischen, scharfsinnigen – und anderen« (GBA 26, 346 f.).

15.9.: Brecht schließt an diesem Tag die Fabelerzählung »*Der gute Mensch von Sezuan*«. *Zeitungsbericht* ab (GBA 24, 283–287; vgl. hier S. 141–145).

Fabelerzählung »Der gute Mensch von Sezuan«. Zeitungsbericht

1940: Ende März: Margarete Steffin berichtet dem dänischen Journalisten und Brecht-Übersetzer Knud Rasmussen, der sich Fredrik Martner nennt: »eigentlich fehlt nur noch die schlussszene – und die umarbeitung der übrigen« (BBA E9/58; Hauck, S. 331).

6.5.: Bald nach seiner Ankunft in Helsinki (am 17.4.) nimmt Brecht die Arbeit wieder auf. »Ich hoffe es hier fertigzubekommen« (GBA 26, 372).

11.6.: »Ich gehe jetzt zum x-ten Mal den ›Guten Menschen von Sezuan‹ durch, Wort für Wort mit Grete [Margarete Steffin]« (GBA 26, 377).

14.6.: Brecht entschuldigt sich bei dem Graphiker Hans Tombrock (1895–1966), dass er sich nicht schon längst bei ihm gemeldet hat, und führt als Begründung die Arbeit am *Guten Menschen* an (GBA 29, 175).

20.6.: »Im großen und ganzen fertig mit dem ›Guten Menschen von Sezuan‹. Der Stoff bot große Schwierigkeiten, und mehrere Versuche, ihn zu meistern, seit ich ihn vor etwa zehn Jahren angriff, schlugen fehl.« Der gute Mensch heißt zu diesem Zeitpunkt noch Li Gung bzw. Lao Go. »Li Gung mußte ein Mensch sein, damit sie ein guter Mensch sein konnte. Sie war also nicht stereotyp gut, ganz gut, in jedem Augenblick gut, auch als Li Gung nicht. Und Lao Go ist nicht stereotyp böse usw. Das Ineinanderübergehen der beiden Figuren, ihr ständiger Zerfall usw. scheint nun halbwegs gelungen, das große Experiment der Götter, dem Gebot der Nächstenliebe das Gebot der Selbstliebe hinzuzufügen, dem ›Du sollst zu andern gut sein‹ das ›Du sollst zu dir selbst gut sein‹, mußte sich zugleich abheben von der Fabel und sie doch beherrschen. Die moralischen Prästationen [Darstellungen] mußten sozial motiviert sein, jedoch mußten sie auch einem besonderen Vermögen (besonderem Talent, besonderer Veranlagung) zugeschrieben werden« (GBA 26, 392).

Brecht über das Stück

29.6.: Brecht hat »die letzte Fassung« des Stücks begonnen, »die finnische«, und weiß, dass ihm noch kein anderes Stück so viel Mühe gemacht hat (GBA 26, 395).

Ende Juni: An den schwedischen Schriftsteller Arnold Ljungdal (1901–1968) schreibt Brecht: »›Der gute Mensch von Sezuan‹ ist nahezu fertig, besser gesagt abgeschlossen. [...] Ich schicke es Ihnen, sobald abgeschrieben« (GBA 29, 178).

30.6.: Brecht bemerkt wieder einmal: »Es ist unmöglich, ohne die Bühne ein Stück fertig zu machen. The proof of the pudding...« (GBA 26, 395. »Die Güte des Puddings erweist sich beim Essen« – ein von Brecht mehrfach angeführtes englisches Sprichwort).

2.7.: Es stellt sich die Frage: »Brot und Milch oder Reis und Tee für die ›Sezuan‹-Parabel« (GBA 26, 397).

30.7.: Brecht bedauert, dass er mit dem Stück immer

noch nicht fertig ist: »es handelt sich nur noch um Details« (GBA 26, 402).

1.8.: Bei der American Guild for German Cultural Freedom bedankt sich Brecht für die finanzielle Unterstützung und nennt das *Sezuan*-Stück neben *Mutter Courage* als dadurch ermöglichte und fertiggestellte Arbeit (GBA 29, 184).

9.8.: »Die kleinen Korrekturen des ›Guten Menschen‹ kosten mich ebensoviel Wochen, wie die Niederschrift der Szenen Tage gekostet hat.« Noch immer heißt die Hauptfigur Li Gung bzw. Lao Go (GBA 26, 410 f.).

14.9.: Brecht arbeitet an seinem Stück *Herr Puntila und sein Knecht Matti* und empfindet dies als »eine Erholung nach dem ›Sezuan‹-Stück«, das erst einmal erneut liegenbleibt (GBA 26, 423).

1941: 25.1.: Zu Jahresbeginn ist Brecht entschlossen, das *Sezuan*-Stück zu »beenden« (GBA 26, 460).

26.1.: Erst jetzt entstehen mehrere Songs, teilweise gemeinsam mit Margarete Steffin: *Das Lied vom Rauch*, *Das Lied vom achten Elefanten* und *Das Terzett der entschwindenden Götter auf der Wolke* (vgl. GBA 26, 460).

30.1.: Brecht bedauert, dass der *Gute Mensch* nun schon »das sechste Stück« ist, »das zunächst nicht wird aufgeführt werden können« (GBA 26, 462); vgl. 30.6.1940.

Fertigstellung und Versendung des Stücks

20.4.: Der *Gute Mensch* ist inzwischen mit Matrizen vervielfältigt und verschickt worden. Brecht beklagt: »›Der gute Mensch von Sezuan‹ ist in zahlreichen Exemplaren seit Monaten an Freunde (in der Schweiz, in Amerika, in Schweden) verschickt, und noch nicht ein einziger Brief darüber ist eingelaufen« (GBA 26, 475).

April: Der finnischen Schriftstellerin Hagar Olsson (1893–1978) kündigt Brecht ein Exemplar des *Guten Menschen* an; es sei »ein Stück, in dem ich zu zeigen versuche, wie schwer es ist, in dieser Zeit ein guter Mensch zu sein« (GBA 29, 204).

August: Brecht fragt Kurt Weill, ob er das in Finnland abgeschickte Exemplar des Stücks erhalten habe (GBA 29, 211).

August/September: Brecht teilt Erwin Piscator (1893– Erste Reaktionen auf das Stück
1966) mit, dass das Stück »so sehr artistisch« sei, »man
müßte viel Zeit dafür haben, auch die Übersetzung äußerst sorgfältig vorbereiten«; Brecht freut sich, dass Piscator das Stück gefällt (GBA 29, 212 f.).

9.10.: Gegenüber dem Schriftsteller Curt Riess (1902–
1993) nennt Brecht mehrere sich abzeichnende Auffüh-
rungsmöglichkeiten, u. a. auch für den *Guten Menschen*
(GBA 29, 216).

20.11.: Im kalifornischen Exil in Santa Monica versucht
Brecht erneut, andere für sein Stück zu interessieren:
»Die [Schauspielerin Elisabeth] *Bergner* hat das ›Sezuan‹-
Stück gelesen, Helli [Helene Weigel] meinte, es würde ihr
gefallen, und hat ihr zuvor die Fabel erzählt. Von der
Lektüre war sie sehr enttäuscht, sie fand es ›so langweilig
wie großartig‹« – und vor allem »undramatisch« (GBA
27, 25).

1942: 11.5.: Brecht nennt einen weiteren Leser des Stücks, den
ebenfalls emigrierten Schauspieler Richard Revy (1885–
1965), und er verweist erneut auf die Bedeutung einer
Inszenierung, die immer noch aussteht: »Ohne das Aus-
probieren durch eine Aufführung kann kein Stück fertiggestellt werden« (GBA 27, 93).

1.6.: Es scheinen sich mehrere »Chancen« für eine In-
szenierung abzuzeichnen, u. a.: »May Wong wolle den
›Guten Menschen von Sezuan‹ am Broadway aufführen«
(GBA 27, 102).

22.8.: Brecht hat erfahren, dass das Zürcher Schauspielhaus nach *Mutter Courage* (19.4.1941) nun den *Guten
Menschen* uraufführen möchte (GBA 27, 122 f.).

1943: 4.2.: Uraufführung (aufgrund eines Exemplars der Ma- Uraufführung in Zürich
trizen-Vervielfältigung) in Zürich; Regie: Leonard Ste-
ckel (1901–1971); Bühnenbild: Teo Otto (1904–1968);
Shen Te/Shui Ta: Maria Becker (*1920); Therese Giehse
(1898–1975) spielt die Hausbesitzerin Mi Tzü, Karl Paryla (1905–1996) den Flieger Yang Sun. Die Musik zu
einzelnen Lieder stammt von dem Schweizer Komponisten Huldreich Georg Früh (1903–1945).

März–Mai: Bei einem mehrwöchigen Aufenthalt in New York trifft Brecht u. a. wiederum mit Weill zusammen, den er für eine Vertonung des *Guten Menschen* gewinnen will (GBA 27, 150); er schreibt aus diesem Anlass eine

Zusammen-
fassung des
Stücks

Zusammenfassung des Stücks (vgl. GBA 24, 287–292; vgl. hier S. 145–151). Es entsteht die »Version 1943« des Textes, auch »Opium-Fassung« genannt: Die Verwandtschaft bringt darin das Opium in Shen Tes Laden; ihre Absicht, es in einem Teehaus zu verkaufen, um dem geliebten Flieger Sun zu einer Stelle zu verhelfen, gibt Shen Te auf, nachdem sie dort die Süchtigen gesehen hat. Zugunsten dieser Handlung entfallen u. a. die Geschichte um Wangs verletzte Hand und die um den Teppichhändler-Kredit.

19.7.: Brecht erwähnt gegenüber Ruth Berlau (1906–1974) einen »›Sezuan‹-Vertrag«, den Weill ändern und ihm zuschicken wolle (GBA 29, 281). Davon ist auch in weiteren Briefen an Berlau im August und im September

Übersetzung

die Rede (vgl. z. B. GBA 29, 298 und 302).

20.9.: Der Schriftsteller und Übersetzer (z. B. der Gedichte im *Dreigroschenroman*) Christopher Isherwood (1904–1986), der das Stück gelesen hat und an diesem Tag bei Brecht zu Gast ist, »zeigt Unbehagen wegen der Götter«. Brecht ist enttäuscht, weil er gehofft hat, »er würde sich für eine Übertragung interessieren« (GBA 27, 173).

Dezember: Brecht möchte mit Weill zu einer vertraglichen Regelung kommen; Hans Viertel (*1919), der Sohn des Regisseurs Berthold Viertel (1885–1953), hätte Zeit für eine Übersetzung des Stücks (GBA 29, 319).

1944: Mitte März: In seinem Resümee über einen weiteren längeren Aufenthalt in New York (ab Mitte November 1943) hält Brecht fest, dass er mit Weill vertragseinig geworden sei (GBA 27, 182 f.); zu einer Vertonung durch Weill kommt es jedoch letztlich nicht.

1945: Januar: Brecht berichtet dem amerikanischen Theaterproduzenten Leo Kerz (1912–1978), er hätte »am liebsten eine Aufführung des ›Sezuan‹-Stückes in einer Neger-

besetzung (der Schauplatz könnte Jamaika sein?)«. Und:
»Das Stück ist wieder frei von Weill. Leider ist keine
Übersetzung da. Am besten wäre es, wenn Sie W. H. Au-
den interessieren könnten« (GBA 29, 344). Eine bereits
ein Jahr zuvor angekündigte Aufführung in New York
kommt aber auch jetzt nicht zustande (vgl. GBA 29,
697).

1946: 18.1.: Brecht bietet dem Verleger Kurt Reiss (1901–1974)
die Vertriebsrechte zu seinen Stücken für die Schweiz an,
u. a. die zum *Guten Menschen* (GBA 29, 374).

29.3.: Premiere des Stücks im Theater an der Josefstadt in   Wiener
Wien; Regie: Rudolf Steinboeck (1908–1996), mit Paula   Premiere
Wessely (1907–2000) als Shen Te/Shui Ta. – Brecht be-
dauert im August in einem Brief an den Übersetzer seiner
Stücke, Eric Bentley (*1916), dass sich die Inszenierung
»auf einem ganz idiotischen Niveau« bewege, »da diese
Armen alles symbolisch nehmen« (GBA 29, 399).

1947: Ende September: Brechts früherer Mitarbeiter (an der
Heiligen Johanna der Schlachthöfe und anderen Stücken), der Drehbuchautor Emil Hesse-Burri (1902–
1966), hat den »Plan, einen ›Sezuan‹-Film zu machen«
(GBA 29, 422 f.).

1948: 7.1.: In der Schweiz unterhält sich Brecht mit dem Kriti-
ker Armin Kesser (1906–1965) über die »Mißverständ-
lichkeit« seiner Stücke, bei Sezuan über die »religiöse
[...] Verurteilung der Zweiseelenkonstruktion« (GBA
27, 262 f.).

1952: 13.–16.11.: Um bei den letzten Proben dabei zu sein, reist
Brecht nach Frankfurt/M.; er fährt vor der Premiere nach
Berlin zurück, da am gleichen Abend am Berliner Ensemble *Die Gewehre der Frau Carrar* Uraufführung haben.
Regisseur Harry Buckwitz (1904–1989) und Peter Suhrkamp (1891–1959; vgl. S. 180 f.) berichten ihm vom Er-
folg der Frankfurter Aufführung.   Frankfurter
                                                              Premiere
16.11.: Brecht kommentiert die Frankfurter Inszenierung
des Stücks: »Frankfurt führt ›Der gute Mensch von Sezuan‹ auf. (Da Buckwitz, der an den Kammerspielen war,
als ich in München die ›Courage‹ inszenierte [2.9.–

9.10.1950], dort Intendant ist.) Ich war vier Tage dort und versuchte, der Aufführung zu Deutlichkeit und Leichtigkeit zu verhelfen« (GBA 27, 335). Unter der Regie von Intendant Harry Buckwitz und im Bühnenbild von Teo Otto (der schon die Bühne für die Uraufführung gestaltet hat) spielen Solveig Thomas die Shen Te/den Shui Ta, Arno Assmann (1908–1979) den Flieger Yang Sun, Karl Lieffen (1926–1999) einen Arbeitslosen. Unter der musikalischen Leitung von Walther Knör wird erstmals die Musik des ebenfalls nach Frankfurt gekommenen Paul Dessau (1894–1979) gespielt.

Erstdruck 1953: Erstdruck des Parabelstücks in der Reihe *Versuche*, Heft 12 (Versuche 27/32), Berlin/West: Suhrkamp Verlag, S. 3–106.

DDR-Erstaufführung 1956: 6.1.: Im Volkstheater Rostock findet die DDR-Erstaufführung des *Guten Menschen* statt. Regie: Benno Besson (*1922); Bühnenbild: Willi Schröder; Shen Te/Shui Ta: Käthe Reichel (*1926).

Erste Inszenierung am Berliner Ensemble 1957: 5.10.: Erst über ein Jahr nach Brechts Tod wird der *Gute Mensch* am Berliner Ensemble inszeniert; Regie: Benno Besson; Bühnenbild: Karl von Appen (1900–1981); Musikalische Leitung: Hans-Dieter Hosalla (*1919); mit Käthe Reichel als Shen Te/Shui Ta, Heinz Schubert (1925–1999) als zweitem Gott, Brecht-Tochter Barbara Berg (Brecht-Schall, *1930) als Nichte, Ekkehard Schall (*1930) als Sun u. a.

Die Besonderheiten

1. Zu Struktur und Fabel

Das Stück besteht insgesamt aus 19 Teilen: zehn nummerierten Szenen, einem Vorspiel und einem Epilog sowie sieben Zwischenspielen; fünf dieser Zwischenspiele führen die Ausgangsposition des Vorspiels (Wang und die drei Götter) fort, zwei andere mit Shen Te rahmen die fünfte Szene mit dem zweiten Auftritt des Shui Ta ein und spielen »Vor dem Vorhang«, also außerhalb des Spiels und für die übrigen Spieler sozusagen unsichtbar (vgl. S. 61 und S. 76).

In die Prosa der Redetexte sind durchgehend lyrische Abschnitte eingebaut, oft dann, wenn sich die Figuren kommentierend »*Zum Publikum*« wenden. In keinem anderen Stück von Brecht wird das Publikum so unmittelbar einbezogen wie beim *Guten Menschen von Sezuan*: An insgesamt 26 Stellen vom Anfang bis zum Ende unterbrechen die Spieler die Handlung, um diese für die Zuschauer zu kommentieren. Die meisten Publikumsansprachen entfallen auf Shen Te (insgesamt 18), aber auch Wang (9,3–4 und 15,19), Sun (43,12 und 115,20), Shu Fu (54,34–35 und 73,7), Frau Yang (104,9) und der Spieler, der den Epilog spricht (134,15–16), wenden sich direkt an das Publikum.

Einbeziehung der Zuschauer

Zusätzlich unterbrochen wird der Fortgang der Handlung durch die insgesamt sieben Liedeinlagen: 1. *Das Lied vom Rauch* in der ersten Szene (S. 27 f.), 2. das *Lied des Wasserverkäufers im Regen* in der dritten (S. 48), 3. *Das Lied von der Wehrlosigkeit der Götter und Guten* im Zwischenspiel vor der fünften (S. 61 f.), 4. *Das Lied vom Sankt Nimmerleinstag* in der sechsten (S. 86 f.), 5. das *Lied vom achten Elefanten* in der achten Szene (S. 108 f.), 6. die Wiederholung der ersten Strophe vom *Lied des Wasserverkäufers im Regen* in der neunten (S. 114), 7. das »Terzett der entschwindenden Götter« in der zehnten Szene (S. 133 f.).

Liedeinlagen

Im Vorspiel wird die Ausgangssituation vorgeführt: Der »Himmel« ist beunruhigt angesichts der zu ihm aufsteigenden Klagen, und so machen sich »einige der höchsten Götter« auf den Weg (9,12–13), nachdem sie den »Beschluß« gefasst haben: »die

Vorspiel

Welt kann bleiben, wie sie ist, wenn genügend gute Menschen gefunden werden, die ein menschenwürdiges Dasein leben können« (12,10–13). Denn sie sind es leid: »Wir werden schon genug finden, die den Bedingungen genügen. Wir müssen einen finden! Seit zweitausend Jahren geht dieses Geschrei, es gehe nicht weiter mit der Welt, so wie sie ist. Niemand auf ihr könne gut bleiben. Wir müssen jetzt endlich Leute namhaft machen, die in der Lage sind, unsere Gebote zu halten« (12,23–29).

Drei Mensch gewordene Götter, die daran erkannt werden, dass sie »wohlgenährt« aussehen und »kein Zeichen irgendeiner Beschäftigung« haben, möchten in der fiktiven Provinz Sezuan bzw. in deren Hauptstadt beispielhaft den Beweis antreten, dass die Welt doch in Ordnung ist, wenn zumindest ein zu anderen guter Mensch zu finden ist, dem es auch selbst gut geht. Sie treffen – nach mehreren vergeblichen Versuchen – schließlich auf die Prostituierte Shen Te und beobachten (und bewerten) sie und ihren ›Aufstieg‹ von der sozial deklassierten Frau zum rücksichtslosen Ausbeuter, nachdem sie diesen ›Aufstieg‹ dadurch ermöglicht haben, dass sie für eine Übernachtung bei ihr bezahlt haben. (Vgl. das Gleichnis von den Pfunden, mit denen zu wuchern sei; Lukas 19,11–28)

Inszeniertes Spiel

Das gesamte Stück ist ein inszeniertes Spiel, keine Abbildung von Wirklichkeit; es ist eine Variante der Vorstellung vom Welttheater (*theatrum mundi*): Danach spielt sich das Leben als ein Schauspiel vor Gott/den Göttern ab, der am Ende Gericht hält über die Mitwirkenden.

Die Zwischen-spiele

Die beiden Handlungen des Stücks – die Handlung um die Götter und die Handlung um Shen Te – sind verbunden durch die fünf Zwischenspiele (nach den Szenen 1, 3, 6, 7 und 9), in denen die Götter, die weitergezogen sind, um »noch andere Menschen« zu suchen, »die unserm guten Menschen von Sezuan gleichen« (30,28–30), dem Wasserverkäufer Wang im Traum erscheinen, um sich von ihm über Shen Te berichten zu lassen bzw. ihn zu beauftragen, ihr immer wieder neue Aufgaben zu stellen, bei denen sie ihre Güte beweisen kann, »denn keiner kann lang gut sein, wenn nicht Güte verlangt wird« (30,26–27).

Die beiden zusätzlichen Zwischenspiele vor und nach Szene 5 – mit Shen Te vor dem Vorhang – spielen außerhalb der Handlung:

In der ersten wird gezeigt, wie sie sich (indem sie sich umzieht) in den Vetter Shui Ta verwandelt, in der zweiten ist sie auf dem Weg zu ihrer Hochzeit; Shen Te berichtet dem Publikum von ihrer Vergesslichkeit gegenüber dem alten Teppichhändler-Ehepaar, das sein Geld zurückhaben müsste, und von ihrer Unsicherheit, ob sie von Sun das an ihn weitergegebene Geld zurückerhalten würde.

Dieses zweite Zwischenspiel steht genau in der Mitte des Stücks und ist deshalb auch als »epische Gelenkstelle« bezeichnet worden (Koller, S. 221). Alle übrigen Teile sind symmetrisch darum herum angeordnet: Nach Szene 1 steht das erste, vor Szene 10 das letzte Zwischenspiel; Szene 2 und Szene 3 bzw. Szene 8 und Szene 9 sind nicht von Zwischenspielen begleitet; vor den Szenen 4 und 5 bzw. entsprechend nach den Szenen 6 und 7 gibt es jeweils ein solches Zwischenspiel; in der Mitte steht das zweite Shen-Te-Zwischenspiel. Auch inhaltlich steht es in der Mitte: Die Liebesgeschichte Shen Te/Sun ist in Szene 5 zu Ende, in Szene 6 wird deutlich, dass es ohne Shui Ta nicht weitergeht (ohne ihn keine Hochzeit). In Szene 4 möchte Shen Te noch, dass ihr »Geliebter« sich »über uns alle« erheben können soll (60,28 und 60,25); in Szene 7 ist sie bereit, für das noch ungeborene Kind gegebenenfalls sogar zum »Tiger« zu werden (97,19), so wie Peachum im *Dreigroschenroman*, als die »Aussicht auf großen Gewinn« besteht (GBA 16, 273 f.). Der Güte und Freundlichkeit der liebenden Shen Te in Szene 3, die Wang bei Regen Wasser abkauft, entspricht der letzte und längste Auftritt des Shui Ta als Arbeitgeber (bei gleichzeitigem Verschwinden Shen Tes) in Szene 8. In Szene 2 mit dem ersten Auftritt Shui Tas erscheint seine Anwesenheit nur kurzfristig erforderlich zu sein; in der entsprechenden Szene 9 ist aus Shen Tes Tabakladen das Kontor des Geschäftsmanns Shui Ta geworden, der von hier aus seine »zwölf schönen Läden« verwaltet (111,3 bzw. 119,28 und 120,12 sowie 124,8). Aus dem »Engel der Vorstädte« (51,16–17; 70,12; 90,29 und 131,26) ist endgültig der »Tabakkönig von Sezuan« geworden (120,14–15). Schließlich die Szenen 1 und 10: In Szene 1 wird der ›Böse‹ ›erfunden‹, in Szene 10 zeigt sich, dass im ›Bösen‹ die gesuchte ›Gute‹ steckt.

Epische
Gelenkstelle

2. Zu den zwei Grundmustern

Alttestamen-
tarische
Geschichte

Im Hintergrund der Fabel des *Guten Menschen* steht zum einen die alttestamentarische Geschichte vom Untergang der Städte Sodom und Gomorrha nach 1. Mose 18–19: Gott erscheint Abraham in Gestalt von drei Männern, die die Städte Sodom und Gomorrha vernichten sollen, nachdem das »Geschrei« (1. Mose 18,20; vgl. 12,25–26) über die dort begangenen Sünden ihn erreicht hat. Der Versuch Abrahams, das Unheil abzuwenden, scheitert, weil er nicht einmal zehn (statt ursprünglich 50 geforderte) Personen findet, die »des Herrn Wege halten und tun, was recht und gut ist« (19,19). Entsprechend werden die Städte durch »Schwefel und Feuer« zerstört (19,24; vgl. 58,17–19). – Bei Brecht reduzieren die drei Götter ihre Forderung – »genügend gute Menschen« in Sezuan – vom Anfang (12,11) auf den einen halb-guten Menschen am Schluss, der »gepriesen sei« (134,10). Sie sind nicht wegen der Klagen über die Sünder von Sezuan gekommen, sondern wegen der Klagen über die Einrichtung der »Welt«, mit der es »nicht weiter« gehe, »so wie sie ist« (12,26); sie stellen dagegen fest – jeweils in der Figur des ersten Gottes: »Soll die Welt geändert werden? Wie? Von wem? Nein, es ist alles in Ordnung.« (132,20–22)

Vorstellung
vom Weltthe-
ater

Zum anderen steht im Hintergrund als zweites Grundmuster die schon erwähnte Vorstellung vom Welttheater, auf die an zwei Stellen direkt angespielt wird: einerseits, wenn sich die Götter selbst als »nur Betrachtende« bezeichnen (89,18), andererseits, wenn sie das Betrachtete benennen: »Diese kleine Welt« (132,27). Die klassische theatralische Ausgestaltung hat der spanische Dramatiker Pedro Calderón de la Barca (1600–1681) vermutlich um das Jahr 1635 mit *El gran teatro del mundo* (*Das große Welttheater*) vorgelegt. Brecht hat den Begriff schon 1938 dem Kleinen Mönch in der 7. Szene von *Das Leben des Galilei* in den Mund gelegt, als dieser über die Bauern in der Campagna, bei denen der Mönch aufgewachsen ist, berichtet: »Es ist ihnen [den Bauern] versichert worden, daß das Auge der Gottheit auf ihnen liegt, forschend, ja beinahe angstvoll, daß das ganze Welttheater um sie aufgebaut ist, damit sie, die Agierenden, in ihren großen oder kleinen Rollen sich bewähren können« (GBA 5, 65).

3. Zum so genannten offenen Schluss

Das (inzwischen) ›geflügelte Wort‹ vom »Vorhang zu und alle Fragen offen« am Ende des *Guten Menschen* ist lange so interpretiert worden, dass das Stück im Grunde unvollständig und unabgeschlossen sei, zumal die Zuschauer aufgefordert werden, ein gutes »Ende« zu suchen, einen guten »Schluß« zu finden (134,18–135,7).

Die Welt bleibt so, »wie sie ist« (12,11), nachdem die Götter befunden haben, dass »alles in Ordnung« ist (132,22). Shui Ta möchte sich zwar mit Mi Tzü und Shu Fu zusammentun, um die »Schwierigkeiten« der Fabrik zu bewältigen (118,12), doch Mi Tzü will schließlich »nichts zu schaffen« haben mit Shui Ta (128,16), und Shu Fus Ansicht vom »keuschesten Mädchen dieser Stadt« (73,29), mit dem er zusammenarbeiten würde (119,1–4), wird durch die Enttarnung Shui Tas zerstört. Obwohl Shen Te zunächst noch meint, mit ihrem ›doppelten Spiel‹ weitermachen zu können, zumindest ab und zu, ist durchaus klar, dass die entscheidenden Personen nicht mehr ›mitspielen‹ würden (133,25–28): So schaut sie *»gehetzt nach der Tür, durch die ihre Peiniger eintreten werden«* (133,10–11) und ist *»verzweifelt«*, als die Götter sich zurückziehen (134,12). Das Geschenk der Götter an den guten Menschen vom Anfang hat schließlich dazu geführt, dass viele Beteiligte geschädigt zurückbleiben, weil bei Shen Te nichts mehr zu holen ist; entsprechend wird sie ihrem Zorn ausgesetzt sein, gilt doch auch in Sezuan:

> »Wehe! Ewig undurchsichtig
> Sind die ewigen Gesetze
> Der menschlichen Wirtschaft!
> [. . .]
> Niemand benachrichtigt, niemand im Bilde! Aber den letzten
> Beißen die Hunde!«
> (GBA 3, 187)

Shen Te fehlt das »Glück«, das der »Nützliche« in Sezuan braucht; im Vergleich steht sie am Ende schlechter da als am Anfang: Als ledige Schwangere wird sie verachtet und kann nicht einmal mehr ihren Beruf ausüben. Das ist ein »Schluß« innerhalb des Spiels (vgl. Knopf, S. 426 f.).

Aufforderung an das Publikum

Der »Schluß« des Epilogs und die Aufforderung an das Publikum, ihn zu suchen, ist in einem anderen Sinne zu verstehen: Das Publikum soll Schlüsse ziehen, d. h. die richtigen Schlussfolgerungen anstellen – aber außerhalb des Spiels. In dem vorgestellten Modell bzw. dem Experiment können nur die ›ewigen Gesetze‹ der ökonomischen »Welt« deutlicher gemacht und gezeigt werden, dass dies nicht vereinbar ist mit den Göttergeboten (vgl. Knopf, S. 427 f.).

4. Zum Rollenspiel

Es geht bei der so genannten Doppelrolle der Shen Te nicht um eine ›gespaltene‹ Figur oder Person, die in eine ›gute Hälfte‹ und eine ›schlechte Hälfte‹ zerfällt. Denn Shui Ta steht auf einer anderen Stufe als Shen Te; vielmehr ist Shen Te eine erfundene Figur, die eine Figur erfindet, entsprechend dürfte Shui Ta streng genommen gar nicht genannt sein bei den »Personen« (8,11–12).

Erfundene Figur, die eine Figur erfindet

Nachdem Shen Te mit dem Geld der Götter den Tabakladen erstanden hat und immer mehr Personen daran mitprofitieren wollen, die Zukunft des Ladens dadurch immer unsicherer wird, versucht der Mann der achtköpfigen Familie ihr einzureden: »Sag doch, er gehört dir nicht. Sag, er gehört einem Verwandten, der von dir genaue Abrechnung verlangt. Kannst du das nicht?« (22,13–15) Als der Schreiner das Geld für seine Regale einfordert, »*souffliert*« der Mann: »Vetter!« (23,16) Und als die Hausbesitzerin nach »Referenzen« als Voraussetzung für den Mietvertrag fragt, »*souffliert*« die Frau: »Vetter! Vetter!« Schließlich lügt Shen Te, zunächst noch zögernd: »Ich habe einen Vetter« (25,28–35). Ein Vorgang, der im Theater im Allgemeinen für den Zuschauer nicht hörbar sein soll, ist hier in das Spiel eingebaut. Shen Te, die »nicht nein sagen« kann und zunächst meint, ohne diese Erfindung auszukommen, bekommt vorgesagt, dass es ohne sie nicht geht und wird erstmals schwach; sie muss zugeben, dass der Text des Stücks von ihr einen anderen Figurentext verlangt. Dieser setzt sich zunehmend durch, Shui Ta wird praktisch zur Hauptfigur, Shen Te immer weiter zurückgedrängt, bis sie gar nichts mehr zu sagen hat. Erst am Ende nach ihrer Selbstenttarnung kehrt sie wieder zu ihrer Sprache zurück und löst »Entsetzen« aus: »Sprich nicht weiter, Unglückliche!« Was sie sagt, wird als »Verwirrtes« und »Unglaubliches« eingeschätzt, was in dieser vorgeführten Welt nichts zu suchen hat (132,17–18).

Shen Te spielt den Shui Ta, ist also immer auch auf der Bühne, wenn er da ist; zur Verdeutlichung dieser Tatsache wird im Zwischenspiel vor der 5. Szene ein weiterer Vorgang, der im Theater im Allgemeinen hinter den Kulissen stattfindet, sichtbar auf die Bühne gebracht: Die Zuschauer werden zu ›Mitwissern‹ gemacht, indem Shen Te mit Anzug und Maske des Shui Ta vor ihrem zweiten Auftritt auf die offene Szene kommt und sich dort umzieht (61,3–4), ohne sich sofort komplett umstellen zu können: Als Frau muss sie erst wieder lernen, wie ein Mann zu gehen und bei einem Spiegel nicht an die Frisur zu denken (63,24–27).

Eine solche Hosenrolle, die aus der Commedia dell'arte stammt, auch z. B. bei Shakespeare (1564–1616) und Tirso de Molina (1571/1579–1648) vorkommt, ist ein komödiantisches Element, wird sie doch von den nicht eingeweihten Mitspielern als eigenständige Figur betrachtet und ernst genommen, während die Zuschauer über den tatsächlichen Sachverhalt informiert sind. Die Mitspieler erfahren dieses ›Geheimnis‹ erst am Ende und müssen gegebenenfalls mit Konsequenzen rechnen.

Hosenrolle

5. Zur Komödie

Der gute Mensch von Sezuan ist in mehrfacher Hinsicht als Komödie einzustufen. Zum einen erfüllt das Stück hinsichtlich der Unvereinbarkeit der Forderungen und des Endes der Götter die Definition von Karl Marx (1818–1883): »Die letzte Phase einer weltgeschichtlichen Gestalt ist ihre *Komödie*. Die Götter Griechenlands, die schon einmal tragisch zu Tode verwundet waren im gefesselten Prometheus des Äschylos, mußten noch einmal komisch sterben in den Gesprächen Lucians. Warum dieser

K. Marx

Gang der Geschichte? Damit die Menschheit *heiter* von ihrer Vergangenheit scheide« (Marx, S. 382). Alles wird als überholt und falsch geworden gezeigt, alle Figuren lügen, reden so und verhalten sich bzw. handeln ganz anders, selbst die Götter. Es ist die Kluft zwischen den überholten Ansprüchen und der Wirklichkeit, die Brecht später im Zusammenhang mit *Herr Puntila und sein Knecht Matti* das »gesellschaftlich Komische« nennen wird (GBA 24, 312).

Spiel im Spiel

Komödie ist das Stück außerdem dadurch, dass es insgesamt ein Spiel im Spiel vorführt, das zwischendurch unterbrochen wird von den unwirklichen Träumen, in denen die tatsächliche Machtlosigkeit der Götter demonstriert wird, die auch äußerlich immer abgerissener daherkommen. Am Ende funktioniert Brecht den *Deus ex machina* des Euripides (~480–406 v.Chr.), den ›Gott aus der Maschine‹, um in ›Götter in die Maschine‹ und ›Götter in der Maschine‹, mit der sie sich aus dem Staub machen.

Erzeugung von Komik

Komik wird nicht zuletzt erzeugt durch die zahlreichen kleineren Spiele im Spiel (im Spiel): Sei es die Episode mit den maßgefertigten Regalbrettern, die dem Schreiner bei der Abholung als »verschnitten« (Abfall) erscheinen (34,14), eine Episode, die der Frau der Familie »*Lachtränen*« in die Augen treibt, als sie sie nachspielt (34,29); sei es die »Hochzeit ohne Trauung« (Keller, S. 224 f.) in Szene 6, in der auf jemanden gewartet wird, der im Grunde schon da ist und doch nicht da ist, oder Shen Tes Pantomime mit ihrem noch nicht geborenen Kind (S. 92 f.).

Übertragung filmischer Möglichkeiten

Schließlich ist es die Übertragung filmischer Möglichkeiten auf das Theater, mit der Brecht wie bei einer Überblendung in Szene 8 Vergangenheit und Gegenwart gleichzeitig auf die Bühne bringt: Frau Yang einerseits als Berichterstatterin des Werdegangs ihres Sohnes und simultan als Mitspielerin in der Tabakfabrik (Knopf, S. 435).

6. Zum Guten und zur Güte

Zehn Gebote

Zum einen geht es um die Zehn Gebote des Alten Testaments (2. Mose 20); Shen Te nennt fünf davon gleich im Vorspiel (17,26–31). Gut ist entsprechend, wer sich an diese Gebote hält. Das

Gute ist ein sittlicher Wert, etwas absolut und vollständig Positives; das Gute im Sinne von ›gut zu etwas‹ (utilitaristische Bedeutung) und das Gute im Sinne von ›gut für jemanden‹ (eudämonistische Bedeutung) sind damit nicht erfasst. Der Mensch ist grundsätzlich weder gut noch böse, aber er ist in der Lage bzw. hat die Freiheit, beides zu sein oder zu werden.

Mit ihrem Motto, dadurch ein bzw. eben der »gute Mensch von Sezuan« zu sein oder sein zu wollen, dass sie gut ist zu anderen und gut ist zu sich selber (130,32–33), gehört Shen Tes Güte zur eudämonistischen Variante, und ist damit – wie durch die Bibelzitate anfangs zu vermuten – gerade nicht christlich.

Die Begriffe des Guten und der Güte werden im gesamten Stück in die unterschiedlichsten Zusammenhänge gebracht, die aber nichts mit der christlichen Wahlfreiheit zwischen gut und böse oder der Gnade der Vergebung usw. zu tun haben. So lassen sich Shen Tes Aktivitäten durchaus mit den »Wohltätigkeitsbasaren« vergleichen, die genau genommen »die propagandistische Kehrseite kapitalistischer Wirtschaft« sind (Ueding, S. 182). Man spendet für diejenigen, die man ›auf der Strecke‹ hat liegen lassen.

Abwertung der Begriffe des Guten und der Güte

Die Begriffe des Guten und der Güte werden im gesamten Stück v. a. zunehmend weniger wert: Es beginnt mit dem doppelten »Guten Tag« zwischen Shen Te und Shin, dem guten Gefallen am neuen Heim und dem Gut-Gehen Shen Tes (19,18–21); dann folgt das Bedauern der Götter über die »Schwäche, die an nichts ein gutes Haar läßt« (30,17); da ist die Aussage Shu Fus: »der Zauber Fräulein Shen Tes besteht kaum in der Güte ihres Ladens, sondern in der Güte ihres Herzens« (70,9–11); oder seine Frage bei der Scheckübergabe: »Soll jetzt das Gute untergehen? Ach, wenn Sie mir gestatten, Ihnen bei Ihrem guten Werk behilflich zu sein!« (91,5–7); da sagt Shen Te zu der Familie: »Gut, ich will die Säcke für euch aufheben« (96,24); zwischendurch bittet Shui Ta die Shin: »Haben Sie die Güte [...]« (101,10); da meint Frau Yang zur Einstellung ihres Sohns durch Shui Ta: »Sie sind unendlich gütig« (105,19–20), und kurz danach ist sie sich sicher, dass durch Shui Ta »alles Gute« von Sun gefordert worden sei (110,8); und dann ist da auch noch »der gute Tabak der Shen Te« (120,12–13).

7. Zur Musik

Die Musik sollte ursprünglich der in der Nähe von New York lebende Kurt Weill komponieren (vgl. GBA 27, 150 und 182 f., sowie Brechts Zusammenfassung des Stückinhalts »*Der gute Mensch von Sezuan*«; GBA 24, 287–292). Eine Weill-Vertonung kam jedoch nicht zustande.

Vertonung
durch H. G.
Früh

Für die Uraufführung am Zürcher Schauspielhaus (4.2.1943) wird der Schweizer Komponist Huldreich Georg Früh Ende 1942/Anfang 1943 mit der Vertonung beauftragt; seine Partitur gilt als verschollen; in den Kritiken ist lediglich die Musik zu einzelnen Liedern angeführt (*Das Lied vom Rauch, Lied des Wasserverkäufers im Regen, Das Lied von der Wehrlosigkeit der Götter und Guten, Das Lied vom Sankt Nimmerleinstag, Lied vom achten Elefanten, Terzett der entschwindenden Götter auf der Wolke*).

Vertonung
durch P.
Dessau

1947/48 entsteht noch in Kalifornien Paul Dessaus komplette Vertonung des Stücks; dass sie »sozusagen fertig« ist, teilt Dessau Brecht am 30.8.1948 mit (Lucchesi/Shull, S. 745). Sie wird erstmals bei der Frankfurter Inszenierung am 16.11.1952 gespielt.

Wirkung

1. Zur Uraufführung am Zürcher Schauspielhaus, 4.2.1943

Elisabeth Brock-Sulzer
Es ist die Poesie unserer Tage

In Katastrophenzeiten wie der unsrigen pflegten sich die Gebildeten von jeher zu den »ewigen Werten« zu flüchten, sich zu nähren am Unwandelbaren, Unantastbaren und sich so zu trösten über den von ihrem Lebensgefühl nicht oder nur mühsam zu bewältigenden Umsturz aller Dinge. Sich zu trösten aber auch über die wirkliche oder nur scheinbare künstlerische Unfruchtbarkeit solcher Zeiten. Dieser Rückzug auf das Ewige kann würdig oder feige sein, je nachdem, und oft auch beides zugleich. Welche Resignation ihm aber immer zugrunde liegt, wird erst spürbar, wenn das Wunder geschieht, daß ein Kunstwerk der Gegenwart einspringt, aus ihr genährt, sie umfassend, sie überschreitend. Dann fällt man plötzlich ins Gleichgewicht, und aus dem befreienden Bewußtsein, daß die eigene Zeit noch grün auszuschlagen vermöge, entsteht auch ein neu gegründetes Recht auf die ewigen Werte, eine neue Freiheit ihnen gegenüber, die vorher nur Schutzhütten des Geistes bedeuteten. Solches empfindet man stark vor dem neuen Stück Bert Brechts, das seine Uraufführung eben im Zürcher Schauspielhaus erlebt hat.

Ist der »Gute Mensch von Sezuan« ein politisches Drama? Muß man es messen mit politischen Ideen, es einordnen in politische Strömungen? Man kann und darf es, braucht es aber nicht. Und daß dem so ist, bedeutet hohes Lob. Man verstehe recht: Wir meinen durchaus nicht, daß der Dichter unpolitisch zu sein habe. Größte Zeiten haben eine teilweise und wesentlich politische Kunst hervorgebracht – ja man kann es als ein Zeichen der Stärke einer Epoche bezeichnen, wenn ihre Kunst nicht abseits von ihrer Politik einhergeht. Aber solche Dichter waren bestenfalls politische Dichter, niemals dichtende Politiker. In ihren Werken ist die Politik im Hegelschen Sinn aufgehoben: in der Tiefe be-

Politisches Drama?

wahrt, im Lebensprozeß in Frage gestellt und in der Höhe des Werks in ihren eigentlichen Sinn eingesetzt. Dergestalt lebt die Politik auch in Brechts stärksten Werken (in andern ist er oft an der Politik gescheitert). Sie ist eine Seite seiner männlichen Auseinandersetzung mit seiner Zeit. Dieser Dichter flüchtet nicht vor dem Leben in die Kunst. Sein Wort ist seine ihm aufgetragene und voll ausgelebte Tapferkeit. Ein unsentimentaler, unbedingter Mut zu leiden liegt auf dem Grund seines neuesten Werks, das um die Frage kreist, ob der gute Mensch in dieser Zeit noch würdig leben könne, und das den Mut findet, hart nein zu sagen, mutiger zu sein als seine Götter, die in faulem Harmoniestreben nichts anderes vermögen, als dem Guten die für das Leben notwendige Bosheit zu rationieren. Eine zutiefst heillose Welt tut sich auf, und wenn in [Leonard] Steckels Regie die Götter ihre Tanzschritte ins schwarze Nichts lenken, so ist das eine sinngemäße Ausdeutung von Brechts Text. Aber ist nicht der glühende, leidende Nihilismus die gläubigste, gottgefälligste Haltung zunächst der des wahrhaft Frommen? Gibt es vielleicht Zeiten, wo dieser Nihilismus eine geforderte Form der Frömmigkeit ist? Die Frage darf zum mindesten gestellt werden angesichts eines Werkes, das der armen und bösen (oft, nicht immer bösen, weil armen) Kreatur die Zunge löst, wie es ihr nicht oft beschieden wurde. Es ist die Poesie unserer Tage, die wir vernehmen, karg, nüchtern, scheu im Glück, unsentimental, und bei der deshalb das Gefühl oft die Wirklichkeit eines Stück Brots annimmt. Man wird unsere Zeit später einmal im Netze einiger Sätze dieses Stücks unversehrt aus den Tiefen des Vergessens heben können. Denkt man nach der Aufführung über dieses neueste Stück Brechts nach und gedenkt man seiner früher geäußerten dramatischen Theorien, so wird auch bewußt, welche Kühnheiten der Faktur es verwirklicht. Im Augenblick des Erlebens aber scheint alles von simpelster Selbstverständlichkeit: Daß die Götter zwischen den Menschen wandeln, daß eine zerbrechliche Frau sich in einen bösen, die andern zerbrechenden Mann verwandelt, daß die Personen ebenso gut Bauern und Arbeiter unseres Landes wie chinesische Ahnenbilder sein könnten, daß Worte von heute bruchlos übergehen in altchinesische Sprüche und wieder zu uns zurückkehren, als wäre nichts geschehen, daß

Nihilismus

ganze Szenenreihen gebündelt werden durch den verbindenden und deutenden Text des Erzählers, daß das Wort dauernd seine Richtung wechselt zwischen Bühne und Publikum, daß das Spiel sich immer bewußt ist, Beispiel zu sein. All das ist völlig glaubhaft. Was bei manchem Dichter von heute als geistreicher Trick gemeint und goutiert wird, das ist hier bei Brecht von fast mittelalterlicher Selbstverständlichkeit. Die Personen erklären sich, stellen sich dar, nicht in monologischer Selbstzerfaserung, sie brauen keine Monologe in jener Retorte der Einsamkeit, die Bühne heißt, immer sind sie bezogen auf die Zuschauer.Und so ist auch Brechts Sprache: einfach im Bau, dem schlichten Hauptsatz eine Hauptrolle zuwcisend als der sprachlichen Form des Resultats, des Ziels gegenüber dem suchenden Charakter der Nebensätze. Flächig wirkt alles, dem Zuschauer zugewandt. Und das ist um so erstaunlicher, als die Figuren des Dramas alles andere als nur zweidimensional sind. In dieser Hinwendung zum Publikum mag man den »epischen« Charakter dieser Dramatik finden, den Willen des Dichters, »nicht zu berauschen, sondern zum Nachdenken anzuregen«. Immer wieder setzt er neu an mit einer neuen Frage an den Zuschauer. Aber die dichterische Kraft dieser Szenen ist so stark, daß er das durch sie geweckte Gefühl ohne Gefahr immer wieder dem Denken aussetzen darf. Denn der Dichter hat sein Publikum ganz eigentlich schon zu Personen seiner Welt verwandelt, in denen das Stück sich selber zu Ende denkt. Diese Einbeziehung des Zuschauers in das Drama ist ebenso weit entfernt von dem romantischen Spiel der Illusionsstörung wie von realistischem Gleichsetzen des Theaters mit dem Leben. Eine Einheit von Schauen und Handeln ist verwirklicht.

Einbeziehung
des
Zuschauers

Was soll man noch von der Zürcher Aufführung sagen? Daß sie von einer großartig stillen Alltäglichkeit ist, in den Nebenfiguren von zarter Profilierung bei feinster Rücksicht auf die Perspektive, in den Hauptfiguren von hoher Kraft – daß eine unscheinbare Phantastik dem simpelsten Requisit magische Kraft verleiht – daß sie jeder billigen Aktualität aus dem Weg geht – kurz, daß sie sich des Ruhms, ein solches Stück zum ersten Mal erklingen zu lassen, würdig zeigt? Karge Feststellungen – gemessen am Gelingen.

(*Die Tat*, Zürich, 6.2.1943)

Jakob Welti
Von der gräulichen Theorie wenden wir uns ab ...

Zum zweitenmal hat unsere Zürcher Sprechbühne ein Werk des in Amerika lebenden deutschen Dramatikers *Bert Brecht* aus der Taufe gehoben. Es ist dies – wie vor zwei Jahren bei dem Bilderstück aus dem Dreißigjährigen Krieg »Mutter Courage und ihre Kinder« – mit liebevoller Sorgfalt und hohem künstlerischen Einsatz geschehen. Die Uraufführung vom 4. Februar war ein außerordentlicher Theatergenuß. Bequem hat es der eigenwillige Brecht dem Hörer und Zuschauer diesmal freilich noch weit weniger gemacht als damals, als er Mutter Courage, ein Sinnbild des verwüsteten Europa, mit ihrem Fouragekarren durch ein Geschehen von balladeskem Zuschnitt wandern ließ. »Der gute Mensch von Sezuan« ist nämlich eine Parabel, ein »Lehrstück«, das wieder stärker der von dem jungen Brecht – heute steht der Dichter in der zweiten Hälfte der vierziger Jahre – verfochtenen Theorie vom »epischen Theater« verpflichtet erscheint. Das fadenscheinige Schema [d.i. die Gegenüberstellung von dramatischer und epischer Form des Theaters aus den *Anmerkungen zur Oper »Aufstieg und Fall der Stadt Mahagonny«*; vgl. GBA 24, 78 f.] dieser von einem jugendlich-unbekümmerten Anti-Lessing aufgestellten Theorie ist, hoffentlich nur als literarische Reminiszenz gedacht, im Programmheft des Schauspielhauses abgedruckt.

Von der grauen oder hier besser gräulichen Theorie wenden wir uns aber lieber dem goldenen Baum des Lebens, dem neuen Stück Brechts zu, und da ist von manchem schönen grünen Trieb freudig zu berichten. Die aus dem Chinesischen geholte oder ins Chinesische transponierte Fabel – bei Brecht weiß man das nie so genau – läßt höchst würdig ausschauende, aber keineswegs restlos verehrungswürdige, weil im wesentlichen ahnungs- und machtlose Götter auf der Suche nach guten Menschen in der Stadt Sezuan das Straßenmädchen Shen Te finden, dem die Erleuchteten den offiziellen Auftrag, gut zu sein, durch freundliche Zuwendungen offiziell erleichtern. Dieser Auftrag erweist sich aber als untragbare Bürde, Shen Te ist auf dem Wege, an ihrer Güte, die ihr den Namen »Engel der Vorstädte« einträgt, zugrunde zu gehen. Da verwandelt sie sich denn gelegentlich in den Vetter Shui Ta, in ihr anderes, härteres, brutaleres Ich, um mit der Realität des Lebens zu Schlage zu kommen. Und Shui Ta bleibt immer länger, je stärker die Anforderungen, Gutes zu tun, Shen Te bedrängen. Schließlich aber muß sie sich vor den Göttern, die ihr Doppelspiel so wenig durchschaut haben wie die Mitmenschen, demaskieren, unfähig, die gestellte Aufgabe zu erfüllen. »Für eure großen Pläne, ihr Götter, war ich armer Mensch zu klein.« Hinter dieser Resignation aber steigt der verzweifelte Ruf Warum? auf. Warum ist diese Welt so, warum ist auf die Bosheit ein Preis gesetzt, warum erwarten den Guten so harte Strafen? Von den Göttern bekommt Shen Te keine befriedigende Antwort. Sie soll weiter gut sein, heißt es. »Aber ich brauche den Vetter!« ruft Shen Te den majestätisch Entschwindenden nach. – »Nicht zu oft.« – »Jede Woche?!« – »Nein, höchstens jeden Monat.«

Aus dem zweiflerisch-pessimistischen Grund dieser Fabel läßt Brecht nur wenig zartes Hoffnungsgrün aufsprießen. Aber diese paar Knospen – etwa die hingebende Liebe des Mädchens für ihren selbstsüchtigen Flieger, die fiktive Unterhaltung der werdenden Mutter mit ihrem Kinde – hegt er mit inniger dichterischer Zärtlichkeit. Es geht ihm auch hier darum, das Mißverständnis zwischen Bildungsideologie und realem Leben unserer Zeit zu beleuchten . . . »denn die Verhältnisse, die sind nicht so«, hieß es in der »Dreigroschenoper«, aber der Zweite Weltkrieg hat den Dichter reifer denken und gerechter werten gelehrt. Wie einst sein Heilsarmeemädchen Johanna Dark zu den Armen ging und »Die heilige Johanna der Schlachthöfe« wurde, wird Shen Te zum »Engel der Vorstädte«. Aber Brecht verpflichtet das Mädchen von Sezuan nicht mehr auf die billige These, daß unsere Moralmaßstäbe von Gut und Böse lediglich dazu dienen, die Herrschaft des Reichtums zu befestigen. Er weiß heute, daß Vetter Shui Ta ein bißchen überall auftaucht, nicht nur bei den Bonzen, Mandarinen und Hausbesitzern, sondern auch bei den Armen.

Sein Stück zu spielen, macht Brecht den Darstellern nicht leicht. Seine Figuren sind gleichzeitig Demonstrationsobjekte eines Lehrganges und Träger einer Affekthandlung. Sie wenden sich direkt an das Publikum, stellen sich vor und erzählen von Begebenheiten aus ihrem Leben, die schon passiert sind oder sich gleich auf der Bühne abspielen werden. Sie vermitteln also abwechselnd epische Erzählung und dramatische Aktion, und zwischenhinein haben sie gelegentlich auch noch eine Lieblingsidee Brechts zu verwirklichen: in Songs das Raisonnement des Dichters explodieren zu lassen. Diese Stilmischung, die Brecht sprachlich zumal glänzend beherrscht, verlangt außerordentlich disziplinierte Darsteller und Sprecher, denn die dem Interpreten gestellte Aufgabe ist hier noch viel kniffliger als etwa in [Thornton] Wilders von magischem Realismus belebter »Kleiner Stadt«. – Glückliche Besetzung und sorgfältige Vorbereitung unter Leonard Steckels Leitung haben unser Ensemble die Schwierigkeiten überwinden lassen und ihm eine prachtvolle Schlagkraft verschafft. Wer von Steckel entfesseltes Theater erwartet hatte, war wohl baß erstaunt, wie straff und fest dieser so gerne selbstherrlich mit den Möglichkeiten der Bühne spielende Regisseur die Parabel Brechts führt, die schlichte Ansprache von der dramatischen Aktion zu distanzieren weiß, dem pathetischen Aufruf der Songs Auftrieb gibt und diese verschiedenen Elemente doch wieder zu binden versteht. Bessere Hilfe zur Legitimierung seines Stücks auf der Bühne hätte der Autor kaum finden können. Auch von seiten des Bühnenbildners und der Darsteller nicht. Teo Ottos schlichte Bauten gehen mit dem Kostümlichen, das wohltuend Distanz hält zum putzig-bunten Operettenchina, tonlich fein zusammen und sind zudem sehr praktisch auf raschen Wechsel angelegt.

Dramaturgische Schwäche

Seine empfindlichste dramaturgische Schwäche: ohne gewichtigen Gegenspieler der Hauptgestalt auskommen zu wollen, hat Brecht diesmal durch die Doppelrolle Shen Te = Shui Ta geschickt zu verwischen vermocht. Es ist nun freilich ein Glücksfall, daß ihm eine schaupielerische Persönlichkeit vom Range unserer ständig wachsenden [23jährigen] Maria Becker für die erste Interpretation zur Verfügung stand. Die Shen Te werden sicher auch andere spielen können – ihr alter ego aber, den männlich-harten Shui Ta, wird man weit herum suchen müssen. Maria Becker zeigt sich in beiden Rollen geistig überlegen und dialektisch außerordentlich gewandt. Der Wechsel vom demütig

Gütigen und Zärtlichen zu unerbittlicher Härte und loderndem Ausbruch des Gefühls gelingt ihr verblüffend. Die Meisterschaft ihres fesselnden Doppelspiels hält als Ersatz für dramatische Spannung im »alten Stil« das Interesse des Zuschauers auf weite Strecken wach. Dafür ist Brecht der jungen Künstlerin zu ganz besonderem Dank verpflichtet.

Eine große schauspielerische Gefolgschaft zieht mit dem Engel der Armen und seinem bösen Vetter einher. Alle bemühen sich, mit schönem Erfolg zumeist, des darstellerischen Doppelspiels Meister zu werden, Dramatisch-Emotionelles und epische Demonstration zu geben. Prächtig beherrscht ihn Heinrich Gretler, ein alter Wasserträger in wundersamer Maske. Seinen Song wird man so wenig vergessen wie das »Aschenlied«, das er einst Raimund zu Ehren sang [gemeint ist das *Aschenlied* aus Ferdinand Raimunds *Das Mädchen aus der Feenwelt oder Der Bauer als Millionär* (1826)]. Auch Therese Giehse, die vornehme Hausbesitzerin, und Kurt Horwitz, der das Östliche allein schon in der Haltung famos trifft, bewegen sich spielerisch ungemein sicher und gelöst in ihren stilistisch problematischen Rollen. Zumeist eindringlich und klar wirkt Karl Paryla als rücksichtslos egoistischer, stellungsloser Flieger. Auch er hat einen Song, der gehörig einheizt. Geschäftig, scharf belfert [bellt, schimpft keifend] die resolute Witwe Shin der Mathilde Danegger, und scharf profiliert sind auch die Gestalten, die die Herren Ammann, Parker, Bichler und die Damen Widmann, Pesch und Carlsen verkörpern. Feierlich schreiten die drei kahlköpfigen Götter in weißen Mänteln durch die Schöpfung, Brechts ironische Abstriche an ihrem Nimbus vornehm ignorierend (die Herren Ginsberg, Delius, Langhoff).

So gibt es viel zu hören, zu lernen und zu schauen. Und wenn Brechts Parabel auf die Länge auch etwas nachläßt in der Wirkung, so prägt sie sich einem – namentlich bei solch hervorragender Interpretation – doch des bestimmtesten ein als das bisher reifste und dichterisch wertvollste Werk dieses deutschen Bühnenschriftstellers.

(*Neue Zürcher Zeitung*, 6.2.1943)

2. Zur deutschen Erstaufführung am Frankfurter Schauspielhaus, 16.11.1952

Peter Suhrkamp

»Die Aufführung vom ›Guten Menschen von Sezuan‹ gestern abend war vor dem Premierenpublikum ein besonders guter Erfolg. Allerdings bin ich zweifelhaft, ob er vor dem Durchschnittspublikum andauern wird. Die Leute hier lassen sich nicht gern Unannehmlichkeiten sagen, sondern entziehen sich dem natürlicherweise. Und die Aufführung hat nicht die Leichtigkeit erreicht, die notwendig ist, damit alles abgenommen wird. Das ist auch der eigentliche Einwand, der allein gegen die Aufführung gemacht werden kann. Auf den Proben bis zur Generalprobe kam alles viel leichter. Es mag sein, daß das gestrige Schwergewicht durch die Premiere gegeben war. Die Last wurde besonders nach der Pause spürbar. Aber damit wir uns hier nicht mißverstehen: die Aufführung war in keiner Weise aggressiv. Ein zweiter Einwand, der gemacht werden muß, ist, daß die Aufführung immer noch eine halbe Stunde zu lang ist. Sie wird sich aber einspielen. Im übrigen wurde das Stück in äußerst klarer Gliederung gebracht, und das ist ihr größter Vorzug. Leute, die es wissen können, sagen, es wäre hier die beste Aufführung bis jetzt. Der Thomas ist es durchaus gelungen, die beiden Figuren zu trennen. Als Shen Te war sie allerdings reicher und reizvoller denn als Shui Ta. Von den übrigen Figuren war keine ein Patzer im Stück, auch nicht Frau K. [Else Knott] als Mutter. Eine Umbesetzung dieser Rolle konnte ich nicht durchsetzen. Sie war aber so gezügelt und im übrigen wurden ihr rein technisch soviel Knebel eingeschaltet, daß es ging. Die Musik von Dessau war eher zahm als aggressiv. Es war gut mit ihm zu arbeiten. Er war unendlich einsichtsvoll und äußerst bemüht. Hätten Sie eine Woche oder zehn Tage hier sein können, wäre das Stück meines Erachtens ein sehr großer Erfolg geworden. Trotz der gelungenen Aufführung sehe ich im Anschluß doch eine Kampagne anrollen. Es kann aber sein, daß ich mich täusche. Im Augenblick liegt noch keine Kritik vor. Ich werde Sie aber auf dem laufenden halten.«

So schreibt Peter Suhrkamp nach der Premiere am 16.11.1952
an Brecht.
(Peter Suhrkamp: *Briefe an die Autoren*. Hg. u. mit einem Nachwort versehen v. Siegfried Unseld, Frankfurt/M. 1963, S. 90 f.)

Willy H. Thiem
»Der gute Mensch von Sezuan« konnte nicht immer gut sein

Frankfurts Städtische Bühnen hatten gestern im Börsensaal einen jener Abende, deren besonderer Reiz aus einer Mischung
von literarischer Delikatesse und der Erwartung, die sich an be-
sondere Namen knüpft, gemacht ist. Bertolt Brechts »Der gute
Mensch von Sezuan«, schon zu Zeiten Toni Impekovens [Schau-
spieler, Regisseur, Lustspielautor, 1945/46 Intendant in Frank-
furt] im zweiten Nachkriegsjahr einmal angekündigt, kam in der
Inszenierung von Harry Buckwitz heraus.
Bert Brecht zeigte sich an diesem Abend ganz als Dichter, ver-
zichtete auf kommunistischer Gezeter und überspannte Struk-
tur-Doktrin. Was dabei blieb, zeigte ihn als Bühnenautor von
seiner guten Seite, besser, poetischer und menschlicher als im
»Puntila« und als Meister eines selbstgewählten Handwerks,
des epischen Theaters.
Die Parabel von der Not des guten Menschen und die Klage
gegen die Welt, die dem Menschen das Gutsein verleidet, ver-
mochte sich über die geistige Inkonsequenz zu erheben und erhielt zuweilen einen Märchenzauber. Die Poesie behielt die
Oberhand, die Doktrin kam in stilisiertem Gewande und machte
sich erträglich.
Was gedieh, war der Mensch, waren seine Probleme, seine Not,
seine Einsamkeit, und es war nicht sein einziges Unglück, daß er
Hunger hatte. Das von Brecht, dem materialistischen Polemiker,
zu hören, war gut.
Folglich: die großen Augenblicke für ein kapitalistisch verdor-
benes Publikum lagen dort, wo Autor Brecht ganz und gar
Mensch war. Als das Mädchen Shen Te am Regenabend im Park
den erwerbslosen Flieger Yang traf, als beide am Hochzeits-
abend vergeblich auf den imaginären Schwager warteten, als
Flieger Yang die Aufseherknute in der Tabakfabrik übernahm

und sich zur Geißel seiner Mitmenschen aufschwang. Da war das Publikum entzündet.

Harry Buckwitz hatte das kraftvoll akzentuierte, von der Musik Dessaus zu entscheidenden Höhepunkten und zu lyrischen Stimmungen getragene Stück in Teo Ottos Bühnenbild sehr gewissenhaft, sehr prononciert und in scharfen Profilen inszeniert.

Arno Assmann und Solveig Thomas trugen den menschlichen Anteil der Fabel mit Gefühlswärme und oft ergreifender Tiefe und ließen nichts begreiflicher erscheinen, als daß der harte Trennungsstrich zwischen Gut und Böse ein unbarmherziger und illusorischer sei.

Das Ensemble, mit Otto Rouvel als dem geduldigen Wasserträger, Ernstwalter Mitulski als dem nachsichtigen Barbier, den drei skeptischen Göttern von Heinrich Troxbömker, Konrad Georg und Siegfried Nürnberger und die beiden Hauptdarsteller wurden zum Schluß mit außergewöhnlicher Herzlichkeit für einen starken Theaterabend gefeiert.

(*Abendpost*, Frankfurt/M., 17.11.1952)

Thomas Halbe
Bertolt Brechts »Götterdämmerung«

Das Stück reizt ungewöhnlich stark zur Stellungnahme – ebenso wie sein Autor Bertolt Brecht. Freuen wir uns, daß es noch Hechte im Karpfenteich des Theaters gibt. Die politischen Akten über den Autor sind geschlossen. Lassen wir es dabei bewenden. Sehen wir nicht in erster Linie rot, wenn die Peitsche knallt und der soziale Nerv getroffen wird.

Den religiösen Menschen muß das Stück schockieren. Drei Götter suchen einen guten Menschen in Sezuan. Also irgendwo oder überall. Lendenlahm und arg lädiert kehren die drei nach ihrer verzweifelten Mission hinter die Sterne zurück. Sie verlassen den einzigen Menschen auf Erden, den sie als gut erkannt haben, das Freudenmädchen Shen Te, das ihnen selbstlos Nachtquartier angeboten hat. Die Götter scheiden wie in einer Flucht mit unverbindlichem Trösten.

Was an ironischen Seitenhieben des Autors auf die Himmlischen fällt, zielt in Wirklichkeit auf den religiösen Glauben, ganz unmißverständlich. Wer steuert dem Übel der Ungerechtigkeit, der Lieblosigkeit? Der Himmel hat versagt. Brecht hat ihm das Zeit seines Lebens vorgeworfen und hat religiöse Dogmen mit sozialpolitischen Doktrinen bekämpft.

Aber er ist ein Gegner von Format. Er liebt die Erde, ebenso den Asphalt unter seinen Füßen. Wie schön ist der Gang durch die Stadt am Morgen mit seinen Augen.

Brecht weiß keine Formel für das Elend, er weiß auch, daß es überhaupt kein Rezept dagegen gibt, sondern nur eine Gesinnung, die helfen könnte. Und selbst die gute Gesinnung allein tut es auch nicht. Deshalb schreibt er sein Stück. Er wendet sich, im Grund ein Moralist bis auf die Knochen, im Epilog an die Zuschauer: »Verehrtes Publikum, wir suchen einen Schluß! Es muß ein guter da sein, muß, muß, muß!« Das ist nur noch ein rhetorischer Aufschwung aus einer hoffnungslosen Lage.

Wie gut kennt Brecht die Menschen, genauer gesagt all das, was an Unzulänglichkeiten in ihnen steckt. Es ist eine Anklage, der Beklagte nicht erreichbar. (Weder der Himmel noch das Publikum ändern sich.) Brecht kennt den Mangel der geschundenen Kreatur. Von daher zimmert er seine Stücke, die dem Theater geben, was das Theater braucht.

Im Mittelpunkt der Handlung steht Shen Te. Sie erhielt für eine Übernachtung von den Göttern so viel Silber, um sich einen Tabakladen kaufen zu können. Im gleichen Moment wird sie, die Gutes tut, beinah zerrissen von den Nachbarn, denen es noch schlechter geht als ihr. Sie gerät mit ihrem Helfenwollen von einem Konflikt in den anderen. Ihr Laden ist voll von Unglücklichen, Faulenzern, Wucherern, Dieben und Gierigen. Immerhin, die tägliche Schüssel Reis soll für alle erhalten bleiben, das Gutsein darf nicht bankrott werden, die Quelle muß weiterfließen. Deshalb wird organisiert, hart organisiert, es schmeckt nach saurem Schweiß. Wo das Herz der Shen Te sich verschließen muß, spricht der Geschäftsführer, der Herr Vetter, in dessen Maske sie auftritt. Und da knallt die Peitsche rücksichtslos. Akkord – Tempo! Geschäft wird großgeschrieben. Noch die letzten angstvollen Worte der Shen Te zu den scheidenden Göttern lauten: »Ich brauche den Vetter, jede Woche zumindest.« Aber sie bleibt allein, mit dem Kind, das sie erwartet.

Harry Buckwitz ist die Annahme dieser deutschen Erstaufführung zu danken. Er hat das Stück elastisch und vital angepackt, die bittere Lauge unverdünnt, aber in schlankem Strahl ausgeschenkt. Die beträchtlichen Längen sind überbrückt.
Doch man empfindet sie manchmal noch als solche. Zwei Bilder sind schauspielerisch von lang haftender Wirkung. Die Liebesszene mit dem Mädchen, das an einem Regentag den stellungslosen Flieger im Park findet. Zwischen aller Trostlosigkeit, in Schlamm und Nässe beginnt hier ein menschliches Gefühl zu wachsen, das wie ein zarter Duft die kalten Worte des Mannes einhüllt. Und dann die Runde in der Tabakfabrik, wenn das Arbeitstempo die Lungen auspumpt und dazu der Song von den sieben Elefanten ertönt. Hier packt es elementar, wie einst zu den Zeiten der *Dreigroschenoper*. Hier brach auch der Beifall bei offener Bühne los.
Teo Otto hat aus dem Bühnenraum im Börsensaal durch sein Arrangement von Stäben – »mit Zwischenraum hindurchzuschaun« – eine Spielfläche geschaffen, die dem Stück ausgezeichnet zugute kommt. Solveig Thomas in der Doppelrolle: ein junges graziles Geschöpf, das rein in allem Unrat geblieben ist, von der Biegsamkeit einer hauchdünnen Stahlfeder in den Höhepunkten, sonst Kind-Weib, sprachlich reich moduliert. Über manche Wessely-Töne kommt sie noch nicht hinweg. Auf jeden Fall eine große Leistung.
Arno Aßmann spielt kalt und hundeschnäuzig – und beides virtuos – den stellungslosen Flieger, der das Häufchen Elender und die Geliebte dazu nach seiner Pfeife tanzen läßt. Otto Rouvel gibt den Wasserverkäufer, ein gepreßtes Stück Mensch, klug und verhalten, Ernstwalter Mitulṣki einen würdigen Gauner mit sentimentalen und karikativen Anwandlungen. Kurt Dommisch spielt einen sich duckenden Schreiner, wozu noch die guten Leistungen von Werner Siedhoff, Fritz Saalfeld und das Göttertrio von Heinrich Troxbömker, Konrad Georg und Siegfried Nürnberger kommen. Anita Mey ist eine kalt pointierende Hausbesitzerin. Elisabeth Kuhlmann die Witwe Shin und Magdalena Stahn eine erschütternd echte zweifelhafte Dame. Außerdem Ellen Daub, mit scharfen Tönen, Anny Hannewald und Karl Luley.

Die Musik von Paul Dessau (1947 geschrieben) hat hier nicht die Bedeutung wie die im *Lukullus*. Das Orchester (Flöte, Klarinette, Trompete, Gitarre, Schlagzeug und Reißklavier) illustriert mehr mit kleinen dissonierenden Motiven und verstärkt den lapidaren Charakter einzelner Textstellen. Zündend ist der Elefantensong. Lyrisch Wangs Nachtlager im Kanalrohr ($^6/_8$ Takt, Flöte mit Tamtam). Daß die Musik in sich sehr differenziert ist, auch rhythmisch, läßt sich nicht leugnen. Ob sie insgesamt durchschlägt, ist recht fraglich. Carl Orffs Art, eine Bühnenmusik zu schreiben, scheint näher am Zentrum zu sein. Walther Knör hatte den musikalischen Teil mit großer Sorgfalt und mit leichter Hand einstudiert. Der Applaus des Hauses rief die Mitwirkenden immer wieder vor den Vorhang.
(*Frankfurter Neue Presse*, 18.11.1952)

Alfred Happ
Vom Wunder der Güte, die sich wehren muß

Wir erzählen von der liebreichen Shen Te und ihrem bösen Vetter Shui Ta: Shen Te war eine arme, kleine, brave Prostituierte, die, um täglich ihre Handvoll Reis zu verdienen, ein bißchen in Liebe machte, aber niemandem etwas zuleide tat. Durch drei erleuchtete ältere Reiseonkels, die bei ihr (aber nicht . . .) schliefen, kam sie zu tausend Silberdollars, eröffnete ein Tabaklädchen in der Stadt Sezuan, wo sie lebte, und bald lebte ganz Sezuan bei ihr. Sie verschenkt ihr Herz an den windigen Flieger Yang Sun, und gar, als sie einen Nachwuchsflieger im Leibe spürt, ist sie aus lauter Mutterzärtlichkeit ganz närrisch. – Anders ihr Vetter Shui Ta. Er raucht Zigaretten, bohrt die Fäuste in die Rocktaschen, trägt einen weichen Hut und wirft die Schmarotzer aus dem Laden. Er macht sogar eine Tabakfabrik auf, in der nach Takt geschuftet wird, und bringt die Wirtschaft der liebreichen, aber darob ausgeplünderten Shen Te in Ordnung; aber da sie verschwunden bleibt, sagt man ihm nach, er habe sie umgebracht. Es ist nicht wahr: Shen Te und Shui Ta sind ein und dieselbe Person.
Vom Wunder der Güte, die sich wehren muß: Die von dem erleuchteten Dichter Bert Brecht erfundene (oder vielleicht gefun-

dene) Geschichte ist diese: Die drei älteren Reiseonkel, die in weiten hellen Mänteln, gelegentlich einen goldenen Kopfputz auf dem rasierten Chinesenhaupt, wie die Heiligen Drei Könige durchs Land ziehen, waren Götter. Sie befanden sich auf der auch für nichtchinesische Weltobrigkeiten beherzigenswerten Mission, nachzuprüfen, ob es trotz aller durch die Not bedingten Zustände noch gute Menschen auf der Welt gebe. Die Erleuchteten fanden nur die liebreiche Prostituierte Shen Te (da sieht man es, wieviel Unschuld heutzutage von der Polizei drangsaliert wird!), und auch die arme Shen Te kann nur gut sein, indem sie sich von Zeit zu Zeit in den bösen Vetter Shui Ta verwandelt, der wieder in die Kasse zurückbringt, was ihr gutes Herz den Menschen hingegeben hatte. Anders hätte sie, aller Mittel bloß (denn auch ein himmlisches Nachtgeld von tausend Silberdollars reicht nicht lange), auf die Dauer nicht gut sein können.

Eine schöne Parabel, deren sich die Schweiz zuerst bemächtigte: Der west-östliche Dichter Bert Brecht schuf mit der spannend aufgeputzten Parabel von der Menschengüte, die sich, um sich zu erhalten, in gelegentliche Härte kleidet, ein Theaterstück, das mitten in die Menschensituation von heute greift und kaum ein Tönchen Propaganda für bereits vorhandene bessere Weltzustände pfeift. Ein symbolisches, ein menschliches Stück, das durch eine dichtgewobene Handlung unterhält und den Zuschauer nachdenklich entläßt. (Otto Rouvel spricht den Epilog besonders schön.) Es wurde in der Schweiz vor einigen Jahren uraufgeführt; man darf es den Städtischen Bühnen Frankfurt als Verdienst anrechnen, daß sie sich die deutsche Erstaufführung des Werks sicherten und es in einer Aufführung von bemerkenswertem Niveau herausbrachten.

Symbolisches Stück

Wir erzählen von der Inszenierung des Generalintendanten Harry Buckwitz: Das vielleicht Erstaunlichste der an sorgfältig ausgearbeiteten Details reichen Aufführung war die Menschenführung; man erkannte die meisten der neuen und altvertrauten Darsteller nicht wieder. Else Knott als Fliegermutter hatte den verängstigten Stakkato-Ton einer armen Frau aus dem Volk, Magdalena Stahn kokettierte als alte Hure mit Trikotbeinen, Karl Lieffen als Arbeitsloser schmetterte den Elefanten-Song ins

Megaphon, Ernstwalter Mitulski verwandelte sich als liebender Barbier in gezähmt-groteske Bürgerlichkeit, Elisabeth Wiedemann sprach als kesse Käufliche ihr dreistes »Kommst du mit, Süßer?«. Ein Prachtstück darstellerischer Formung war Anita Meys hochnäsige Hausbesitzerin, ein Exemplar vollendeter Frechheit (jener echten, von der echtes Theater lebt) Arno Aßmanns stellungsloser Flieger, eine sehr beachtliche psychologische Studie die schlurfende, glucksende Witwe Shin von Elisabeth Kuhlmann. Vergessen wir nicht Otto Rouvels gutherzigen Wasserträger, der nachts im Kanalrohr von den Göttern träumt und deren ersten Sprecher Heinrich Troxbömker. Von den vielen anderen Personen seien Fritz Saalfeld, Werner Siedhoff, Ellen Daub, Karl Luley und Anny Hannewald genannt.

Nicht alle Bilder der Szenenfolge, die Teo Otto mit Bambusstangen, auf- und niedergleitenden Panneaus (Nacht wurde es, wenn im Hintergrund ein schwarzer Vorhang herabrollte), wechselnden Requisiten und halbhohem Zwischenvorhang chinesisch ausstattete, hatten die gleiche Intensität; fast schien es, als besäße der zweite Teil, und hier vor allem die songgepeitschte Szene in der Tabakfabrik, eine noch fülligere Dichte. Paul Dessau hatte dazu eine Musik für Flöte, Klarinette, Trompete, Gitarre, Schlagzeug und Reißnagel-Klavier geschrieben, welche die Melancholie und Nostalgie des in der Welt verlorenen Menschen instrumentierte und sich nur einmal zu einem mitreißenden Rhythmus raffte.

Das ist der gute Mensch von Sezuan: Was war das doch für ein Gesicht; ein paar schwarze Löckchen in der Stirn, zwei dunkle Augen, verloren in dem weißgepuderten Antlitz, ein kirschroter Mund. Aller Liebreiz des Gutseins floß über dieses Chinesinnenköpfchen, das Solveig Thomas trug. Gebrechlich-zierlich trippelte sie durch das Leben inniger Menschengüte, sprach an der Rampe in Freuden und Kümmernissen die Zuschauer an und verwandelte sich dann wieder in den scharrenden Vetter, der das liebreich Vertane zurückgewinnen muß. Eine große darstellerische Erfüllung, ja ein Triumph, den ihr das applaudierende Haus (wer vermöchte in diesem illustren Parkett die bekannten und berühmten Namen zu zählen!) mit besonderer Wärme bezeugte. Kein Zweifel: Harry Buckwitz hat mit dieser noblen Inszenie-

rung dem Frankfurter Theater einen eindeutigen Erfolg errungen.
(*Frankfurter Rundschau*, 18.11.1952)

Friedrich Luft
Ein guter Mensch, wer wär's nicht gern
Brechts »Guter Mensch von Sezuan« im Frankfurter Kleinen Haus

Frankfurt, 17. November. – Von Frankfurt kann man nach Pankow telephonieren, von Westberlin nicht. Der ungewählte Stadtsowjet hat die Fernsprechleitungen mitten in der Stadt zerrissen. In Frankfurt kann man Bert Brechts »Guten Menschen von Sezuan« aufführen. In Ostberlin nicht, denn die »Formalismen«, das indirekte Parabeltum, der latente Pessimismus, der fehlende »soziale Realismus« würden dem Dichter böse und unnachsichtig angekreidet werden. In Ostberlin, in der politischen Wahlheimat des Paß-Österreichers Brecht ist das Stück undenkbar; dort spielt Brecht jetzt seine »Gewehre der Frau Carrar«, das militante Kurzdrama aus der Zeit des spanischen Bürgerkrieges, das der ostzonalen Aufrüstung inhaltlich gerade entgegenkommt und das durch seinen unverbrämten Realismus kaum das Ärgernis der installierten Zensoren und »Staatlichen Theaterausschüsse« erregen kann. In Westberlin wieder sind die Stücke Brechts ebenfalls nicht spielbar. Der tägliche Flüchtlingsstrom, die genaue Kenntnis vom Elend und täglichen Unrecht, das schon einen Meter hinter der Sektorengrenze beginnt, würden den sozialen Text, das dichterische Mitleid, das starke Ethos seiner Stücke Lügen strafen. Geschmacklich und moralisch wäre eine Aufführung dort unerträglich. Solange man den Dichter auf goldenem Stuhle neben den Unterdrückern sitzen weiß, solange er den Impetus gegen das Unrecht, die Ausbeutung, die Lüge nicht im eigenen Hause betätigt, ist man im freien Teil Berlins, sozusagen an der Schwelle dieses Hauses, skeptisch. Unerträglich, tatsächlich, wäre dort die noch so schöne und formvollendete Deklamation des Dichters auf der Suche nach dem »Guten« im Menschen. Die blutige Gegenpraxis ist zu bekannt, das Schweigen Brechts zu beredt.

Latenter Pessimismus

188   Kommentar

Ein Dilemma ohne Zweifel, daß der lebendigste Dramatiker so seine guten, weil ehrlich skeptischen und pessimistischen Stücke sozusagen in die westdeutsche Emigration geben muß. Und ein Äußerstes an Liberalität, daß man in Frankfurt seinen sonst heimatlosen Stücken eine Heimstätte gibt. Brecht nutznießt geflissentlich eben diese Freiheit, die von ihm und den Seinen gerade so gleisnerisch [heuchlerisch] in Abrede gestellt wird. Hier kann er spielen, was ihm daheim verwehrt ist. Aber der berechtigte Verdacht, es handele sich bei diesem Hochsang auf die Hoffnungslosigkeit des Guten um einen gelenkten Export, darauf abgestimmt, gerade die Freiheit zu unterminieren, ohne die eine solche Aufführung nicht möglich wäre, dieses Gefühl macht die Besichtigung des doch sonst wichtigen Stückes von vornherein unfroh. Und die, bestenfalls, naive Gutwilligkeit, mit der man in Frankfurt, völlig unsolidarisch mit den Berliner Bühnen, Brecht schon zum zweiten Male die subventionierten Häuser in einem Jahre öffnet, macht wahrscheinlich nicht nur den zugereisten Besucher skeptisch.

Hochsang auf die Hoffnungslosigkeit des Guten

Brecht zeigt: »*Der gute Mensch von Sezuan*«, geschrieben 1940, ein Parabelstück, eine bewußt didaktische Theaterbemühung über die Erkenntnis, daß ein guter Mensch zu sein, wie die irdischen Dinge liegen, wie zumal die sozialen Verhältnisse sind, nicht praktikabel sei. »Ein guter Mensch, wer wär's nicht gern – doch die Verhältnisse, sie sind nicht so« –, die Sentenz aus der »Dreigroschenoper« wird hier über drei Stunden am Beispiel eines chinesischen Freudenmädchens praktiziert.

Drei Götter kommen in die Stadt Sezuan, gute Menschen zu suchen. Sie finden sie nicht. Die Reichen, bei Brecht a priori böse, lassen die Götter gar nicht erst ein. Die Armen, bemüht wie sie auch sein mögen, sind durch Armut und Unterdrückung, nur um leben zu können, zu Diebstahl, Laster und Schlechtigkeit gezwungen. Sogar der Ärmste der Armen, der Wasserverkäufer, bedient sich eines Bechers mit doppeltem Boden.

Die Götter geben dem Freudenmädchen, das sie aufnahm, die Chance. Sie geben ihr Geld. Aber siehe, ihr Geld sinnvoll zu verwalten, ist ihr nicht möglich: wie Kletten setzen sich Arme und Reiche an ihre Silberdollars. Sie würde elendiglich übers Ohr gehauen und bis zur völligen Verarmung ausgesaugt, ginge sie nicht in eine List – sie verkleidet sich. Sie gibt sich in der Vermummung als ihr eigener Vetter aus. Und da nun ist sie die andere Welt. Da treibt sie das kapitalistische Prinzip bis zum Exzeß. Wenn ihr, dem Mädchen, der kleine Tabakladen, den sie von dem Göttergeschenk erwarb, unter den Händen zu zerrinnen drohte – als ihr geschäftlich hartgesottener Vetter kommt sie zu Geld, zu einer Fabrik, zu Ehren und Furcht unter ihren Mitmenschen.

Wie diese Simultanhandlungen nun verknüpft sind, wie die *zwei* Handlungen mit *einem* Menschen mit den beiden entgegengesetzten Charakteren voneinander abgesetzt und wie sie ineinander geschachtelt sind, das beweist Brechts dramaturgische Meisterschaft herrlich. Kurze, ganz zart pastellierte, lyrische Episoden sind von einer süßen Starre und Distanz. Dahingegen – wenn mit kruden Songs und holzhammerigen Sentenzen die andere, die kapitalistische Welt attackiert werden soll, dann überkommt einen das Gefühl einer vergangenen Stilwelt. Das hat eine oft

Antiquierte
»Modernität«
unerträglich antiquierte »Modernität«. So einfach, wenn die Dinge wären – dann wären sie einfach!

Das Stück geht, wie es Brecht liebt und sein eigenes dramatisches Gesetz es befiehlt, mit einem Fragezeichen aus. Erst die Demonstration, daß es den guten Menschen nicht geben *könne*. Als Epilog aber das gutwillige Postulat, daß es ihn geben müsse, müsse, müsse. »Gut sein – und doch leben«, Brecht läßt nicht im Unklaren, daß das Dilemma nur im Sozialen lösbar sei. Denn auf die Götter sei kein Verlaß, rechte Offenbachgötter übrigens, die von den Menschen dupiert werden, nur allzu gerne mit sich reden lassen, den hilfreichen Eingriff versagen und schließlich reichlich ramponiert von ihrem Erdenausflug ins »Nichts« zurückkehren.

Aufführungs-
stil
Die Aufführung, bemüht wie sie war, konnte weder den authentischen Brechtstil, einen demonstrierenden, kalten, didaktischen, unemotionellen Stil, ganz deutlich machen, noch – und das war ihr eigentliches Manko – gab sie die großen Humore, die vielen heiteren Bitterkeiten, das augenzwinkernde Darüberstehen, das Brecht im Text doch so souverän anwendet. Wie es hier kam, verließ einen nicht der unangenehme Beigeschmack einer

Artifizielle
Simplizität
artifiziellen Simplizität (wenn zwei Fremdwörter für eine sehr

fremde Geschmackserscheinung erlaubt sind). Sie machten sich's alle so furchtbar schwer, um einfach zu scheinen. Ein Vorwurf, dem Brechts Stilübungen selbst nicht entgehen.

Harry *Buckwitz*, der Regie führte, ließ die dürftigen Dinge sich in dem wunderbar aussparenden Bühnenbild von Teo *Otto* allzu zäh entwickeln. *Ein* Schauspieler, der den kalten, demonstrierenden Brechtstil genau traf: Ernstwalter *Mitulski* als der Frisör mit der weichen Stelle am reichen Herzen. Solveig *Thomas* zeigte sehr begabte Momente in der schwierigen und fast stückfüllenden Doppelrolle des Freudenmädchens und ihres eigenen, maskierten Vetters, wobei der starre Reiz des Maskenspiels wieder einmal fühlbar wurde. Otto *Rouvel* machte, mit recht konventionellen Mitteln, den Wasserträger. Von den übrigen wurde im Sinne des Vortrefflichen oder Ungenügenden eigentlich niemand auffällig. Schade, daß der Spaß, der doch den drei Göttererscheinungen innewohnen könnte, von der Regie und von den drei Darstellern so gar nicht genutzt wurde. Die Musik schrieb Paul *Dessau*.

Das Publikum schien angetan. Zum größten Teil nahm es offenbar die leichte Vergangenheit, die Brechts Demonstrationspraxis innewohnt, für neuartig. Und es ehrte, zu Recht, die legitim dichterischen Partien des langwierigen Parabelstückes. Alle Beteiligten zeigten sich oft.

(*Neue Zeitung*, Frankfurt/M., 18.11.1952)

Johannes Jacobi
Brechts guter Mensch

Harry Buckwitz, der auch den Lukull in Frankfurt aufführen ließ, inszenierte in seinem »Kleinen Haus« eine deutsche Erstaufführung von Bert Brecht. *Der gute Mensch von Sezuan* ist ein Beitrag zum epischen Theater, ein echter Brecht, der heute weder recht in den Osten, noch in den Westen passen will. Die östliche Mentalität, mit deren Repräsentantenkaste Brecht inzwischen mindestens ein taktisches Bündnis geschlossen hat, wird zwar Honig saugen aus der Gesellschaftskritik, aus der Entlarvung kapitalistischer Scheinmoral und aus dem Bankrott der geglaubten Götter –, aber daß dieses Stück ohne Schluß bleibt, daß ein

Gesellschafts-
kritik

Spieler die Zuschauer auffordert, einen Ausweg selber zu finden, das ist doch weit entfernt von Rezepturen, wie sie die Volksdemokratien ihren Massen verschreiben. Gleichwohl wird man sich auch im Westen mit diesem Stück kaum tiefer befreunden. Denn dem restaurativen Optimismus muß das analytische Fazit eines Dichters als reiner Nihilismus erscheinen.

Die Szenen spielen in der halb europäisierten Hauptstadt von Sezuan. Drei Götter sind ausgezogen, um einen guten Menschen zu suchen. Aber weder Arme noch Reiche gewähren den Erleuchteten Unterkunft. Nur eine Dirne überläßt ihnen ein Zimmer. Zur Belohnung schenken die Götter dem Mädchen Geld, von dem es sich einen Tabakladen kauft. Es bemüht sich nun aufrichtig, als guter Mensch zu leben. Mildtätigkeit trägt ihm den Ruf eines Engels der Vorstädte ein, das Geschäft gerät dabei an den Rand des Ruins. Nachdem die Nächstenliebe als soziales Prinzip ad absurdum geführt ist, versucht es die Kleine mit der großen Liebe. Gut sein zu anderen (nach den moralischen Gesetzen) und gut sein zu sich selbst (als individuelles Glücksbedürfnis), in solcher Verknüpfung stellt Brecht das ethische Problem. Die echte wundersame Liebe der Frau, die einem stellungslosen Flieger durch Stellenkauf zur Erfüllung seiner Berufsleidenschaft helfen möchte, scheitert am Egoismus des Mannes. Seiner bürgerlichen Phraseologie ist Frauenliebe ein Mittel zum Zweck.

Der theatralische Trick, zeitweise als ihr weltkluger, energischer Vetter aufzutreten, ermöglicht es der kleinen Shen Te, die wahre Natur ihrer »Freunde« zu erkennen. Als ein reicher, ungeliebter Anbeter ihr einen großen Geldbetrag zur Verfügung stellt, schafft der »gute Mensch von Sezuan«, nun ständig in der Maske des Vetters, vernünftig Ordnung: sie gibt den Armen anstatt Almosen Arbeit, gründet eine Tabakfabrik und läßt darin auch den ahnungslosen Geliebten sich als Arbeiter mit Aufstiegsmöglichkeit bewähren. Die planmäßige und wirtschaftlich produktive, wenn auch privatkapitalistische Lösung des Sozialproblems führt zur Katastrophe vor Gericht. Der harte »Vetter« wird verklagt, weil er den milden Engel der Vorstädte verschwinden ließ. Nach der Identifizierung des Angeklagten befinden sich plötzlich die Richter, das sind die Götter selbst, auf der

Absage an die Nächstenliebe als soziales Prinzip

Anklagebank. Ihr einziger guter Mensch kann das Leben nicht ertragen. Die Götter aber wollen nicht eingestehen, daß ihre Gebote tödlich sind. Deshalb finden sie, es sei »alles in Ordnung«, entziehen sich der Welt auf einer Wolke und überlassen ihren »guten Menschen« sich selbst.

Dieser Bilderbogen hat nicht die Prägnanz und auch nicht in allen Teilen die poetische Eigenschwingung wie etwa *Herr Puntila und sein Knecht.* Aber nach einem matten Anfang verdichtet sich Brechts Darstellungskraft. Die beabsichtigte Meditation bohrt sich durch künstlerische Mittel in den Zuschauer ein. Es sind alte Bekannte: Situationsbildchen von epigrammatischem Schliff, stellenweise werden sie zu dramatischen Episoden ausgeweitet, dazwischen Reflexion, mit der die Zentralfigur das Publikum unmittelbar anspricht, in anderen Fällen songhafte Stilisierung der direkten Aussage.

Die Frankfurter Aufführung war eine stilistisch überzeugende, durchgearbeitete, von präzisen Einzelleistungen getragene Interpretation. Bildlich bot Teo Otto eine zünftige Brecht-Szenerie. Buckwitz hielt das epische Theater sinngemäß im Bereich dokumentarischer Aussage. Die große Doppelrolle des Titels stand Solveig Thomas mit Konzentration und Differenzierung anerkennenswert durch.

(*Die Zeit,* 20.11.1952)

P. H.
Brechts Propaganda-Theater
Westdeutsche Erstaufführung im Frankfurter Kleinen Haus

Wäre Bert Brechts »Guter Mensch von Sezuan« ein so bedeutsames Theaterstück, daß man, ohne es aufzuführen, etwas versäumte, was dem zeitgenössischen Theater Profil und der künstlerischen Berechtigung, auf die man sich allzu gern beruft, überzeugender [!]. Aber so wichtig ist diese sozialrevolutionäre Hurenballade mit manchen echten Tönen, reichlich billiger Bersiflierung [!] christlicher Ideen und einer ebenso positiv wie negativ zu deutenden Ratlosigkeit am Schluß weder als Bühnenstück noch als dichterisch-sozialer Anruf. Die Entstehung des Stückes, in vielem nur ein blasser Nachhall der Dreigroschen-

Sozialrevolutionäre Hurenballade

oper, liegt weit über ein Jahrzehnt zurück, und ein Jahrzehnt liegt bereits zwischen der Schweizer Uraufführung und der jetzigen ersten deutschen Aufführung. Ist es damit schon historisch und ganz losgelöst vom politischen Brecht zu betrachten, wie es fast nur geschieht? Brechts Werke bleiben politische Aufrufe (sie müssen heute mehr denn je als solche verstanden werden), auch wenn sie in chinesische Lyrik verpackt sind. Bei solchen Werken bedauert man, daß es im Theater keine Möglichkeit für den Zuschauer gibt, zwischen seinem Beifall für die Darstellung und seinem Mißfallen über Werk oder einige Stellen darin seine Meinung kundzutun, ohne gleich einen Skandal zu entfesseln. So bleibt die wahre Meinung der Zuschauer weithin verborgen. Es könnte Aufgabe der Theatergemeinde sein, sich mit diesem Problem einmal zu befassen.

Dieser Brecht lebt von einer mehr bildkräftigen als dramatischen Fabel. Die Götter in Gestalt dreier chinesischer Weihnachtsmänner suchen in Sezuan nach guten Menschen, finden nur die Dirne Shen Te mit einem hilfsbereiten Herzen und beschenken sie, so daß sie sich einen Tabakladen mieten kann. Aber alle armen Bekannten plündern sie aus. Selbst der stellungslose Flieger, den sie vor Selbstmord bewahrt hat und nun liebt, will nur ihr Geld. Dann schlüpft sie in die Gestalt eines angeblichen Vetters und handelt unter dieser Maske so, wie hartherzige Geschäftsleute handeln. Der Konflikt in ihr freilich wird immer größer, obwohl sie die Maske nur aufsetzt, um helfen zu können. Die Katastrophe naht, indem Klage erhoben wird, daß der hartherzige Vetter den Engel der Vorstädte ermordet habe. Gericht halten die Erleuchteten selbst. Sie finden keine Lösung und überlassen die schwangere Shen Te ihrem Schicksal. Der arme Wasserverkäufer, der Conferencier des Stückes, fordert die Zuschauer auf nachzudenken, wie dem Menschen zu helfen sei.

All das ist von Harry *Buckwitz* prägnant und plastisch auf die von Teo *Otto* (Zürich) mit Bambusstäben raffiniert gebaute Bühne gebracht. Die Song-Musik von Paul Dessau wird von einem Orchester, das über der Szene quasi auf dem Dachboden sitzt, gespielt. Die große dankbare Verwandlungsrolle der Shen Te gewinnt durch Solveig *Thomas* eine rührende und schauspielerische großartige Darstellung. In dem großen Aufgebot fallen

als gelungene Typen besonders auf Ernstwalter *Mitulski*, Elisabeth *Kuhlmann* und Otto *Rouvel*.
(*Main-Post*, Würzburg, 20.11.1952)

3. Zur ersten Aufführung in der DDR: Rostock, 6.1.1956

Herbert Jhering
Schauspielmusik und Schauspielermusik

Zwei Premieren gaben in der letzten Woche die Sicht frei auf die produktiven Möglichkeiten des deutschen Theaters: Die Aufführung von Brechts »Der gute Mensch von Sezuan« am Volkstheater in Rostock und von Ulrich Bechers »Feuerwasser« an der Volksbühne in Berlin. Das epische und das dramatische Theater standen sich gegenüber, und beide wiesen nach vorn.
»Der gute Mensch von Sezuan« gehört zu den wahrhaft poetischen Werken Brechts, wie ich schon nach der Aufführung in Frankfurt am Main geschrieben habe. Dies ist die dichterische Fabel: Drei Götter kommen im vorrevolutionären China auf die Erde, um einen guten Menschen zu suchen. Niemand läßt sie ein. Nur eine arme Prostituierte gibt ihnen Unterkunft. Sie bezahlen die Unterkunft. Mit dem Gelde kauft sich Shen Te einen Tabakladen. Sie wird der Engel der Vorstädte. Arme kommen zu ihr und Schmarotzer. Wie Galy Gay in »Mann ist Mann« nicht nein sagen kann und deshalb in die Kolonialarmee gerät, so kann Shen Te nicht nein sagen, wenn sie um Hilfe angegangen wird. Aber ihr Weg läuft anders. Mann ist Mann – gewiß. Doch der gute Mensch, der nicht nein sagen kann, hilft zwar allen, bleibt aber dennoch allein. Shen Te weiß nun, daß sie alles verlieren wird, wenn sie nicht auch schlecht sein kann. Sie nimmt eine Maske und tritt als ihr eigener Vetter Shui Ta auf, der rücksichtslos aufräumt. Die Götter entziehen sich der Verantwortung und entschweben. Aber der gute Mensch Shen Te weiß, daß sie ohne ihre böse Maske Shui Ta nichts hätte erreichen können, daß man mit Gutsein in der Welt der Ausbeutung allein nicht durchkommt.
In diesem Werk stimmen Inhalt und Form genau überein. Ein-

facher, beispielhafter, volkstümlicher kann es nicht gesagt werden:

»... gut sein zu andern
Und zu mir konnte ich nicht zugleich.
Andern und mir zu helfen, war mir zu schwer.«

Die Selbstzufriedenheit der Götter, die sich mit den Worten begnügen: »Sei nur gut, und alles wird gut werden!«, die Spaltung Shen Tes, der Eigennutz des Fliegers Yang Sun, die guten und bösen Figuren des Wasserverkäufers Wang, des Barbiers Shu Fu, der Hausbesitzerin Mi Tzü, der Witwe Shin, des Schreiner Lin To, der achtköpfigen Schmarotzerfamilie – alle Eigenschaften, alle Situationen, alle Gestalten sind gegenständlich und gleichnishaft, individuell und typisch gezeichnet. Gezeichnet fast im wörtlichen Sinne: in einfachen Umrissen, mit wenigen Strichen, wie auf alten chinesischen Bildern. Und doch ist jedes Wort deutsch, jedes Gleichnis, jedes Sinnbild sofort zu verstehen, in einer Prosa und einem Vers, die die besten Elemente der deutschen Sprache von Gryphius über Matthias Claudius weiterführen und doch in jedem Satze Brecht bleiben.

Hier ist das Wort fällig über Brechts Sprache und die Musik. Es bestätigt sich immer wieder, daß Brechts Diktion die Komponisten schöpferisch beeinflußt. Wir hörten es zum ersten Mal, als wir Kurt Weills Musik zur »Dreigroschenoper« mit seinen Opern auf Texte von Georg Kaiser »Der Zar läßt sich fotografieren« und »Der Protagonist« vergleichen konnten. Als Hanns Eisler dann Verse von Brecht komponierte – welche Übereinstimmung zwischen dem Tonfall der Sprache und der Musik! Auch die große Begabung Boris Blachers fand sofort an diesen Texten ihre positive Orientierung. Paul Dessau hatte sich schon an Werken wie »Mutter Courage« und »Lukullus« bewährt und wird jetzt von neuem durch den »Guten Menschen von Sezuan« bestätigt. Es ist Schauspielmusik und Schauspielermusik, wie sie Komödie und Drama brauchen. Leider wurde sie in der Rostokker Aufführung zu heftig und melodramatisch gespielt.

Trotzdem: es bleibt eine Tat des Volkstheaters Rostock und seines Intendanten Hanns Anselm Perten, sich an dieses Werk herangewagt zu haben. Vielleicht könnte hier eine Bühne entstehen, die an die mutigen kleineren Theater der zwanziger Jahre wie

Gera und Oldenburg erinnern würde. Eine Pionierbühne. Die Aufführung hatte Benno Besson vom Berliner Ensemble inszeniert, erstaunlich in der sorgfältigen Arbeit an den Schauspielern. Erstaunlich überhaupt, wenn man bedenkt, daß die meisten Schauspieler vor fremden Aufgaben standen. Ein solches Werk ohne Anstrengung, ohne mimische und rhetorische Exzesse zu spielen, setzt eine schauspielerische Tradition voraus, die es bei einzelnen Künstlern, aber noch nicht in allgemeiner Gültigkeit gibt. Und hier wird die Aufführung Anlaß zu grundsätzlicher Auseinandersetzung. Ich glaube, daß die Absicht, durch Verdeutlichungen des szenischen Bildes den Inhalt und den Sinn des Werkes auch dem brechtfremdesten Zuschauer faßbar zu machen, am Ziel vorbeigeht. Die einfache dichterische Parabel wirkt durch das Wort. Es heißt aber, vom Wort abzulenken, wenn man die Bühne rechts, links und hinten mit politischen Zeitungsausschnitten umstellt. Das ist gut bei einem dokumentarischen Stück oder einem Schauspiel, das an ein bestimmtes aktuelles Ereignis anknüpft, aber es verwirrt bei einer Dichtung, bei einer Parabel, bei einem Gleichnis. Ich habe hier oft über die Korrumpierung der deutschen Sprache geschrieben. »Der gute Mensch von Sezuan« ist sprachlich ein Meisterwerk. Warum also gerade hier dem Worte mißtrauen? In Frankfurt am Main hatte Teo Otto die Schauspieler vor wunderbar einfache, zwischen Bambusstäbe gesetzte Dekorationen gestellt.

Endlich kann man wieder grundsätzlich zu einer Aufführung Stellung nehmen. Denn es handelt sich bei dieser Vorstellung in Rostock nicht um Dilletantismus oder Provinzialismus, sondern um einen überflüssigen Umweg. Der Erfolg war groß. Ich glaube aber, daß es auch so ein Erfolg des dichterischen Worts war. Käthe Reichel, die in Frankfurt am Main die Grusche im »Kaukasischen Kreidekreis« gespielt hat, war hier Shen Te und Shui Ta. Sie hat sich seit ihren letzten Berliner Rollen künstlerisch entwickelt und Sprache und Geste nervöser und hektischer Schnörkel entkleidet. Sie hatte große Momente einer intensiven Schauspielkunst. Aber die ruhige Linie, der Tonfall der Sprache wurden auch jetzt noch unterbrochen. Käthe Reichel dramatisierte oft, statt schlicht zu entwickeln. Einer Schauspielerin, die so wie sie an sich arbeitet, muß man den Rückfall in frühere

Sprachliches
Meisterwerk

Fehler jedesmal sagen. Ähnliche Verdeutlichungen verstellten manchmal das schauspielerische Bild des Wasserverkäufers Wang. Hermann Wagemann, früher am Deutschen Theater, verließ sich nicht genügend auf sein Gesicht und seinen Ton, sondern unterstrich den Ausdruck. Es ist schwierig, nach einer einzigen Aufführung das Rostocker Ensemble zu beurteilen. Aber wir müssen ihm Mut machen zu neuen Wagnissen. Die Schauspieler verdienen es. Das Publikum verdient es.

(*Sonntag*, Berlin/DDR, 15.1.1956; Auszug)

Literaturhinweise

Die Quellenangaben zu den zitierten Brecht-Texten beziehen sich auf:
Bertolt Brecht, *Werke. Große kommentierte Berliner und Frankfurter Ausgabe (GBA)*, hg. v. Werner Hecht, Jan Knopf, Werner Mittenzwei und Klaus-Detlef Müller, Berlin und Weimar/Frankfurt/M. 1988–2000 (genannt werden zu der Abkürzung GBA Bandnummer und Seitenzahlen).
Texte aus dem Bertolt-Brecht-Archiv (*BBA*) der Stiftung Akademie der Künste in Berlin werden mit der Abkürzung BBA sowie Mappennummer und Blattnummer nachgewiesen.

A. Drucke

Der gute Mensch von Sezuan, Wien/Basel (1945) (Masch.)

Der gute Mensch von Sezuan, Frankfurt/M. (1948 [?]) (Masch.)

Der gute Mensch von Sezuan, ein Parabelstück, in: *Versuche*, H. 12, Frankfurt/M. bzw. Berlin/Weimar 1953, S. 5–106 (als 27. Versuch)

Der gute Mensch von Sezuan, in: *Spectaculum* (I), Frankfurt/M. 1956, S. 7–72

Der gute Mensch von Sezuan, Stücke, Band 8, Frankfurt/M. 1957, S. 215–408

Der gute Mensch von Sezuan, *Stücke*, Band 8, Berlin/Weimar 1957, S. 209–398

Der gute Mensch von Sezuan. Parabelstück, Frankfurt/M. 1959

Der gute Mensch von Sezuan. Parabelstück. Mit einem Nachwort von Hubert Witt, Leipzig 1963 (RUB 9097/98)

Der gute Mensch von Sezuan. Parabelstück, Frankfurt/M. 1964 (es 73)

Der gute Mensch von Sezuan. Parabelstück, in: *Gesammelte Werke*, Frankfurt/M. 1967, Band II (Dünndruckausgabe) bzw. Band 4 (Taschenbuchausgabe), S. 1487–1607

Der gute Mensch von Sezuan, in: *GBA*, Band 6, Frankfurt/M. 1989, S. 175–281, 432–453

Der gute Mensch von Sezuan, in: *Ausgewählte Werke*, Band 2, Frankfurt/M. 1997, S. 191–295, 713–719

B. Materialien

Hecht, Werner (Hg.): *Materialien zu Brechts ›Der gute Mensch von Sezuan‹*, Frankfurt/M. 1968 (es 247)
Hecht, Werner/Tenschert, Joachim (Hg.): *Der gute Mensch von Sezuan.
Parabelstück.* [Band 1:] *Bühnenfassung des Berliner Ensembles.* Redigiert v. J. T. [Band 2:] *Materialien.* Zusammengestellt u. redigiert v.
W. H., Berlin 1969.
Knopf, Jan (Hg.): *Brechts »Guter Mensch von Sezuan«*, Frankfurt/M.
1982 (st 2021)
Knopf, Jan: Bertolt Brecht: *Der gute Mensch von Sezuan*, Frank-
furt/M./Berlin/München 1982 (Grundlagen und Gedanken zum Verständnis des Dramas)

C. Interpretationen und Quellen

Bock, D. Stephan: *Coining Poetry. Brechts »Guter Mensch von Sezuan«.
Zur dramatischen Dichtung eines neuen Jahrhunderts*, Frankfurt/M.
1998 (es 2057)
Bunge, Hans (Hg.): *Brechts Lai-tu. Erinnerungen und Notate von Ruth
Berlau*, Darmstadt 1985
Calderón de la Barca, Pedro: *Das große Welttheater. Geistliches Schau-
spiel in der Nachdichtung von Joseph von Eichendorff*, Stuttgart 1981
Dessau, Paul: *Notizen zu Noten*, Leipzig 1974
Eco, Umberto: *Die Grenzen der Interpretation*, München/Wien 1992
Eugster, Roger: *Sprache als Herrschaft. Semiotische Kritik des »Guten
Menschen von Sezuan«, der Theorie Brechts und der literarischen
Wertung*, Bern u. a. 1993
Giese, Peter Christian: *Das »Gesellschaftlich-Komische«. Zu Komik und
Komödie am Beispiel der Stücke und Bearbeitungen Brechts*, Stuttgart
1974
Grimm, Reinhold: »Zwischen Tragik und Ideologie«, in: ders.: *Struktu-
ren. Essays zur deutschen Literatur*, Göttingen 1963, S. 248–271
Hauck, Stefan: *Die im Schatten sieht man nicht. Margarete Steffin. Leben
und Werk*, Frankfurt/M. 2003 (st 2869; zit. n. Manuskript)
Hennenberg, Fritz: *Dessau. Brecht. Musikalische Arbeiten*, Berlin/DDR
1963
Hermes, Eduard: *Interpretationshilfen. Ideal und Wirklichkeit. Lessing
›Nathan der Weise‹, Goethe ›Iphigenie auf Tauris‹, Brecht ›Der gute
Mensch von Sezuan‹*, Stuttgart u. a. 1999
Joost, Jörg-Wilhelm/Müller, Klaus-Detlef/Voges, Michael: *Bertolt
Brecht. Epoche – Werk – Wirkung.* Hg. v. Klaus-Detlef Müller, Mün-
chen 1985, S. 284–289
Karnick, Manfred: *Rollenspiel und Welttheater. Untersuchungen an Dra-*

men *Calderóns, Schillers, Strindbergs, Becketts und Brechts*, München 1980, S. 214–230

Knopf, Jan: »Der gute Mensch von Sezuan«, in: ders. (Hg.): *Brecht Handbuch in fünf Bänden*, Bd. 1: *Stücke*, Stuttgart/Weimar 2001, S. 418–440

Koller, Gerold: *Der mitspielende Zuschauer. Theorie und Praxis im Schaffen Brechts*, Zürich/München 1979

Lucchesi, Joachim/Shull, Ronald: *Musik bei Brecht*, Frankfurt/M. 1988, S. 742–760

Mahal, Günther: »Faust in Sezuan. Brechts *Parabelstück* als ›Kontrafaktur‹ zu Goethes *Tragödie*«, in: *Zur Ästhetik der Moderne. Für Richard Brinkmann zum 70. Geburtstag*, Tübingen 1992, S. 183–215

Marx, Karl: »Zur Kritik der Hegelschen Rechtsphilosophie«, in: Marx, Karl/Engels, Friedrich: *Werke*. Bd. 1, Berlin 1970, S. 378–391

Mê Ti, des Sozialethikers und seiner Schüler philosophische Werke, zum ersten Male vollständig übersetzt, mit ausführlicher Einleitung, erläuternden und textkritischen Erklärungen versehen von Professor Alfred Forke, Berlin 1922

Ovidius Naso: *Metamorphosen*. Lateinisch/Deutsch. Übers. u. hg. v. Michael von Albrecht, Stuttgart 1994

Pietzcker, Carl: »*Ich kommandiere mein Herz*«. Brechts Herzneurose – ein Schlüssel zu seinem Leben und Schreiben, Würzburg 1988

Rätz, Renate (Hg.): *Harry Buckwitz. Schauspieler, Regisseur, Intendant. 1904–1987*. Materialien, zus.-gest. u. bearb. v. Renate Rätz u. Mitarbeit v. Michael Gonszar. Einleitender Essay von Hans-Peter Kurr, Berlin 1998

Schneidewind, Egmar/Sowinski, Bernhard: *Der gute Mensch von Sezuan. Interpretation*, München 1996

Sokel, Walter H.: »Brechts gespaltene Charaktere und ihr Verhältnis zur Tragik«, in: Sander, Volkmar (Hg.): *Tragik und Tragödie*, Darmstadt 1971, S. 381–396

Steffin, Margarete: *Briefe an berühmte Männer. Walter Benjamin, Bertolt Brecht, Arnold Zweig*. Hg., mit einem Vorwort und mit Anmerkungen versehen von Stefan Hauck, Hamburg 1999

Suhrkamp, Peter: *Briefe an die Autoren*. Hg. u. m. e. Nachwort vers. v. Siegfried Unseld, Frankfurt 1963

Tatlow, Anthony: »China oder Chima?«, in: *Brecht heute* 1, 1971, S. 27–47

Ueding, Gert: »Der gute Mensch von Sezuan«, in: Hinderer, Walter (Hg.): *Brechts Dramen. Neue Interpretationen*, Stuttgart 1984, S. 178–193

White, Alfred D.: *Der gute Mensch von Sezuan*, Glasgow 1990

Wright, Elizabeth: »The Good Person of Szechwan: Discourse of a Masquerade«, in: Thompson, Peter/Sacks, Glendry: The Cambridge Companion to Brecht, Cambridge 1994, S. 117–127

Wurst, Nicola: *Schweyk im Kalten Krieg. Harry Buckwitz und seine Brecht-Inszenierungen in der Adenauer-Ära*, Berlin 1998 (Masch.)

D. Rezeption

Beckmann, Heinz: »Bert Brechts verratenes Herz. ›Der gute Mensch von Sezuan‹ mit Solveig Thomas«, in: *Rheinischer Merkur*, Köln, 28.11.1952

Brock-Sulzer, Elisabeth: »Es ist die Poesie unserer Tage«, in: *Die Tat*, Zürich, 6.2.1943

Dannecker, Hermann: »Brecht ruft den guten Menschen«, in: *Deutsche Zeitung und Wirtschaftszeitung*, Stuttgart, 22.11.1952

Dirks, Walter: »Der Gute Mensch und die Christen«, in: *Frankfurter Neue Presse*, 4.12.1952

Gilles, Werner: »›Der gute Mensch von Sezuan‹ von Bertolt Brecht«, in: *Mannheimer Morgen*, 18.11.1952

Grack, Günter: »Blauer Dunst unter grauem Himmel. ›Der gute Mensch von Sezuan‹ ist im Maxim-Gorki-Theater eine Berlinerin«, in: *Der Tagesspiegel*, Berlin, 24.11.1998

H., P.: »Brechts Propaganda-Theater. Westdeutsche Erstaufführung im Frankfurter Kleinen Haus«, in: *Main-Post*, Würzburg, 20.11.1952

Halbe, Thomas: »Bertolt Brechts ›Götterdämmerung‹«, in: *Frankfurter Neue Presse*, 18.11.1952

Happ, Alfred: »Vom Wunder der Güte, die sich wehren muß«, in: *Frankfurter Rundschau*, 18.11.1952

Hartmann, Rainer: »Unter schwarzer Wolke wird das Mädchen zum Dämon. Operntruppe aus China mit Brechts Stück ›Der gute Mensch von Sezuan‹ unterwegs – Komödie, Melodram, Artistik, Romantik mischen sich«, in: *Kölner Stadtanzeiger*, 30.9.1994

Jacobi, Johannes: »Brechts Guter Mensch«, in: *Die Zeit*, 20.11.1952

Jhering, Herbert: »Schauspielmusik und Schauspielermusik«, in: *Sonntag*, Berlin/DDR, 15.1.1956

Korn, Karl: »›Alle Fragen offen‹. Bertolt Brechts ›Der kluge [!] Mensch von Sezuan‹«, in: *Frankfurter Allgemeine Zeitung*, 18.11.1952

Kroekel, Harry: »Schade – auch die Thalbach rettet diesen Brecht nicht«, in: *Berliner Kurier*, 24.11.1998

Kruntorad, Paul: »Der gute alte Mensch in Mailand« (1981), in: Knopf, Jan (Hg.): *Brechts »Guter Mensch von Sezuan«*, Frankfurt/M. 1982 (st 2021), S. 214–217

Linder, Renate: »Fremdartig – aber faszinierend. Jubel begleitet das Gastspiel der Chengdu Municipal Opera aus China«, in: *Neue Westfälische Zeitung*, Minden, 29.9.1994

Luft, Friedrich: »Ein guter Mensch, wer wär's nicht gern. Brechts ›Guter Mensch von Sezuan‹ im Frankfurter Kleinen Haus«, in: *Neue Zeitung*, Frankfurt/M., 18.11.1952

Melchinger, Siegfried: »Die Stadt Sezuan 1958«, in: Knopf, Jan (Hg.): *Brechts »Guter Mensch von Sezuan«*, Frankfurt/M. 1982 (st 2021), S. 177–183

Schmidt, Jochen: »In der Fremde daheim. Brechts ›Guter Mensch von Sezuan‹ als Sichuan-Oper auf Deutschlandtournee«, in: *Frankfurter Allgemeine Zeitung*, 7.11.1994

Schneider, Fritz: »Der gute Mensch von Sezuan. Ein Parabelstück von Bertolt Brecht«, in: *AZ Allgemeine Zeitung für Württemberg*, Stuttgart, 19.3.1953

Schön, Gerhard: »Brecht ohne Kurzschluß: ›Der gute Mensch von Sezuan‹«, in: *Bremer Nachrichten*, 19./20.11.1952

Thiem, Willy H.: »›Der gute Mensch von Sezuan‹ konnte nicht immer gut sein«, in: *Abendpost*, Frankfurt/M., 17.11.1952

Welti, Jakob: »Von der gräulichen Theorie wenden wir uns ab . . .«, in: *Neue Zürcher Zeitung*, 6.2.1943

Wyss, Monika (Hg.): *Brecht in der Kritik. Rezensionen aller Brecht-Uraufführungen sowie ausgewählter deutsch- und fremdsprachiger Premieren. Eine Dokumentation*, München 1977

Wort- und Sacherläuterungen

8.1 **Ruth Berlau**: Die dän. Schauspielerin, Regisseurin und Schriftstellerin (1906–1974), die Brecht im Spätsommer 1933 in Dänemark kennen lernt, hat mit Ideen für die Umsetzung bei verschiedenen Projekten Brechts mitgewirkt. Eine Mitarbeit am Text kann ausgeschlossen werden, da sie nie richtig deutsch gelernt hat.

8.1 **Margarete Steffin**: Die ausgebildete Buchhalterin (1908–1941) lernt Brecht 1932 in Berlin kennen; sie folgt ihm ins Exil und wird, nach Elisabeth Hauptmann (1897–1973) in den 1920er-Jahren, zu seiner wichtigsten Mitarbeiterin. Ihr Anteil an den Texten beschränkt sich nicht nur auf das Herstellen von immer neuen Reinschriften, gerade bei Texten, mit denen sich Brecht über einen längeren Zeitraum immer wieder neu beschäftigt, sie hilft auch bei einzelnen Formulierungen, weist auf Ungereimtheiten hin, vereinheitlicht Schreibweisen von Namen usw.

8.2 **Parabelstück**: Der Parabeltyp unter Brechts Stücken in Abgrenzung zu seinen Geschichtsdramen ist ein Sonderfall der so genannten parabolischen Dichtung: Während die Parabel für ihre feststehende Aussage ein verständliches Bild setzt, soll im Parabeltyp in Analogie zum naturwissenschaftlichen Experiment (einer der Gründe, warum Brecht seine Werke »Versuche« nennt) eine bestimmte Konstellation aus der Wirklichkeit aufgebaut, vorgeführt und für die Leser bzw. Zuschauer nachvollziehbar gemacht werden; die Gültigkeit der Aussage erweist sich dabei erst im Nachvollziehen des Versuchs und im Vergleich mit der Wirklichkeit. Als Parabelstücke Brechts gelten u. a.: *Mann ist Mann*, *Die Rundköpfe und die Spitzköpfe*, *Der Aufstieg des Arturo Ui*.

8.2–3 **1938 in Dänemark [. . .] in Schweden fertiggestellt**: Die Angaben stimmen mit der tatsächlichen Entstehungsgeschichte nicht überein (vgl. S. 155–158). Die Hauptarbeit aufgrund der früheren Ideen (vgl. S. 139 f.) beginnt Brecht im März 1939 in Dänemark und beendet sie im Januar 1941 in Finnland.

8.4 **27. Versuch**: Ab 1930 erscheint Brechts erste Sammelausgabe mit dem Titel *Versuche* im Gustav Kiepenheuer Verlag (Potsdam): Die nummerierten Hefte enthalten jeweils ein Stück als Haupttext, dazugehörende Anmerkungen, einzelne Geschichten oder Gedichte. Die darin aufgenommenen Texte nennt Brecht ebenfalls »Versuche«: Der »1. Versuch« ist sein »Radiolehrstück« *Der Flug der Lindberghs*, der »2. Versuch« eine Auswahl seiner *Geschichten vom Herrn Keuner* usw. in *Versuche 1*. Bis 1933 erscheinen sieben Hefte; das fertiggestellte Heft 8 darf dann unter den Nationalsozialisten nicht mehr ausgeliefert werden. 1949 setzt Brecht mit Peter Suhrkamp diese Sammelausgabe fort mit Heft 9, das *Mutter Courage und ihre Kinder* enthält (parallel, aber zeitverschoben, erscheinen die Hefte im Aufbau-Verlag, Berlin/Weimar). In Heft 12 werden außer dem *Guten Menschen* aufgenommen: *Kleines Organon für das Theater*, *Über reimlose Lyrik mit unregelmäßigen Rhythmen* und zwölf *Geschichten vom Herrn Keuner*.

Zürich: Dort findet am 2.4.1943 die Uraufführung statt. 8.7

Frankfurt a.M.: Dort kommt es am 16.11.1952 zur (west)deutschen Erstaufführung. In der DDR wird das Stück erstmals am 6.1.1956 in Rostock gespielt. 8.7–8

Teo Otto: Der Maler und Bühnenbildner (1904–1968) ist bei beiden Inszenierungen in Zürich und in Frankfurt für das Bühnenbild zuständig. Er hat zuvor schon das Bühnenbild für die Zürcher Uraufführung von *Mutter Courage und ihre Kinder* (19.4.1941) entworfen. 8.9

Paul Dessau: Er (1894–1979) lernt Brecht 1943 in den USA kennen. Seine 1947/48 in Kalifornien entstandene Musik zum *Guten Menschen* wird erstmals bei der Frankfurter Inszenierung gespielt. Für die Zürcher Uraufführung hat der Schweizer Komponist Huldreich Georg Früh (1903–1945) einige der Lieder vertont. 8.9

Hauptstadt von Sezuan: Die Hauptstadt der chin. Provinz Sichuan (auch: Szechuan, Szetchuan) heißt Cheng-du (auch: Tschengtu). – In einem Brief an den Maler Hans Tombrock vom 4.5.1940 spricht Brecht von »sogenannten historischen Zeitläuften« und spielt auf den chin.-jap. Krieg (1937–1945) an: »Ich meine, wenn in den Zeitungen eines bestimmten Tages steht, daß die Chinesen Sezuan gestürmt haben, mußt Du Dich eben fragen: was machte an diesem Tag Tombrock?« (GBA 29, 171) 8.19

9.15 **wegen der vielen Klagen**: Anspielung auf: die Erde als »Jammertal«, eine Beschreibung, die es schon vor Luthers Verwendung in Psalm 84,7 gegeben hat.

10.1 **diese drei**: Von »drei Göttern« spricht Brecht erstmals in seinem Gedicht *Matinee in Dresden* von 1926 (GBA 13, 334). Anspielung auf die christl. Vorstellung von der Dreifaltigkeit Gottes: Vater, Sohn und Heiliger Geist.

11.22 **Überschwemmungen**: Anspielung auf die Sintflut.

12.25 **Seit zweitausend Jahren**: Anspielung auf das Christentum und die neutestamentarischen Vorstellungen von einer Endzeit (Jüngstes Gericht). Vgl. die Offenbarung des Johannes (Apokalypse).

13.6–7 **Es ist eine einmalige Gelegenheit!**: Sprache der Werbung und des Konsums; auch die Götter werden wie Waren angeboten.

13.13–14 **Die Gesinnung ist wichtiger.**: In den 1920er-Jahren hat es Diskussionen über ethische Fragen gegeben; dabei ist unterschieden worden zwischen Gesinnungsethik und Erfolgsethik (z. B. Max Scheler) einerseits sowie Verantwortungsethik (z. B. Max Weber). Die Gesinnungsethik ist auf die christl. Tradition (Augustinus) zurückgeführt worden.

14.4–5 **Bis ins vierte Glied**: Im Zusammenhang mit den Zehn Geboten des Alten Testaments (2. Mose 20,5) heißt es, dass Gott für Missetaten der Väter auch deren Kinder bestrafe »bis ins dritte und vierte Glied« (d. h. Generation).

14.7 **die Prostituierte Shen Te**: Anspielung auf die Bibelaussage, dass die Benachteiligten eher Güte zeigen als die Reichen: »Die Zöllner und Huren mögen wohl eher ins Reich Gottes kommen als ihr« (Matthäus 21,31).

17.26–31 **die Gebote halten [. . .] Hilflosen nicht berauben.**: Anspielung auf einige der Zehn Gebote des Alten Testaments (2. Mose 20): auf das vierte Gebot (»Du sollst deinen Vater und deine Mutter ehren«), das achte Gebot (»Du sollst nicht falsch Zeugnis reden wider deinen Nächsten«), das neunte Gebot (»Du sollst nicht begehren deines Nächsten Haus«), das sechste Gebot (»Du sollst nicht ehebrechen«), das zehnte Gebot (»Du sollst nicht begehren deines Nächsten Weib, Knecht, Magd, Vieh, oder was sein ist«).

19.5 **SHEN TE *zum Publikum***: Sie wendet sich insgesamt 18-mal an die Zuschauer. Vgl. 20,33; 22,22; 23,20–21; 25,1; 29,11; 45,16;

54,8; 59,9; 60,27; 75,28; 76,4; 78,29; 84,25; 91,32; 92,24; 94,2; 97,4.

ein neuer Mensch: Hier im Sinne von »anderer«; noch nicht in 21.28
der späteren Bedeutung (vgl. 134,31).

einsteigern: Brecht'sche Worterfindung; gemeint ist: zum Kon- 23.15
kurs zwingen.

Ein Mann wie ein Messer.: Anspielung auf die Figur des Räu- 24.7
bers Macheath (Mackie Messer) in der *Dreigroschenoper*.

DAS LIED VOM RAUCH: Ein vergleichbares, nach dem Schema 27.28
eines Rollengedichts aufgebautes Lied – jede Strophe ist einer
Figur zugeordnet: dem Großvater, dem Mann und der Nichte –
hat Brecht bereits um 1920 mit *In den frühen Tagen meiner
Kindheit* (GBA 13, 191 f.) verfasst; dort sind die drei Strophen
umgekehrt zugeordnet: dem jungen Mädchen, dem Mann, dem
Greis. Der Refrain in beiden Gedichten ist sehr ähnlich. – Der
Rauch steht hier als Symbol für Hoffnungslosigkeit (Nihilismus
– nicht für Opium-Rauch, vgl. S. 160). Es geht zurück auf Friedrich Nietzsche (1844–1900), der seinen Nihilismus in seinem
Gedicht *Vereinsamt* folgendermaßen beschrieben hat: »Nun
stehst du bleich, / Zur Winter-Wanderschaft verflucht, / dem
Rauche gleich, / der stets nach kältern Himmeln sucht«.

O du schwacher [...] aber schwacher Mensch!: Angespielt ist 30.13–14
auf Matthäus 26,41: »Der Geist ist willig, aber das Fleisch ist
schwach.«

Güte, denn keiner [...] Güte verlangt wird: Anspielung auch 30.26–27
auf Johann Wolfgang von Goethes (1749–1832) Faust-Figur,
dem von Gott Mephisto als »Anreger« an die Seite gestellt wird:
»Drum geb' ich gern ihm den Gesellen zu, / der reizt und wirkt
und muß als Teufel schaffen« (*Faust* I, V. 342 f.).

Der Gouverneur, befragt [...] Vorstädte einfach zudeckt: Der 33.3–6
Vierzeiler ist zunächst unabhängig vom Stück entstanden; er ist
Brechts freie Nachdichtung eines Gedichts des chin. Lyrikers Po
Chü-yi (772–846), das Brecht durch die engl. Nachdichtung von
Arthur Waley (1889–1966) kennt (*A Hundred and Seventy Chi-
nese Poems*, London 1908). Brecht gibt seiner Bearbeitung den
Titel *Die Decke* und nimmt sie 1938 in veränderter Form in
seine Sammlung *Chinesische Gedichte* (GBA 11, 257) auf.

Fünfkäschkämmerchen: Käsch: Kleine chin. Münze mit gerin- 37.8

gem Wert. Brecht kennt sie durch Alfred Döblins (1878–1957) Roman *Die drei Sprünge des Wang-lun* (1915), der ihn beeindruckt hat (vgl. GBA 26, 167).

47.26–29 **Aber da ich [. . .] wenn ich wollte.**: In Vorarbeiten zum Stück notiert Brecht die Stichworte: »Impotenz durch Armut«.

48.1 LIED DES WASSERVERKÄUFERS IM REGEN: Umschreibung des späten Kapitalismus und der Überproduktionskrise: Hier ruiniert die Natur den kleinen Händler; der Monopolkapitalismus reagiert in einer solchen Überproduktionskrise mit Verknappung in Form von Vernichtung, während sich der »kleine Mann« nicht wehren kann. In der Warengesellschaft bestimmt der Markt den Wert auch der Naturprodukte; umgekehrt wird der natürliche Segen zum wirtschaftlichen Fluch. Vgl. die Wiederholung des Liedes in der 9. Szene (114,4–11).

51.16–17 **Der Engel der Vorstädte.**: Diesen Namen erhält Shen Te an vier Stellen (vgl. 70,12, 90,29 und 131,26). Er erinnert an *Die heilige Johanna der Schlachthöfe*, an die »Fürsprecherin der Armen« bzw. die »Trösterin der untersten Tiefe« (GBA 3, 220).

51.29–30 **der Buchstabe [. . .] zweitens ihr Geist**: Weitere Anspielung auf die Bibel; die Unterscheidung zwischen »Buchstabe« und »Geist« findet sich im zweiten Korintherbrief (2. Korinther 3,6).

52.9 **die sieben guten Könige**: Der chin. Philosoph Mê Ti (479–381 v.Chr.) verweist zur Begründung seiner Gebote an verschiedenen Stellen auf die »weisen Könige des Altertums« (S. 124 ff.), auf die »heiligen Könige« (S. 136, 145 f.) bzw. auf die »weisen Herrscher der drei alten Dynastien« (S. 144) als den Verkörperungen der in Frage gestellten ›guten alten Ordnung‹.

52.10 **Kung**: Schreibvariante zu Konfutse bzw. Konfuzius (551–479 v.Chr.).

54.26 **wie die Dichter singen**: Vgl. das ähnlich angelegte Gedicht *O Lust des Beginnens* (GBA 15, 171).

55.7 *ein sehr altes Paar*: Anspielung auf die Geschichte von Philemon und Baucis in Goethes *Faust* II (V. 11043–11142, 11251–11383); Goethe wiederum greift zurück auf die *Metamorphosen* (8. Gesang) des Ovid (43 v.Chr.–~18). Auch Faust ruiniert das alte Paar.

58.15–19 **Wenn in einer Stadt [. . .] Durch ein Feuer**: Anspielung auf den Untergang der Städte Sodom und Gomorrha durch Feuer und Schwefel (1. Mose 19,24).

Shen Te tritt [. . .] ***auf und singt.***: Erst vor diesem zweiten Auf- 61.3–4
tritt (vgl. 195,17) wird die Identität von Shen Te und Shui Ta im
Spiel gezeigt durch das Umziehen und das Anlegen der Maske.

DAS LIED VON DER WEHRLOSIGKEIT DER GÖTTER UND 61.5–6
GUTEN: Das Lied von 1940 ist schon früh für das Stück vorgesehen.

nur eine einzige und dazu alte Frau: Nach altem chin. Recht war 63.13
die Bigamie (mehrere gleichzeitige Ehen) erlaubt.

Stopf's in deine Pfeife und rauch's!: Aus dem Engl. stammende 68.32
Redewendung (»Put that in your pipe and smoke it«), die Brecht
schon in seiner Oper *Aufstieg und Fall der Stadt Mahagonny*
verwendet hat (GBA 2, 375).

vierhundert speisen: Anspielung auf die wunderbare Speisung 70.21–22
der 5000, die alle vier Evangelisten beschreiben (Matthäus
14,13–21; Markus 6,30–44; Lukas 9,10–17; Johannes 6,1–15).
Erst nach der Speisung haben die satten Ungläubigen ein Ohr für
das, was ihnen als Lehre »verkauft« werden soll.

Plumpes: Vgl. die Verwendung des Begriffs bei der Beschrei- 73.11
bung von Korruption im *Dreigroschenroman* (GBA 16, 173 und
16, 202).

weißen Chrysanthemen: Steht in der Blumensymbolik des Ike- 73.16
bana für eine treue Frau.

die Götter haben [. . .] **Ist gut.**: Bei Mê Ti heißt es u. a.: »Die 76.21–25
Liebe zu den Menschen schließt die eigene Person nicht aus,
denn diese ist unter denen, die geliebt werden, und da dies der
Fall ist, so erstreckt sich auch die Liebe auf die eigene Person. Die
gewöhnlich sogenannte Eigenliebe ist Liebe zu den Menschen«
(*Mê Ti*, S. 507).

Hochzeitsgesellschaft: Eine der beliebten Bühnensituationen 78.4
bei Brecht; vgl. die Hochzeitsszenen u. a. in *Die Hochzeit*, *Trom-
meln in der Nacht*, *Die Dreigroschenoper*.

ein kleines Examen: Die Examinierung der Braut bezüglich ih- 79.32
rer Eignung als Ehefrau spielt auch in *Herr Puntila und sein
Knecht Matti* zwischen Matti und Eva eine große Rolle (Szene 9;
GBA 6, 349–355).

drei Teufel holen [. . .] **und der Gasmangelteufel**: Personifizie- 80.34–35
rungen der Gefahren für einen Piloten.

Gäule. Sie drehen [. . .] **in ihrer Gäulestadt!**: Gäule stehen bei 81.34–82.2

Brecht häufiger für Rückständigkeit; vgl. z. B. seinen Vergleich von Droschke und Auto mit der Feststellung, dass es die Droschke sein würde, die den Unterschied zwischen beiden »geringfügig« fände (GBA 21, 160).

86.13 **DAS LIED VOM SANKT NIMMERLEINSTAG**: Parodie auf die biblische Endzeit-Vorstellung vom Jüngsten Gericht, bei dem die Schlechten bestraft und die Guten belohnt werden sollen; vgl. 12,25.

87.24–88.11 **ein Buch [. . .] Leiden der Brauchbarkeit.«**: Wang zitiert den Taoisten Tschuang-Tsi, auch Dschaung-Dsi (2. Hälfte des 4. Jh. v.Chr.). Brecht kennt die Übersetzung Richard Wilhelms (1873–1930) von dessen *Das wahre Buch vom südlichen Blütenland* (Jena 1912); darin steht das Gleichnis vom Leiden der Brauchbarkeit, das Brecht auch in *Mutter Courage und ihre Kinder* verwendet, wenn er die Courage sagen lässt: »Das ist wie mit die Bäum, die geraden, luftigen werden abgehaun für Dachbalken, und die krummen dürfen sich ihres Lebens freun« (Ende von Szene 6; GBA 6, 60).

88.20 **Gebote der Nächstenliebe**: Die als Selbstlosigkeit definierte christl. Nächstenliebe im Gegensatz zu der bei Mê Ti genannten »Eigenliebe«; vgl. Erl. zu 76,21–25.

89.6 **Leid läutert!**: Ein Grundgedanke der christl. Ethik.

89.18–20 **Wir glauben fest [. . .] der dunklen Erde.**: Anspielung auf Goethes *Faust* I: »Ein guter Mensch in seinem dunklen Drange / Ist sich des rechten Weges wohl bewußt« (V. 328 f.).

89.20–21 **Seine Kraft wird [. . .] mit der Bürde.**: Anspielung auf Friedrich Schillers (1759–1805) *Wallenstein* (1796–1799): »Es wächst der Mensch mit seinen größeren Zwecken« (Prolog, V. 60).

92.22 **Die Welt erwartet ihn im geheimen.**: Christus-Anspielung, das ungeborene Kind wird als Erlöser dargestellt. – Daneben auch eine Anspielung auf die Erwartung des »neuen Menschen«, der die Welt verbessert, den z. B. die Autoren des Expressionismus herbeischreiben wollten; Brecht dagegen meinte, eine bessere Welt sei Voraussetzung dafür, dass es bessere Menschen geben könne. – Vgl. auch 10,6.

92.23–93.20 *Sie stellt ihren [. . .] dem Kind spazierend.*: Ein solches pantomimisches Spiel mit einem noch nicht geborenen Kind kennt Brecht aus der Szene *Den Vater braucht man nicht* in Sergej

Tretjakows (1892–1939) Stück *Ich will ein Kind haben* (1926), das 1930 auf dt. erschienen ist: »übersetzt von Ernst Hube, bearbeitet von Bertolt Brecht« (Freiburg i. Br.: Max Reichard Verlag).

Eine Pflaume ohne [. . .] Pflaume ins Genick.: Vgl. hierzu Dieter 93.21–24
P. Meier-Lenz' Deutung: »Die Pflaume symbolisiert hier das gesunde Geschlechtliche, das natürlich Weibliche, die körperliche Liebe schlechthin. Das Bild wird sofort klar: Shen Te als ehemalige Prostituierte, jetzt Besitzerin eines Tabakladens, hat die wahre Liebe (Das Stück hieß ursprünglich Die Ware Liebe) zu dem Flieger Sun entdeckt, der sie schwängerte. Während sie mit dem Kind im Leib in fiktivem Spiel mit dem zukünftigen Sohn Kirschen stiehlt, singt sie das Lied. Es wird damit zu einer drastischen Parabel des vorangegangenen Geschehens« (Dieter P. Meier-Lenz: »Brecht und der Pflaumenbaum«, in: *Dreigroschenheft*, Nr. 1, 1996, S. 31).

Ist es nicht anstrengend?: Vgl. das spätere, 1942 in Kalifornien 95.9
entstandene Gedicht *Die Maske des Bösen* (GBA 12, 124):
»An meiner Wand hängt ein japanisches Holzwerk
Maske eines bösen Dämons, bemalt mit Goldlack.
Mitfühlend sehe ich
Die geschwollenen Stirnadern, andeutend
Wie anstrengend es ist, böse zu sein.«

Keine Barmherzigkeit mit der Frucht Eures Leibes?: Die 97.15–16
»Frucht des Leibes« ist ein biblischer Topos für Jesus als Marias Sohn (vgl. Lukas 1,42).

Zum Tiger: Vgl. im *Dreigroschenroman* die Verwandlung des 97.19
Peachum »in einen Tiger, auch äußerlich«, als »die Aussicht auf großen Gewinn« sich abzeichnet (GBA 16, 274).

vom rechten Weg abgewichen: Biblische Redewendung, vgl. 105.21
Psalm 14,3.

LIED VOM ACHTEN ELEFANTEN: Das Lied entsteht erst im 108.27
Januar 1941. Es ist angeregt durch Rudyard Kipling (1865–1936) und dessen Erzählung *Toomai of the Elephants* (*Toomai, der Liebling der Elefanten*) aus *The Jungle Book* (*Dschungelbuch*). Darin ist von dem Elefanten Kala Nag die Rede, der als Leittier einer Arbeitselefanten-Herde als einziger seine Stoßzähne behalten darf. Ein ähnliches Motiv benutzt Brecht später

auch in der *Kriegsfibel*: »So grausam ist zum Elefanten nur / Sein Bruder, der gezähmte Elefant« (GBA 12, 238 f.). In der *Koloman Wallisch Kantate* von 1935 heißt es: »Ach, des wilden Hundes bester Zähmer / Ist der gezähmte Hund.« (GBA 14, 264) – »Das Lied wird von den Tabakarbeitern zwar als Spottlied auf den Aufseher gesungen, der Sinn der Szene besteht aber darin, daß der Aufseher schlauerweise die Tabakarbeiter zur schnelleren Arbeit anpeitscht, indem er den Rhythmus des Gesangs beschleunigt: Die Singenden müssen also sozusagen geradezu ins Japsen kommen, während der Aufseher, bequem sitzend, lacht. Die Szene zeigt eher die Schwäche des Widerstandes als seine Stärke und sollte *dadurch* tragisch wirken«, schreibt Brecht am 18.4.1955 an Horst Gnekow (1916–1982), den Intendanten des Nordmark-Theaters Schleswig (GBA 30, 331).

110.13–15 »**Der Edle ist [. . .] die Alten sagten.**: Zitat aus dem *Mê Ti*: »Ein Lehrer, der gut auf Fragen zu warten versteht, der macht es wie eine Glocke, die angeschlagen wird: Schlägt man sie wenig an, so gibt sie einen kleinen Ton, schlägt man sie stark an, so klingt sie laut« (S. 403).

112.6–8 **Es ist alles [. . .] für das Kind.**: Vgl. die genauso ironisch gemeinte Zwischenüberschrift im *Dreigroschenroman*, dort bezogen auf Polly Peachum (GBA 16, 45).

113.5 *Melonenhut*: Die Melone ist die umgangssprachliche ironische Bezeichnung für einen runden Herrenhut, auch Bowler genannt, der in den 1920er- und 1930er-Jahren bevorzugt von Geschäftsleuten getragen worden ist.

120.11–12 **Etablierung von zwölf schönen Läden**: Vgl. 124,8.

120.14–15 **Tabakkönig von Sezuan**: Vgl. 125,11.

121.18–19 **Der Tabakkönig hat das Mädchen ermordet**: Shen Te ist zuletzt in der 7. Szene aufgetreten; vgl. 97,30–33.

122.14–15 **Wenige Gute fanden [. . .] sie nicht menschenwürdig**: Vgl. auch 89,12–13.

123.1–5 **Die Welt ist [. . .] zu kalt ist!**: Kälte als Hinweis auf die Unbewohnbarkeit der Welt ist ein bei Brecht seit früher Zeit beliebtes Motiv; vgl. z.B. *Die heilige Johanna der Schlachthöfe* (GBA 3, 139, 149, 188 und 216).

124.22 *in Gerichtsroben die drei Götter*: Gerichtsverhandlungen sind neben den Hochzeitsszenen eine weitere, bei Brecht beliebte

Bühnensituation; vgl. insbesondere *Der kaukasische Kreide-kreis* (GBA 8).

Friedensrichter: Ein Laie, der über leichtere Zivil- und Strafsa- 126.9
chen entscheidet; hauptsächlich in Frankreich, England und den
USA.

Antreiber: Vgl. die 8. Szene, 110,2–5. 128.9

Angestellter: Bereits in dem frühen Entwurf *Die Ware Liebe* hat 128.21
der Tabakhändler einen »Gehilfen«; vgl. 139,18.

Zerriß mich [...] ich nicht zugleich.: Anspielung auf das faus- 130.31–33
tische Motiv von den zwei Seelen in der Brust (Goethe, *Faust* I,
V. 1112), das Brecht schon in *Die heilige Johanna der
Schlachthöfe* eingesetzt hat.

Diese kleine Welt: Vgl. das Motiv des Welttheaters; darauf spielt 132.27
bereits der Ausspruch der Götter an: »Wir sind nur Betrachtende« (89,18).

Terzett der entschwindenden Götter: Auch dieses Lied entsteht 133.31–32
erst im Januar 1941.

die goldene Legende: Die *Legenda aurea* (~1263–1273) des Ja- 134.20
cobus de Voragine (1230–1298), dem Erzbischof von Genua, ist
die wichtigste mittelalterliche Sammlung von Legenden aus dem
Leben der christl. Heiligen und Märtyrer, deren irdisches Leid
im Zeichen einer jenseitigen Verklärung steht.

Den Vorhang zu und alle Fragen offen: Das Spiel mit dem ge- 134.23
wählten Beispiel ist zu Ende und für Shen Te schlecht ausgegan-
gen. Auf eine ›Patentlösung‹ mit Happy End kommt es im Spiel
nicht an, soll es doch ungebunden von Ort und Zeit sein: »Wir
sind bankrott, wenn Sie uns nicht empfehlen!« (134,27)

andre Welt [...] Oder keine?: Vgl. die ähnliche Formulierung in 134.31–32
Die Ballade vom Wasserrad (GBA 14, 207):

»[...] Ihr versteht: ich meine
Daß wir keine anderen Herren brauchen, sondern keine!«

Sie selber dächten [...] muß, muß, muß!: Die »Lösung« 135.3–7
(134,29) kann nicht auf der Bühne beispielhaft vorgeführt werden, sondern »muss« für die Wirklichkeit und eine vergleichbare
Situation in der Wirklichkeit »da sein«, gesucht und gefunden
werden.

nicht zugleich Ware und Verkäufer: Die Prostituierte als »Pro- 139.9–10
totyp der kapitalistischen Entfremdung« (Joost, S. 286).

139.18 **Zigarrenhändler, der einen Gehilfen**: Aus einem Gehilfen werden schließlich mehrere »Angestellte« (vgl. Szene 8); aus dieser Gruppe steigt Sun auf und schiebt sich als »Antreiber« zwischen diese und den Tabakkönig (vgl. 128,9; 128,21 und 128,22).

141.2–3 **»DER GUTE MENSCH VON SEZUAN«. ZEITUNGSBERICHT**: Den Text, der sich auf eine Stück-Fassung von 1939 bezieht, in der Shen Te noch Li Gung und Shui Ta noch Lao Go heißen, hat Brecht datiert mit »15.9.39«.

142.17 **Dieser wußte tatsächlich**: Der Text bricht an dieser Stelle ab; eine Seite des Originals ist nicht überliefert.

145.12 **»DER GUTE MENSCH VON SEZUAN«**: Der Text mit den Namen Chen Te und Chui Ta ist im Frühjahr 1943 entstanden und bezieht sich auf die »Opium-Fassung« des Stücks (vgl. S. 160).

Bertolt Brecht
in der Suhrkamp BasisBibliothek

Leben des Galilei
Kommentar: Dieter Wöhrle
SBB 1. 191 Seiten

»Das hier annotierte gelungene Bändchen ist praktikabel, ohne in eine deutschdidaktische Reduktion zu verfallen. … Das Konzept eines sehr brauchbaren Zurechtfinde-Buches liegt mit der Reihe Suhrkamp BasisBibliothek vor. Sie ist fürs Gymnasium, für die freie Theaterarbeit und Dramaturgie sowie fürs Studium empfehlenswert, da man die Lehrenden und Lernenden ernst nimmt.«
Dreigroschenheft

»Der Klassiker gehört in jeden gut sortierten Bücherschrank. … Der Kommentar ist hilfreich, vor allem für Schüler und Studenten, die sich auf eine Arbeit zum Thema vorbereiten. Man findet eine Zeittabelle zum historischen Galilei, eine Zeittabelle zu Brechts Schaffen an diesem Schauspiel, eine knappe Theatergeschichte und eine Interpretation des Stücks. Hilfreich sind die Literaturhinweise und die Sacherläuterungen am Ende des Buches.« *History*

NF 336/1/1.02

Bertolt Brecht
in der Suhrkamp BasisBibliothek

Mutter Courage und ihre Kinder
Kommentar: Wolfgang Jeske
SBB 11. 185 Seiten

»Brechts meistgelesenes Stück erscheint in dieser prakti-
kablen Studienausgabe mit Zeilenzählung und Kurzerläuterungen am Außenrand. Der ausführliche Kommentar
des Brecht-Kenners Wolfgang Jeske enthält unter anderem Daten zur Entstehungsgeschichte, die stoffliche Vor-
lage, Dokumente zur Rezeption, Selbstaussagen Brechts,
Literaturhinweise sowie Wort- und Sacherläuterungen.«
lesenswert

Suhrkamp BasisBibliothek
Text und Kommentar in einem Band

»Die Suhrkamp BasisBibliothek hat sich längst einen Namen gemacht. Als ›Arbeitstexte für Schule und Studium‹ präsentiert der Suhrkamp Verlag diese Zusammenarbeit mit dem Schulbuchverlag Cornelsen. Doch nicht nur prüfungsgepeinigte Proseminaristen treibt es in die Arme der vielschichtig angelegten Didaktik, mit der diese unprätentiösen Bändchen aufwarten. Auch Lehrer und Liebhaber vertrauen sich gerne den jeweiligen Kommentatoren an, zumal die Bände mit erschöpfenden Hintergrundinformationen, Zeittafeln, Entstehungsgeschichten, Rezeptionsgeschichten, Erklärungsmodellen, Interpretationsskizzen, Wort- und Sacherläuterungen und Literaturhinweisen gespickt sind.«
Frankfurter Allgemeine Zeitung

Ingeborg Bachmann. Malina. Kommentar: Monika Albrecht und Dirk Göttsche. SBB 56. 389 Seiten

Jurek Becker. Jakob der Lügner. Kommentar: Thomas Kraft. SBB 15. 351 Seiten

Thomas Bernhard. Amras. Kommentar: Bernhard Judex. SBB 70. 144 Seiten

Thomas Bernhard. Erzählungen. Kommentar: Hans Höller. SBB 23. 171 Seiten

Peter Bichsel. Geschichten. Kommentar: Rolf Jucker. SBB 64. 194 Seiten.

Bertolt Brecht. Der Aufstieg des Arturo Ui. Kommentar: Annabelle Köhler. SBB 55. 182 Seiten

Bertolt Brecht. Die Dreigroschenoper. Kommentar: Joachim Lucchesi. SBB 48. 170 Seiten

Bertolt Brecht. Der gute Mensch von Sezuan. Kommentar: Wolfgang Jeske. SBB 25. 214 Seiten

Bertolt Brecht. Der kaukasische Kreidekreis. Kommentar: Ana Kugli. SBB 42. 189 Seiten

Bertolt Brecht. Leben des Galilei. Kommentar: Dieter Wöhrle. SBB 1. 191 Seiten

Bertolt Brecht. Mutter Courage und ihre Kinder. Kommentar: Wolfgang Jeske. SBB 11. 185 Seiten

Georg Büchner. Danton's Tod. Kommentar: Joachim Hagner. SBB 89. 200 Seiten

Georg Büchner. Lenz. Kommentar: Burghard Dedner. SBB 4. 155 Seiten

Paul Celan. »Todesfuge« und andere Gedichte. Kommentar: Barbara Wiedemann. SBB 59. 186 Seiten

Adelbert von Chamisso. Peter Schlemihls wundersame Geschichte. Kommentar: Thomas Betz und Lutz Hagestedt. SBB 37. 178 Seiten

Annette von Droste-Hülshoff. Die Judenbuche. Kommentar: Christian Begemann. SBB 14. 136 Seiten

Joseph von Eichendorff. Aus dem Leben eines Taugenichts. Kommentar: Peter Höfle. SBB 82. 180 Seiten

Theodor Fontane. Effi Briest. Kommentar: Dieter Wöhrle.
SBB 47. 414 Seiten

Theodor Fontane. Irrungen, Wirrungen. Kommentar: Helmut Nobis. SBB 81. 258 Seiten

Max Frisch. Andorra. Kommentar: Peter Michalzik.
SBB 8. 166 Seiten

Max Frisch. Biedermann und die Brandstifter. Kommentar:
Heribert Kuhn. SBB 24. 142 Seiten

Max Frisch. Homo faber. Kommentar: Walter Schmitz.
SBB 3. 301 Seiten

Johann Wolfgang Goethe. Götz von Berlichingen. Kommentar: Wilhelm Große. SBB 27. 243 Seiten

Johann Wolfgang Goethe. Die Leiden des jungen Werthers.
Kommentar: Wilhelm Große. SBB 5. 222 Seiten

Johann Wolfgang Goethe. Wilhelm Meisters Lehrjahre.
Kommentar: Joachim Hagner. SBB 85. 700 Seiten

Jeremias Gotthelf. Die schwarze Spinne. Kommentar:
Michael Masanetz. SBB 79. 172 Seiten

Grimms Märchen. Kommentar: Heinz Rölleke.
SBB 6. 136 Seiten

Norbert Gstrein. Einer. Kommentar: Heribert Kuhn.
SBB 61. 157 Seiten

Peter Handke. Wunschloses Unglück. Kommentar: Hans
Höller. SBB 38. 131 Seiten

Friedrich Hebbel. Maria Magdalena. Kommentar: Florian Radvan. SBB 74. 150 Seiten

Christoph Hein. Der fremde Freund. Drachenblut. Kommentar: Michael Masanetz. SBB 69. 236 Seiten

Hermann Hesse. Demian. Kommentar: Heribert Kuhn. SBB 16. 233 Seiten

Hermann Hesse. Narziß und Goldmund. Kommentar: Heribert Kuhn. SBB 40. 407 Seiten

Hermann Hesse. Siddhartha. Kommentar: Heribert Kuhn. SBB 2. 192 Seiten

Hermann Hesse. Der Steppenwolf. Kommentar: Heribert Kuhn. SBB 12. 306 Seiten

Hermann Hesse. Unterm Rad. Kommentar: Heribert Kuhn. SBB 34. 275 Seiten

E. T. A. Hoffmann. Das Fräulein von Scuderi. Kommentar: Barbara von Korff-Schmising. SBB 22. 149 Seiten

E. T. A. Hoffmann. Der goldene Topf. Kommentar: Peter Braun. SBB 31. 157 Seiten

E. T. A. Hoffmann. Der Sandmann. Kommentar: Peter Braun. SBB 45. 100 Seiten

Ödön von Horváth. Geschichten aus dem Wiener Wald. Kommentar: Dieter Wöhrle. SBB 26. 168 Seiten

Ödön von Horváth. Glaube Liebe Hoffnung. Kommentar: Dieter Wöhrle. SBB 84. 152 Seiten

Ödön von Horváth. Italienische Nacht. Kommentar: Dieter Wöhrle. SBB 43. 162 Seiten

Ödön von Horváth. Jugend ohne Gott. Kommentar: Elisabeth Tworek. SBB 7. 195 Seiten

Ödön von Horváth. Kasimir und Karoline. Kommentar: Dieter Wöhrle. SBB 28. 147 Seiten

Franz Kafka. Der Prozeß. Kommentar: Heribert Kuhn. SBB 18. 352 Seiten

Franz Kafka. Das Urteil und andere Erzählungen. Kommentar: Peter Höfle. SBB 36. 188 Seiten

Franz Kafka. Die Verwandlung. Kommentar: Heribert Kuhn. SBB 13. 134 Seiten

Franz Kafka. In der Strafkolonie. Kommentar: Peter Höfle. SBB 78. 133 Seiten

Marie Luise Kaschnitz. Das dicke Kind und andere Erzählungen. Kommentar: Uwe Schweikert und Asta-Maria Bachmann. SBB 19. 249 Seiten

Gottfried Keller. Kleider machen Leute. Kommentar: Peter Villwock. SBB 68. 192 Seiten

Heinar Kipphardt. In der Sache J. Robert Oppenheimer. Kommentar: Ana Kugli. SBB 58. 220 Seiten

Heinrich von Kleist. Penthesilea. Kommentar: Axel Schmitt. SBB 72. 180 Seiten.

Heinrich von Kleist. Der zerbrochne Krug. Kommentar: Axel Schmitt. SBB 66. 186 Seiten

Wolfgang Koeppen. Das Treibhaus. Kommentar: Arne Grafe. SBB 76. 290 Seiten

Gert Ledig. Vergeltung. Kommentar: Florian Radvan. SBB 51. 233 Seiten

Gotthold Ephraim Lessing. Emilia Galotti. Kommentar: Axel Schmitt. SBB 44. 171 Seiten

Gotthold Ephraim Lessing. Minna von Barnhelm. Kommentar: Maria Luisa Wandruszka. SBB 73. 172 Seiten

Gotthold Ephraim Lessing. Miß Sara Sampson. Kommentar: Axel Schmitt. SBB 52. 170 Seiten

Gotthold Ephraim Lessing. Nathan der Weise. Kommentar: Wilhelm Große. SBB 41. 238 Seiten

Eduard Mörike. Mozart auf der Reise nach Prag. Kommentar: Peter Höfle. SBB 54. 148 Seiten

Novalis. Heinrich von Ofterdingen. Kommentar: Andrea Neuhaus. SBB 80. 254 Seiten

Ulrich Plenzdorf. Die neuen Leiden des jungen W. Kommentar: Jürgen Krätzer. SBB 39. 157 Seiten

Rainer Maria Rilke. Die Aufzeichnungen des Malte Laurids Brigge. Kommentar: Hansgeorg Schmidt-Bergmann. SBB 17. 299 Seiten

NF 279c/6/9.10